His Wicked Wish
by Olivia Drake

夢みる舞踏会への招待状

オリヴィア・ドレイク
水野麗子[訳]

ライムブックス

夢みる舞踏会への招待状

主要登場人物

マデリン（マディー）・スワン……………………女優
ネイサン（ネイト）・アトウッド………………ローリー子爵。貿易商
ガーティー………………………………………マデリンのメイド
ダンハム卿アルフレッド・ラングリー……………マデリンのいとこ
ホートン公爵……………………………………マデリンの祖父
シオドア（シオ）・ラングリー…………………マデリンのいとこ。ダンハム卿の弟
ヘクター・アトウッド……………………………ギルモア伯爵。ネイサンの父
レディ・ギルモア…………………………………ネイサンの祖母
エミリー…………………………………………ネイサンの妹
ソフィア…………………………………………ネイサンの兄の妻
ショーシャンク……………………………………ギルモア邸の執事
レディ・ミルフォード……………………………伯爵未亡人。ネイサンの名付け親

1

　ロンドンにあるレディ・ミルフォードのタウンハウスに一〇年ぶりに足を踏み入れたとき、ネイサン・アトウッドはこのあとすぐ独身主義を撤回することになるとは夢にも思っていなかった。

　服についた雨水が玄関広間の大理石の床にしたたり落ち、黒いブーツの周りに水たまりを作った。ネイトは外套《がいとう》と帽子を脱いで白髪頭の執事に放った。風が吹きつけて、ドアの両脇にある暗い窓をガタガタ鳴らす。

　ネイトは冷えきった両手をこすりあわせた。「久しぶりだね、ハーグローヴ、元気そうで何よりだ」

　ハーグローヴはあいかわらず無表情で、ずぶ濡れの外套を従僕に預けた。流行遅れの格好をしたネイトを、品定めするようにじっと見ている。細い革ひもで結わえた長い髪に視線を注ぐと、上唇をほんのわずかにゆがめた。「濡れネズミになって奥さまを訪ねてこられる前に、ご一報いただければよかったのですが」

　年老いた顔にかすかに浮かんだ非難の色を見て、ネイトは満足感を覚えた。そういえば、つねに超然としたこの男から表情を引きだすのが、昔から好きだった。ネイトが放蕩《ほうとう》のかぎりを尽くしていた青年時代、最新流行の服を粋に着こなしているときでさえ、レディ・ミルフォードの執事は彼を認めようとしなかった。「極東の台風に比べれば、ロンドンの初春の雨くらいなんてことない。イングランドに戻ってきたばかりで、一刻も早くぼくの名付け親に会いたかったんだ。伯爵夫人はご在宅かな？」

「奥さまは先約があるのです。よろしければお手紙をお書きになっていってください」

緑の大理石の柱にはさまれた控えの間を、執事が指し示した。ネイトはそれを無視した。

「そこをなんとか。中国からはるばる来た名付け子のために、少しだけ時間を割いてくれるよう頼んでくれないか」

ハーグローヴが唇を引き結んだ。「日を改めていただけますか。明日ならきっと、奥さまも予定を空けて――」

「いいのよ、ハーグローヴ」階段の上から女性の声が聞こえてきた。「すぐにお通しして」

ネイトが見上げると、二階のバルコニーに気品のある婦人が立っているのが見えた。ほっそりした体に淡いスミレ色のドレスをまとっている。流行のスタイルに仕上げた髪は昔と変わらず黒々としていて、卵形の顔にはしわひとつない。レディ・ミルフォードはもう五〇歳を超えているはずだが、まるでこの一〇年間最高級の薄紙に包まれていたとでもいうように、あいかわらず若々しかった。

深刻な用事で訪ねてきたにもかかわらず、ネイトは思わず笑みをこぼした。レディ・ミルフォードにものすごく会いたかったのだと、そのときはじめて気づいた。ネイトが子どもの頃、両親は諍《いさか》いが絶えず、彼の心の支えになってくれたのがレディ・ミルフォードだった。軽薄な母よりずっと頼りになった。

そしていま、レディ・ミルフォードに質問したいことが山ほどある。とくに、一年以上前に彼女が送ってきた手紙のことだ。その手紙が上海にいたネイトのもとに届くまで八カ月かかり、そのあと彼は五カ月かけて重要な取引をいくつかまとめてから、長い旅をしてイングランドに戻ってきたのだ。

ネイトは大理石の階段を一段抜かしで駆けあがった。二階にたどりつくと、レディ・ミルフォードのあたたかい抱擁を受け、懐かしいライラックの香りを吸いこみながら、なめらかな頬にキスをした。「少しもお変わりになりませんね。それどころか、ますますお美しくなられた」

レディ・ミルフォードはお世辞を笑い飛ばした。「あなたはあいかわらず勝手な人ね。来る前に連絡してくれればよかったのに。劇場へ行くから、あと三〇分でここを出なければならないのよ」

「すみません、港からまっすぐ来たんです」ネイトはそう言ったあと、レディ・ミルフォードが彼の乱れた服に目をやったのを見て言葉を継いだ。「ああ、ぼくが暮らしていたところには、英国人用のちゃんとした仕立屋がなくて」

レディ・ミルフォードの細い眉が片方つりあがった。「あら、最近のインドはずいぶん開けてきているでしょう。仕立屋ならボンベイにたくさんあるはずよ」

「ボンベイは単なる郵便用の住所です。手紙はそこからぼくがいた中国まで送られてきたんですよ」

「中国！」

「この二年間、ぼくはそこで暮らしていました。ヨーロッパ人向けの市場が広がりつつあるんです。茶葉や絹や原石の宝庫ですからね」

「じゃあ、ひと財産築いたのね。あなたならきっと成功すると思っていたわ」

「ええ、大成功です。今度ロンドンに事務所を構えるつもりなんですよ」

「まあ、それは朗報ね！　そうしたらあなたも頻繁に帰ってくるようになるでしょうし」レディ・ミルフォードがネイトの腕を取った。「居間にいらっしゃいな、ネイサン。お酒でも飲みながら旅の話を聞かせてちょうだい」

絨毯《じゅうたん》の敷かれた廊下を歩きながら、ネイトは異国の名所や名物――パゴダと呼ばれる仏塔や笹《ささ》の葉しか食べないシロクログマ、片言の英語で抜け目のない交渉をするエキゾチックな商人について話した。そして、屋敷の奥にあるバラ色と黄色で装飾された部屋に入っていった。

レディ・ミルフォードがバラ色の縞《しま》模様の椅子に腰かけた。ネイトはサイドテーブルへ向かい、カットグラスのカラフからタンブラーにブランデーを注いだ。それをレディ・ミルフォードに差しだすと、彼女は首を横に振った。

真剣なまなざしでネイトを見つめる。「そろそろ本題に入りましょう。仕事のためだけにイングランドに戻ってきたわけではないはずよ。わたしの手紙を読んだからでしょう」

ネイトはタンブラーをきつく握りしめた。「ええ」

「心からお悔やみを言わせてもらうわ。ご家族の訃報を手紙で伝えなければならなかったのが残念よ」

ネイトはブランデーを口にし、喉が焼けるように熱くなるのを感じた。ということは、本当だったのだ。父が死んだ。喜びに満ちあふれると思いきや、なんの感情もわいてこなかった。「そうですね」

「港からまっすぐここに来たのなら、ギルモア邸にはまだ帰っていないのね」レディ・ミルフォードが言った。「どうして?」

ギルモア伯爵の次男として生まれ育った家にどうして帰りたくないのか、ネイトは自分でもわからなかった。家族を支配していた父は――独裁者はもうこの世を去ったというのに。

ネイトはそのことを、レディ・ミルフォードの手紙で知らされた。

〝とても悲しいお知らせを伝えなければなりません。あなたのお父さまが危篤です。天然痘にかかって心臓が弱くなり、医師の話では回復の見込みはほとんどないそうです。親愛なるネイサン、あなたとギルモア伯爵のあいだに何があったのかわかったふりをするつもりはないし、あなたが自分の人生を歩みたいと望んでいることは理解しています。でも、あなたの名付け親として言わせてもらうわ。あなたは兄妹ともずいぶん長いあいだ顔を合わせていません……〟

ネイトは暗い窓辺に立ち、ブランデーをまたひと口飲んだ。ギルモア伯爵が死んだ。まだ信じられない。ギルモアは厳格な君主で、ネイトだけを目の敵にしていた。あの男は、ネイトの子ども時代を台なしにした。

兄のデイヴィッドが生まれつき従順で行儀がよかったのに対して、ネイトは根っから自由奔放で反抗的だった。ギルモアは贈り物も褒め言葉も、デイヴィッドにしか与えなかった。ネイトには冷やかなまなざしを向け、厳しく叱責するだけだった。

そして、二一歳の誕生日に、ネイトはギルモアと激しい口論をした。翌日、イングランドを飛びだして、二度と帰らないと誓った。だが、伯爵の死がすべてを変えた。あの男が墓の中で朽ちていくと思うと、愉快だった。卑劣漢にふさわしい運命だ。

夜空に稲妻が光り、メイフェアに立ち並ぶ家々の屋根のシルエットが浮かびあがった。あの中にギルモア邸がある。社交シーズン中だから、兄妹が滞在しているはずだ。妹のエミリーはもう一九歳で、一人前のレディに成長しているに違いない。新ギルモア伯爵のデイヴィッドは三三歳になる。

兄妹にふたたび会えると思うと、胸に込みあげるものがあった。デイヴィッドは自分のほうが父親に気に入られているからといって、それにつけこむようなまねは絶対にしなかった。

兄弟は互いに仲間意識のようなものを抱いていた。ある意味ではデイヴィッドもまた、ギルモアの犠牲者だったのだ。

ネイトが突然家を出た本当の理由を、デイヴィッドは知っているのだろうか？　ギルモアは跡取り息子に真実を伝えたかもしれない。兄はぼくを拒絶するだろうか？

雨が流れ落ちるガラス窓に、レディ・ミルフォードの姿が映っていた。ネイトはまだ質問に答えていなかったことを思いだした。

タンブラーを持ったまま歩いていき、彼女の向かいの長椅子に腰かけた。「当然、先にこっちへ来ますよ」ブランデーをくるくる回しながら言う。「だって、ぼくはあなたの手紙を読んで、イングランドに戻ってきたんですから。それにあそこへ行く前に、少し下調べしておいたほうがいいと思ったんです。家族の近況を教えてください」

「もちろんこの一年間、喪に服していたわ。でもあと何週間かしたら、エミリーがようやく社交界にデビューするの」レディ・ミルフォードはそこでいったん言葉を切った。「やっぱりその前に、あなたが突然、ひと言の説明もなくいなくなった理由を聞かせてもらいたいわ。あなたのお父さまからは、口論をしたとしか聞いていなくて」

ネイトは顔をしかめ、残っていたブランデーを飲み干した。「昔のことです。忘れたほうがいい」

「これほど大きないざこざをなかったことにしてしまえるわけがないでしょう。きちんと解決しておかないと、わだかまりが残るわ」

「どうしてそんなことをおっしゃるんですか？」ネイトは背筋を伸ばした。レディ・ミルフォードは真実を知っているのだろうか？　「ギルモアはぼくがイングランドを出た理由をデイヴィッドに話したんでしょうか。兄から何か聞いたんですか？」

「いいえ、何も聞いていないけど」レディ・ミルフォードはいぶかしげに眉根を寄せ、首をかしげた。「ネイサン、話がかみあわないわ。あなたとお父さまはもう仲直りしたの？　手紙のやり取りで丸くおさまったのかしら」

「まさか。この一〇年間、家族とはいっさい連絡を取っていません。ぼくの住所を知っていたのもあなただけです」

「そう」レディ・ミルフォードはおもむろに言った。「じゃあ、謝る覚悟をしておかないとね。お父さまになんて言うつもりなの？」

ネイトは眉をひそめた。きっと聞き間違えただけだ。頭の片隅に生じた恐ろしい疑念を振り払った。「おっしゃっている意味がわかりません。父は息を引き取ったんですよね。父が危篤だと教えてくれたのは、あなたですよ」

レディ・ミルフォードが青ざめ、片手を口に当てた。一瞬沈黙が流れ、遠くの雷鳴と暖炉で薪《まき》がはぜる音が聞こえた。「ネイサン」レディ・ミルフォードが消え入りそうな声で言う。「二通目の手紙は読んでいないの？　お父さまが奇跡的に回復してから一週間経《た》った頃に送ったんだけど。医師たちも本当に驚いていたの……」

ネイサンは血の気が引くのを感じた。心臓が早鐘を打っている。ブランデーを飲んだばかりだというのに、口の中がからからに乾いていた。「まさか。ぼくの家族はこの一年間喪に服していたと、さっきおっしゃったじゃないですか」

「ええ、だって、あなたは知っているものだとばかり……」レディ・ミルフォードは立ちあがり、ネイトの隣に来て腰かけると、彼の袖に手を置いた。スミレ色の目に深い同情の色が浮かんでいる。「最初の手紙を送ったあとすぐ、デイヴィッドが天然痘に感染したの。エミリーは乗り越えたけど、デイヴィッドは助からなかった。本当に残念だわ」

ネイトは耳鳴りがした。息を吸いこむと、胸がきりきり痛んだ。デイヴィッドが死んだ。ネイトが夕食抜きの罰を与えられると、いつもこっそり食べ物を持ってきてくれた。宿題を忘れたときにかばってくれたのも、兄だった。その兄が、一年以上前に埋葬されていた。

悪夢の中にいるようで、ネイトは息が苦しくなった。郵便は当てにならない。ヨーロッパ人がほとんど行かない極東ではなおさらだ。ネイトが上海を発《た》ったあとに、二通目の手紙が届いたに違いない。レディ・ミルフォードの憐《あわ》れむような表情を見たら、恐ろしい現実を認めざるを得なかった。

ギルモア伯爵は生きているのだ。

ネイトは弾かれたように立ちあがると、タンブラーを暖炉の火に投げこんだ。ガラスが耳をつんざくような音をたてて砕け、大理石の炉床に散らばった。「あいつがそう簡単に死んでくれるわけないよな！」

レディ・ミルフォードが立ちあがった矢先、部屋の入り口にハーグローヴが現れた。「どうかなさいましたか、奥さま？」

ネイトはぱっと振り返った。「なんてやつだ！　廊下で立ち聞きしていたのか！」

「めっそうもない」ハーグローヴはネイトをにらんだあと、女主人に向かって言った。「お客さまがお見えです。図書室にお通ししておきました。従僕をよこして、ここを片づけさせましょうか？」

「あとでいいわ」レディ・ミルフォードが答えた。「出ていくときにドアを閉めていってね」

ハーグローヴは薄い青の目でネイトを一瞥《いちべつ》してから、軽くお辞儀をして退出した。ドアをいつもより勢いよく閉めたところに、不満が読み取れた。

ネイトは憤怒に駆られていたものの、礼儀を捨てきれず、つま先でガラスの破片をかき寄せた。「すみませんでした」こわばった口調で言う。「弁償します」

レディ・ミルフォードはそれをはねつけるように手を振った。「ギルモア伯爵がどうしてあなたを邪険に扱ったのか、わたしにはわからない。でも、伯爵に対するあなたの気持ちが変わっていないのはよくわかったわ」

「これからも変わらない！　あいつがまだこの世にのさばっていると知っていたら、絶対に戻ってこなかった」

レディ・ミルフォードは唇を引き結び、ネイトの隣に立った。首をそらして彼の目をのぞきこむ。「ネイサン、過去に何があったとしても、もうお父さまと和解しなければならないわ。いまやあなたがギルモア伯爵の跡取りなんだから。ローリー子爵なのよ」

ネイトは身震いした。その爵位は生まれたときからデイヴィッドのものだった。兄の役割の一部だった。不適格な次男が担えるものではない。

レディ・ミルフォードの鋭いまなざしに背を向け、ネイトは優美な部屋の中をうろうろと歩きまわった。「兄上の後釜に座ることなどできない！　ぼくは兄上とは違うんだ」

「当たり前じゃない。あなたはあなたで、すばらしい人よ。でもどんなにいやでも、家族に対する義務は果たさなければならないわ」

ネイトはさっと手を振った。「ぼくは義務を放棄します。ロンドンに残ってギルモアに踊らされるつもりはありません。あんなやつ地獄に落ちればいいんだ！」

「エミリーのことはどうするの？　お祖母さまは？　ふたりの姪は？　みんな一緒に見捨てるの？」

ネイトはくるりと振り返った。「姪？」

「あなたが外国へ行ったあと、デイヴィッドが結婚したと手紙に書いたでしょう。ふたりの娘が父親を失ったのよ。でも、わたしが言いたいのはそういうことではなくて」レディ・ミルフォードはネイトの前に立って行く手をふさいだ。「ネイサン、また逃げだしたって問題は解決しないわ。あなたはもう、面倒なことからは逃げだせばいい子どもじゃないのよ」

「ぼくが臆病者だとおっしゃりたいのですか？」ネイトはかみつくように言った。

レディ・ミルフォードが細い腰に両手を当てた。「そろそろ過去のことは水に流しなさいと言っているのよ。家族のために、お父さまに礼儀正しくふるまうようにするの。尊い爵位の後継者として社交界に復帰するのよ。行く行くはお嫁さんも見つけないとね」

ネイトは鼻を鳴らした。女性はどうしてこうも縁結びが好きなのだろう。独身男性が抱える問題は、結婚すればすべて解決すると思いこんでいる。だがネイトは、仲の悪い両親を見て育ったのだ。社交界に復帰したいとも思わなかった。

港に引き返して、潮が満ち次第、出航しよう。レディ・ミルフォードに非難されてもかまわない。ネイトがギルモアを嫌悪する理由——あの男と和解することができない理由を、彼女は知る由もない。

しかし同時に、ネイトは復讐《ふくしゅう》欲がわいてくるのを感じた。彼を冷遇し、粗探しばかりしたギルモアに仕返ししてやりたかった。大事な長男を失っただけではまだ足りない。自分がどんなにひどいことをしたのかを思い知らせてやるのだ。

あたらしい跡取りとの対面は何よりの復讐になる。考えれば考えるほど名案に思えてきた。こんな機会を逃す手はない。おまけに、レディ・ミルフォードが完璧な計画のヒントを与えてくれた。

ネイトはさっそくドアへ向かった。「失礼します」振り返って言う。

レディ・ミルフォードがあわてて追いかけてきた。「どこへ行くつもり？」

「ご助言に従うことにしました。しばらくロンドンに滞在して、社交界に復帰します。それから、結婚もしますよ」

ネイトがドアを開けると、レディ・ミルフォードは袖をつかんで引き止めた。「結婚？

相手は決まっているの？」

「できるだけおしゃべりで品のない女を見つけるつもりです。女中とか売子とか。娼婦《しょうふ》もいいですね。ギルモアの恥になる女なら誰でもいいんです」

「どうかしてるわ！　そんな女性に一生縛りつけられてもかまわないというの？」

「まさか、罰を受けるのはぼくではありません」ネイトは歯をむきだして、残忍な笑みを浮かべた。「あばずれをギルモアに押しつけたら、ぼくはイングランドを永遠に去ります。ギルモアはその女を見るたびに、ぼくにしてやられたことを思いだすでしょう」

レディ・ミルフォードが彼をにらんだ。「そんな卑劣なことを考えるなんてあなたらしくないわ、ネイサン。社交界の荒波に放りこまれるその女の子がかわいそうだとは思わないの？」

「卑劣なこと？」ネイトはとげとげしい笑い声をあげた。「あばら家から豪邸に引っ越して、いずれは伯爵夫人になれるんですよ。ぼくに感謝してもしきれないでしょうね！」

レディ・ミルフォードは彼の前に立って出口をふさいだ。美しい顔が決意に引きしまっていた。「わたしにはその邪悪な計画を止めることはできそうにないわね。でもそれなら、ひとつ条件をつけさせて」

「なんですか？」

「花嫁選びを手伝わせてもらうわ」

2

観客の歓声と拍手が鳴り響く中、マデリン・スワンは深々とお辞儀をした。象牙色のシルクのたっぷりしたスカートが大きくふくらむ。念入りに作りあげられたポーズだ。マディーは幼い頃に、舞台の上ではつねに美しい立ち居ふるまいをし、台詞《せりふ》には生き生きとした感情を込め、表情は大げさに作らなければならないと教わった。

体を起こしてまばゆいばかりの笑みを浮かべると、一階席にひしめきあう庶民から、ボックス席の裕福な常連まで、すべての観客を抱きしめるかのように両腕を広げた。男性客が口笛を吹き、言葉をかけてくる。花束を舞台に放り投げる者もいた。

扇形の劇場は満員だった。マディーはこれまで数えきれないほど、観客の称賛を浴びてきた。自分の演技を楽しんでもらえたと思うと、いつもうれしかった。

でも今夜は、いつもと違う感情が込みあげてくる。ネプチューン劇団でマディーが公演する最後の日だから、胸がいっぱいになった。

ほかの出演者たちがぞろぞろ舞台に再登場する。マディーへのはなむけとして、しばらくひとりで舞台に立つ時間を与えたのだ。ロミオ役のエドマンドが片膝を突き、ジュリエットを演じたマディーが本物のかなわぬ恋の相手であるかのように、その手に仰々しくキスをした。

観客がどっと沸いた。役者同士が本当に恋愛をしていると思いたがるのだ。だが整った顔に不良っぽい笑みを浮かべるエドマンドは、女性には興味がない。彼が男色家であることは、劇団員のあいだでは公然の秘密だ。けれども、マディーは気にしていなかった。劇団員はみな家族のようなものだから。その家族のもとを自分は離れようとしている。

ガス灯の明かりの中でふたたびお辞儀をしながら、迷いが生じた。本当にこれでよかったのだろうか？　自分は演劇のことしか知らない。生まれてから二四年間ずっと、ドーランのにおいが漂う中、長時間の下稽古に励みながら、劇団員たちと暮らしてきた。物心がついたときから、台詞を練習する父と母を見守ったり、人目につかないところで観劇したり、幌《ほろ》馬車でどさまわりをしたりしていた。一三歳のときに母が事故死し、一五歳のときに父が肺病にかかった。父も帰らぬ人となったあと、マディーはこのコヴェント・ガーデン劇場に新たな心のよりどころを見つけたのだ。

それを捨てると決めたのは、やはり間違いだったのかもしれない。

いいえ、間違いなんかじゃない。あたらしい世界で自分の力を試してみたかった。毎晩、登場人物になりきって舞台を跳ねまわり、おなじみの台詞を言うことに嫌気が差したのだ。他人の物語を演じるのをやめて、自分の人生を生きたい。劇場支配人の命令に従うのではなく、自分自身でいたかった。何より、衣装の知識を生かして婦人服店を開きたいという夢がある。

そのためには資金が必要だった。

そして最近、不穏な事態を引き起こしてしまったため、すばやく行動せざるを得なくなった。お金と庇護者《ひご》を調達しなければならない――一刻も早く。

左側のボックス席にひとりで座っている亜麻色の髪の紳士をちらりと見た。拍手も歓声も送らず、金のオペラグラス越しにマディーを眺めている。

肌が粟立《あわだ》つのを感じながら、マディーはもう一度お辞儀をした。最初の台詞を言う前、舞台に上がった瞬間に、ダンハム卿が来ていることに気づいた。最近よくあの席に座って、彼女をじっと見ている。マディーはずっと、自分を愛人にしようともくろむ上流階級の紳士たちとは距離を置くようにしていた。けれども一カ月前、ダンハムの祖父であるホートン公爵についてさりげなくききだすため、孫息子に近づくという過ちを犯してしまったのだ。ホートン公爵はマディーの祖父でもある。とはいえ、会ったことは一度もない。マディーがいとこだということを、ダンハムは知らない。まだ打ち明けるわけにはいかなかった。

そのせいでダンハムは、マディーが自分に気があると勘違いした。彼女にのぼせあがり、あとをつけまわしてしつこく口説くようになった。下宿屋までついてきたことも何度かある。うちには手ごわいメイドのガーティーがいるから、あきらめて帰っていったけれど。

舞台袖に隠れているルーファスがクランクを回し、赤いベルベットの幕をおろした。観客の姿が見えなくなると、マディーはいつの間にか止めていた息を吐きだした。早くここを離れたい。人々の視線――ダンハムの好色な視線から逃げだしたくてしかたがなかった。

拍手は鳴りやまず、歓声や掛け声もまだ聞こえてくる。エドマンドが白い歯を見せて笑い、ルーファスに合図した。「拍手に応えよう。歌でも歌おうかな！」

マディーはもう一度カーテンコールに応える気にはなれなかった。「わたしは遠慮しておくわ。もう別れの挨拶はしたから」

エドマンドが慰めるようにマディーを抱きしめた。「気にしなくていいよ、美人さん。ゆっくり休んで。でもパーティーには必ず参加してくれよ！　準備に手抜かりがないかどうか、ガーティーが確認しに行ったところだ」

マディーの送別会のために、近くの酒場の個室を借りていた。

マディーは背伸びをして、エドマンドの頰にキスをした。「絶対に行くわ」

それから、助演の俳優たちのあいだをすり抜け、舞台の奥にある階段をおりて狭い廊下に出た。明かりは木の天井からつりさげられたオイルランプひとつだけで、薄暗い。マディーはすばやく周囲を見まわした。ここでもダンハムに待ち伏せされたことがあったのだ。でも今夜は、誰も楽屋には通さないと支配人が請けあってくれた。

マディーは楽屋に向かって歩きはじめた。汚れた灰色の壁に古いポスターが貼られている。この狭い廊下を、これまで幾度となく歩いた。験担ぎで、舞台に上がるときに必ずはいているすりきれた靴と同じくらい慣れ親しんでいる。だがいまこそ、人生の次の幕を開けるときだ。

マディーは心がざわつくのを感じた。熟慮の末、お金と、ダンハムから守ってくれる人を同時に得られる計画を立てた。そして数日前に、彼女の崇拝者の中でも最も裕福な紳士たちに秘密裏に招待状を送った。そのうち十数名が、彼女を愛人にする権利を勝ち取るオークションに参加することになったのだ。

〝指輪をもらう前に男性に身をまかせてはだめよ〟

昔、母に言われた言葉が頭をよぎったが、マディーは知らないふりをした。たしかに、この計画は常軌を逸しているし、不道徳かもしれない。でも愛人契約は、彼女のような境遇の女にはうってつけだ。母と違って生まれのよいレディではないから、ちゃんとした結婚の申しこみを受ける見込みはあまりない。世間の目から見れば、身持ちの悪い女優にすぎないのだ。

それに、母だって若い頃に旅役者と駆け落ちしたのだから、品行方正とは言えない。その結果、ホートン公爵は激怒し、娘を勘当した。高貴な家族に絶縁されたことを嘆く母を見て育ったマディーは、ホートンだけでなく、貴族というものに対して強い憎しみを抱くようになった。

物思いにふけりながら角を曲がったところで、ぴたりと足を止めた。

マディーはぞっとした。楽屋のドアにダンハムがもたれかかっている。整った顔はもう見覚えてしまった。細い鼻筋。高い頬骨。亜麻色の髪。物憂げな雰囲気を漂わせているにもかかわらず、純白の首巻き《クラバット》と黒い燕尾《えんび》服の下には強靱《きょうじん》な力が秘められていることを、この前会ったときに知った。

「どうやって入ったんですか？」マディーは落ちついた声で冷やかに言った。「ここは関係者以外立ち入り禁止です」

「まあそう怒らないで、かわいい人」ダンハムは白いリボンを結んだ赤いバラの花束を手に、ぶらぶら歩いてきた。「きみの演技がとてもすばらしかったと言いに来ただけだ」

マディーはしぶしぶ花束を受け取った。「ありがとうございます、閣下。さあ、もうお帰りください。誰にも気づかれないうちに」

「演者たちはカーテンコールに応えている。きみのロミオが歌声を披露していたよ」

エドマンドのことだ。深みのあるバリトンの声が、観客の喝采とともにかすかに聞こえてくる。仲間に助けを求めることはできない。ガーティーも送別会の準備をしに酒場へ行ってしまった。

いまここで叫んだとしても、誰にも聞こえない。

「もうすぐみんな戻ってきます」マディーははったりを言った。「それに、頭が痛いので早くひとりになりたいんです」

裏通りにつながる出口を指し示した。だがダンハムは立ち去ろうとはせず、蠱惑《こわく》的な笑みを浮かべた。この笑顔に惹《ひ》きつけられる女性もいるだろう。でもマディーは、きざな男だとしか思わなかった。

ダンハムがマディーの体をなめまわすように見た。「感謝が足りないんじゃないか。せめてキスくらいしてくれよ」

「それはできかねます、閣下。お互いのことをよく知りませんし」

「きみがわたしを避けるからだろう」ダンハムがじわじわと近づいてきたので、マディーはあとずさりした。「最初はやけに愛想がよくて、わたしの家族のことをきいたりして、興味を持っているみたいだったのに。何かきみの気に障るようなことをしたかな？」

「わたしに言い寄ってくる殿方の素性は必ず調べるようにしているんです。用心するに越したことはないですから」

ダンハムが首を横に振った。亜麻色の髪が額に垂れかかると、女たらしというより、うぶな少年聖歌隊員にしか見えなかった。「おいおい、きみのほうから近づいてきたんだぞ。わたしを楽屋に招き入れて、ワインをごちそうしてくれたじゃないか」

あれは間違いだった。マディーは後悔していた。あの日をきっかけに、ダンハムは彼女につきまとうようになったのだ。「誤解させてしまったのなら申し訳ありません。さあ、本当にもうお帰りください。お望みなら明日の晩のオークションにいらしてくださいな」

マディーはダンハムの入札書をそのままゴミ箱に捨てるつもりだった。もし憎きホートン公爵の跡取り――実のいとこではなかったとしても、彼女をお手軽な娼婦のように扱う彼を嫌悪しただろう。オークションに招待したのはただ、彼を敵に回さないためだ。結局、祖父のことをきける相手は彼しかいないのだから。

突然、ダンハムが飛びついてきた。あっという間に廊下の壁に押しつけられ、身動きができなくなる。コロンのきついにおいに、胸がむかついた。恐怖を感じ、身をよじって逃げだそうとしたけれど、彼の腕はまるで鉄格子のようだった。

「威勢のいいおてんば娘だ。飼いならすのが楽しみだな」ダンハムが鼻をすり寄せてきて、熱く湿った息が彼女の頬に吹きかかった。「ああ、マデリン、きみは最高に美しい」

「放して！」

「かまととぶるなよ。一番高く買ってくれる男に自分を売ろうとしているくせに。値段をつける前に商品の味見をしたいんだ。当然の権利だろう？」

マディーは震えながら息を吸いこみ、花束をきつく握りしめた。これ以上抵抗しても、ダンハムを興奮させるだけだ。ひとまず油断させておいて、隙を突いたほうがいい。

マディーはあきらめたふりをした。彼の腕の中でぐったりし、壁に頭をもたせかける。思わせぶりな笑みを浮かべた。「どうぞお好きなように、閣下」ささやくように言う。「力ではとうていかなわないから」

ダンハムの青い目が燃えあがった。「いい子だ。いや、悪い子かな？　わたし好みだ」

ダンハムがさらに詰め寄り、濡れた唇を押しつけてきた。マディーはぞっとし、彼の顎の下のやわらかい肌に花束を押し当てると、力を込めてこすりつけた。押しつぶされたバラの甘ったるい香りがむっと立ちこめる。喉にとげが刺さったらしく、ダンハムが悲鳴をあげた。彼の手の力がゆるんだ隙に、マディーは腕の下をくぐり抜けて、舞台へ逃げ戻ろうとした。だがいつの間にか廊下に人がいて、行く手をふさいでいた。

どこからともなく現れた上品な貴婦人が、ふたりを見守っている。

美しいスミレ色の瞳の持ち主で、成熟した顔つきをしているのにしわは刻まれておらず、年齢不詳だ。漆黒の髪に暗赤色のエレガントなボンネットをかぶり、手袋をはめた手でベルベットの手提げ袋《レティキュール》を持っている。マディーは混乱しつつも、真珠のボタンがついた深紫色の外套の仕立てがすばらしいことに気づいた。ひと目で高級品だとわかる。

貴婦人の視線がマディーからダンハムに移った。ダンハムは白のハンカチを喉にそっと押し当てながら、悪態をついていた。

「アルフレッド・ラングリー」貴婦人が威厳たっぷりに片方の眉をつりあげた。「まさかあなたに会うとは思っていなかったわ」

ダンハムが顔を上げ、渋面を作った。「レディ・ミルフォード！　こんなところで何をなさっているのですか？」

「あなたこそ何をしているの？」レディ・ミルフォードが言う。「性懲りもなくまた悪さをしているように見えるけど」

この貴婦人も今夜の芝居を見に来てくれていたのだ、とマディーは考えた。でも、どうして舞台裏に入れたの？　いつから見られていたのかしら？

いずれにせよ、この女性が面倒の種にならないとはかぎらない。オークションの前夜に醜聞を引き起こすのだけは避けたかった。「ダンハム卿はちょうどお帰りになるところでした」マディーは言った。

ダンハムがマディーをにらみつけた。「このままでは帰れない。治安官を呼ぶつもりだ！」

「そんな」マディーはスカートを握りしめた。「わたしは何があったか洗いざらい証言します」

ダンハムが冷笑を浮かべた。「それで、どっちの言い分が通ると思う？　英国貴族と……最下層の女優と」

レディ・ミルフォードが軽く咳払いをした。「アルフレッド、ひとつ忘れているわ。わたしが一部始終を見ていたのよ」

「まさか、この女の肩を持つつもりじゃないでしょうね。狂暴な女ですよ！」ダンハムはとげで引っかかれた傷口を指さした。「ほら、血が出ている」

マディーは唇をかんで嘲笑をこらえた。たいした傷を負ったわけではないのに、むきになるなんて器の小さい男だ。けれども彼は貴族だから、これ以上怒らせたらますます厄介なことになる。

レディ・ミルフォードは傷口を見せられても動じなかった。「それはともかく、事を大きくしてもあなたのためになるとは思えないけど。すでにたくさん罪を犯しているのに、このうえ女性を襲って逮捕されたと知ったら、ホートンはどうなさるかしらね」

祖父の名前が出ると、ダンハムはたちまち青ざめ、傷口を拭いていた手をぴたりと止めた。

マディーは驚いた。ホートン公爵がそんなに怖いの？

ダンハムは祖父についてほとんど何も教えてくれなかった。でもいまの反応を見て、数週間かけて遠回しにききだした以上のことがわかった。ホートンはやはり、成人した孫息子を震えあがらせるほど冷酷で恐ろしい男なのだ。

ダンハムは上着のポケットにハンカチをしまった。「まったく、これ以上つきあっていられない！　ミス・スワン、きみとは明日話をつけるからな」

冷やかな目つきでマディーをにらんでから、出口のドアを開けて裏通りへ出ていった。ドアを勢いよく閉めた音が狭い廊下に響き渡った。

マディーはまだ震えていた。両腕をさすって体をあたためながら、レディ・ミルフォードに視線を向けた。「お恥ずかしいところをお見せしてしまってすみませんでした、マイ・レディ」こわばった口調で言う。「助けてくださったことに感謝します」

「どういたしまして。それより、あまり気にしないほうがいいわ。男性は虚栄心を傷つけられると、ろくなことをしないから」

マディーは彼女のやさしさにどう応えていいかわからなかった。気まずい沈黙が流れ、身分の違いを痛感させられた。亡くなった母を除けば、貴族の女性と会話をするのははじめてだ。

レディ・ミルフォードは立ち去るそぶりを見せなかった。指を組みあわせ、おだやかな表情で、まるで異国の動物に遭遇したかのようにマディーを観察している。女優を間近で見る機会がない人にしてみれば、奇異に見えるのだろう。ガス灯の明かりを浴びると、演者の顔はぼやけてしまう。だから、目鼻立ちを強調するために、厚化粧を施すのだ。頬と唇に紅をつけ、眉はすすで黒く染めていた。

ジュリエットを演じるために、ブロンドの髪は金色のリボンで中世風に結ってある。象牙色のドレスの深い襟ぐりから胸がのぞいていることも、レディ・ミルフォードをあきれさせているに違いない。

じろじろ見られて不快に思いながらも、マディーは堂々と胸を張った。「誰かをお捜しになっていたのですか？」そっけない口調で尋ねた。「そうでなければ舞台裏までいらっしゃらないでしょうから」

「あなたに会いに来たのよ、ミス・スワン、大事なお話があるの」

3

マディーはレディ・ミルフォードを楽屋に案内した。貴族の女性がいったいなんの用事があるというの？　なんであれ、マディーの得になるような話ではないだろう。貴族は身勝手な目的のために平民を利用することがよくある。でもレディ・ミルフォードはマディーを助けてくれたのだから、話くらい聞くのが礼儀というものだろう。

この居心地のよい部屋に入ると、いつも心が落ちついた。あわただしい舞台からの避難所だ。だが今夜は、薄汚れたバラの壁紙の破れや、オイルランプのすすのしみが目についた。場面を転換するあいだに急いで着替えるため、衣装が散乱している。ガーティーはほかの演者の世話で忙しくて、片づける暇がなかったのだろう。

隅に一脚だけ置いてある木の椅子にかかっていた、しわくちゃのペチコートを取りのけながら、マディーは言った。「散らかっていて申し訳ありません。お客さまがいらっしゃるとは思っていなかったものですから」

レディ・ミルフォードは優雅に椅子に腰かけた。「謝らなければならないのはわたしのほうよ、ミス・スワン。突然会いに来るなんてぶしつけだったわね」

マディーは鏡台の椅子を引きだして座った。紅の瓶が開けっぱなしだったのに気づいて、蓋を閉めた。散らかっているのを気にしている自分に腹が立つ。この貴婦人にどう思われようと別にかまわないのに。

それでも、ヘアブラシと鏡をきちんと並べて、香水の瓶に栓をした。「どうしてわたしに会いにいらしたんですか？」

レディ・ミルフォードは膝に置いたベルベットのレティキュールを握りしめ、背筋を伸ばすと、マディーの目をまっすぐ見た。「単刀直入に言わせてもらうわ。厳選した社交界の紳士相手に、オークションを開くそうね。商品はあなた自身なんでしょう？」

マディーは思わずドーランの瓶を取り落とした。鏡台から転がり落ちたのを受け止める。レディ・ミルフォードはオークションの参加者の妻で、マディーをなじりに来たのだろうか？

そんなはずはない。参加者は全員若い独身男性だ。

ということは、参加者の母親かしら？　邪悪な女優から息子を守ろうとしているのかもしれない。

でも、レディ・ミルフォードは真剣な顔をしているけれど、怒っているようには見えない。それに、ミルフォードという名前の男性は招待していなかった。

「はい」マディーは慎重に答えた。「明日の晩、参加者が入札書を持ってくることになっているんです。その中からわたしが落札者を決めます。でも……どうしてご存じなんですか？」

「気にしないで」レディ・ミルフォードが手をひらひらさせた。「それより、招待状を受け取った人しか参加できないというのは本当なの？」

「それは……本当です。誰でも参加させるというわけにはいきませんから」マディーは、ダンハム卿から彼女を守れるくらいの力を持っていて、なおかつ冷酷な性格でない十数名の裕福な貴族だけを選んだ。道徳的に許されない関係を結ぶのなら、せめて相手はそれなりにやさしくしてくれる紳士がよかった。

「そうね」レディ・ミルフォードが言った。「じつは、その件でお願いがあって来たのよ、ミス・スワン。わたしの名付け子のローリー子爵を招待客に加えてくれないかしら？　一年前に兄を亡くして、ギルモア伯爵の後継者になったのよ」

マディーはあっけにとられた。ローリー子爵という人物を知っていたからではない――はじめて聞く名前だ。レディ・ミルフォードがオークションを認めるような発言をしたからだ。名付け子を招待するよう頼むためにここへ来たなんて！

意外すぎて、状況を理解できなかった。貴族の女性は身内の男性のちょっとした過ちには目をつぶる。だが、愛人を持つのに協力するなど信じられなかった。

「その……なんてお答えしたらいいのか……ローリー子爵という方は存じあげませんし」

「この一〇年間、極東にいたのよ。最近戻ってきたばかりなの。とても裕福だということは保証するわ。あなたが望む以上のものを与えてくれるわよ」

「お金だけで相手を選ぶわけではありません」マディーはその先を続けるのをためらった。

こんな個人的な話を他人にするのは気が進まない。彼女にはひそかな願望があった。夜になると、ハンサムな男性と裸で抱きあう想像をして体をほてらせている。男性の腕の中で至福を経験してみたいと思っていた。

とはいえ、周りの女優たちのように奔放にはなれなかった。誰彼かまわず関係を持つのはいやだ。たぶん母の影響だろう。その結果、マディーはどんなに立派な紳士にもなびかないという評判を築いた。だからこそ、彼女の純潔をかけた今回のオークションにみな色めきたったのだ。

レディ・ミルフォードの視線を感じて、マディーは赤面しそうだった。「尊敬できる人じゃないと。ハンサムで、中身のある会話ができる人がいいんです」ローリー子爵は自分で意思を伝えることのできない臆病者なのかもしれない、とふと思った。「失礼ですが、どうしてご本人がいらっしゃらないのですか？　お話が苦手なんでしょうか？」

レディ・ミルフォードが笑い声をあげた。「まさか。いま頃は船から荷物をおろしているところで、わたしがここに来ていることも知らないのよ。オークションを開くのは明日の夜なんでしょう？　だから、急いで行動したほうがいいと思ったのよ」

「もしかして、そのかたはわたしを見たこともないんですか？」

「ええ、でも、彼からその……おつきあいする女性を探していると聞いて、すぐにあなたのことを思いだしたのよ、ミス・スワン。これまで何度かあなたのお芝居を見ていて、とても才能のある美しい女性だなと思っていたの」

「まあ……ありがとうございます」

「わたしがお節介を焼くのを変に思っているのね」レディ・ミルフォードが言葉を継ぐ。「名付け子の幸せを何よりも願っているだけなんだけど。それに、あなたたちはお似合いだと思うの」

マディーは目をしばたたいた。お似合いですって？　まるで愛人ではなくて花嫁を探しているみたい。「お褒めにあずかり恐縮です、マイ・レディ。でも、ご本人にお会いしないことにはなんとも……」

「あら、明日会えるわよ。入札書を持っていくときに。人当たりがよくてハンサムなの。頭も性格もいいし。ほかの参加者よりずっとすてきよ」

「もちろん、そうお思いになりますよね。ご自分の名付け子でいらっしゃるんですから」

レディ・ミルフォードがやさしく微笑《ほほえ》んだ。「これは一本取られたわね、ミス・スワン。でも、わたしは仲人として評判を得ているのよ。だから、あなたが選んだ独身男性たちのこともよく知っているの。全員の名前と一緒に、欠点をあげていきましょうか？」

そう言うと、レティキュールから折りたたんだ紙を取りだした。

「いいえ、結構です！」マディーはうんざりして腕組みをした。我慢の限界だった。オークションについて貴婦人と話すだけでもいやだったのに、たくらみにはまるなんてまっぴらだ。とはいえ、レディ・ミルフォードは名付け子のために、引きさがろうとはしないだろう。その紳士の鑑とやらに好奇心をそそられてもいた。

入札者がひとり増えても損はないでしょう?

マディーは息を吐きだした。「わかりました。ローリー子爵が参加なさりたいのなら、どうぞご自由に。明日の夜、八時に入札書を持っていらっしゃるようお伝えください。でも、何もお約束はできません」

「それでじゅうぶんよ」レディ・ミルフォードは満足そうな顔をして、レティキュールに紙をしまった。それから、何か赤いものを取りだした。オイルランプの明かりを受けてきらめいている。

靴かしら?

マディーは思わず身を乗りだした。やっぱり靴だわ。すてきな舞踏靴。きらびやかなバックルがついていて、これまでショーウインドーで見たどの靴よりも美しかった。目をそらすことができない。まるで……生きているみたい。深紅のサテン地を覆うクリスタルのビーズが、きらきら光っていた。

レディ・ミルフォードはその靴をマディーの足元に置いた。「感謝の印として、この靴をしばらく貸してあげるわ」

「でも——」

これは賄賂だ。受け取ってはいけない。けれどもマディーは、気づくとすりきれた靴を脱ぎ捨て、エレガントな靴につま先を滑りこませていた。

その瞬間、幸福感に包みこまれた。弾かれたように椅子から立ちあがり、くるりと回る。

驚くほどはき心地がよい。まるで真綿に包まれているようで、何時間も立ち通しで演じた疲れが吹き飛んだ。

「ぴったりです、マイ・レディ！　どうしてわたしのサイズがわかったんですか？」

レディ・ミルフォードの口元に謎めいた笑みが浮かんだ。「たまたまよ。必要なだけはいていてかまわないわ」

必要なだけ？

話がおかしな方向に向かっている。マディーはそこに隠された意味を読み取ろうとした。ページの抜けた台本を読んでいるような感じだった。

レディ・ミルフォードが立ちあがり、出口へ向かう。ドアの前で振り返ると、鋭いまなざしでマディーを見た。「もうひとつだけお願いがあるの、ミス・スワン」

「なんでしょうか？」

「明日、オークションのときにその靴をはいてちょうだい」

そう言うなり、深紫色の外套を翻して廊下に出ていった。マディーが断る間もなかった。

それは無理だわ。明日の夜、こんなに美しい靴をはくわけにはいかない。

誰にも知られたくない、秘密の計画があるのだ。

4

翌日の夜、マディーは楽屋でペチコートとコルセットだけを身につけ、両腕を広げて立っていた。その細い腰に、ガーティーが厚いパッドを巻きつけている。羊毛を詰めたパッドは今回の変装に欠かせないが、固定するのにかなり時間がかかっていた。

かがみこんでひもと格闘しているメイドを、マディーは首を曲げてのぞきこんだ。白髪交じりの頭しか見えない。「うまくいかない？」いらだちを抑えてきいた。「早くしないと。あと三〇分でお客さまが到着するわ」

「舞台の上で脂肪を落としたくなかったら、もう少し我慢してください」ガーティーはパッドをぽんと叩《たた》き、ようやく体を起こした。「できましたよ」

「ありがとう。次はドレスよ。急いでね」

マディーはガーティーの手を借りて黒のボンバジーンの地味なドレスを頭からかぶり、長い袖に腕を通した。ガーティーがパッドの上からスカートを引きおろし、背中のボタンを留める。マディーは身頃の位置を合わせてから鏡台に向かうと、ごわごわした葦毛《あしげ》の馬の毛で作られた鬘《かつら》をつけて、その下に金色の地毛を一本残らず押しこんだ。

それから、古びた鏡をのぞきこんで、変身した自分の姿を確認した。

そこには、ソーセージ形に髪を巻いた太った老婆が映っていた。冴《さ》えないドレスがよく似合っている。しわを作るためにパテを塗りたくったせいで、顔が重かった。

マディーは出来栄えに満足し、メイドのほうを振り返った。「どう思う、ガーティー？　顎にいぼをつけたほうがいいかしら？」

ガーティーがマディーの黒いスカートからのぞいている深紅のきらめく靴を見おろした。

「その靴は使用人っぽくないですね。いったいどこで手に入れたんですか？　衣装部屋にはなかったと思いますけど」

マディーはレディ・ミルフォードが訪れたときのことについても、正体がばれる危険を冒してまでもこのきらびやかな靴をはきたいという奇妙な衝動についても話したくなかった。単に、ごついブーツにはき替える気になれなかっただけだ。「気にしないで、ただの幸運のお守りよ」言葉を濁し、スカートの裾を直して靴を隠した。「大丈夫、誰も気づかないわ」

ガーティーが不満げに咳払いをした。「そもそもこんなことをする必要があるんですかね」床に散乱した服を拾い集めながら、ぶつぶつ言う。「本当にばかげてますよ」

「ちゃんと説明したでしょう」マディーは鏡台の椅子に腰かけ、人差し指でパテをすくって顎にいぼを作りはじめた。「愛人候補をこっそり調査したいのよ」

変装をして、紳士たちをふるいにかけるのだ。そのまま姿を現したら、彼らはみなマディーにごまをすり、歓心を買おうとするだろう。だから、使用人のふりをして入札書を集め、老婆に対する彼らの態度を見て性格を見きわめることにしたのだ。平民にも尊厳と敬意を持って接する、やさしい愛人を選ぶための戦略だ。

「違いますよ」ガーティーが壁のフックにペチコートをかけながら反論する。「わたしが言っているのは、この計画自体のことです。最高価格をつけた人に身を売るなんて！　牛じゃあるまいし！　天国のママが嘆いていらっしゃいますよ」

マディーは鏡に顔を近づけていぼの出来具合を確かめながら、そこに映っている体も顔も大きいメイドを見た。ガーティーは農家の生まれで、かつてはハンプシャーのホートン公爵家にメイドとして仕えていた。マディーの母親が旅役者と駆け落ちしたとき、ガーティーは律儀にもついていったのだ。マディーにとってなくてはならない存在で、ガーティーに批判されるのは、母親を失望させるのと同じだった。

でも、これについてはもうさんざん話しあった。ただでさえ胃が痛いのに、口論を繰り返したくはない。

「ママとは生まれが違うの」マディーは言った。「わたしは自分が生まれた世界で自分なりに生きていかなくちゃならないんだから」

「じゃあ、女優を続けるべきです。立派なお仕事ですよ。それに、お嬢さんはここで必要とされています。かわいそうに、エドマンドはゆうべ、目を真っ赤に泣きはらしていたじゃありませんか」

昨夜、近所の酒場で開かれた送別会で、劇団員たちがマディーの門出を祝して乾杯してくれた。マディーも涙をこぼした。けれども、そろそろ状況を変えるべきだ。刺激的なあたらしい道を歩むときが来たのだ。

「自分でお金を貯《た》めて店を開くとなったら、どれくらい時間がかかると思う？　一〇年？　二〇年かしら？」マディーは眉に少しすすをのせた。「それに、わたしを守ってくれる人が必要でしょう？」

ガーティーは太い腰に両手を当てて首を横に振った。「ダンハム卿にいとこだと打ち明ければいいんですよ」

「それは期待できないわね。そうしたら、つきまとうのをやめるかもしれませんが、昨夜のあの男の目を見たかぎりでは」マディーは無理やりキスされたことを思いだして身震いした。今度襲われたら、もっとひどい目に遭うかもしれない。

それに、血がつながっていることを隠しておきたい理由がもうひとつあった。事実を知ったら、ダンハムは彼の祖父に――ふたりの祖父に報告するだろう。そうなったら、ホートン公爵に不意打ちを食らわせる機会を失ってしまう。オークションが終わって時間に余裕ができたらすぐに、公衆の面前で公爵と対決する計画を立てるつもりだった。

だがそれをガーティーに教える必要はない。

マディーは立ちあがってメイドのそばへ行き、荒れた大きな手をさすった。「大丈夫よ、何もかもうまくいくわ。立派なタウンハウスに引っ越すのよ。わたしのメイドとして一緒に来てくれたらとても助かるんだけど」そこでひと息入れ、しわの刻まれた顔を探るように見た。「もちろん、劇団員たちと一緒にここに残りたいというのならしかたないわね」

「何を言うんですか、わたしがお嬢さんのおそばを離れるわけないじゃないですか！　あなたのママからいまわの際に頼まれたんですから」

マディーはがっしりした体を抱きしめた。「ありがとう。あなたには感謝してもしきれないわ」

ガーティーはまたしても咳払いをし、心配そうな目をした。「自分で蒔《ま》いた種は自分で刈り取るしかないんですよ。あとで後悔しても遅いんですからね！」

それから少し経って、マディーは杖《つえ》に寄りかかり、足を引きずりながら歩いて、袖から舞台に上がった。明かりは端にあるガス灯がいくつかともされているだけだ。今夜は公演は行われず、最後にここを貸してもらうことができたのだ。

すでに大半の招待客が到着していて、陰になった一階席に座っていた。いっせいにマディーに目を向けたものの、すぐに興味を失った。年老いた使用人にしか見えないからだ。

ここまでは順調だわ。

マディーは息を整えるふりをしながら、一同を観察した。雑談をしている者もいるが、ほとんどが闘鶏場の雄鶏《おんどり》のごとくにらみあっていた。

無理もない。この中で愛人になれるのはひとりだけなのだから。

マディーは不安で胸が締めつけられた。本当にこれでよかったのかしら？　最高価格をつけるのは誰なの？　一番相性がいいのは？　誰を候補からはずすことになるだろう？

最初にリストから消す人物はすでに決まっている――ダンハム卿は最前列に座り、いらだたしげに足踏みをしていた。紺色の上着が亜麻色の髪と貴族らしいすらりとした体形を引きたて、襟につけたダイヤモンドの飾りピンがきらめいている。だが国宝を差しだされたとしても、彼だけは選ばない。

ダンハムの近くに、赤毛のネザーフィールド卿がいた。折りたたんだ紙を何度もひっくり返し、いとおしげとも言える手つきでなでている。そのうしろに座っているのはミスター・スタンフォードだ。少年のように見えるが准男爵の後継者で、膝の上に大きな花束を抱えている。少し離れたところにいる学者のヘリントン侯爵は、本に顔をうずめながらも、競争相手をちらちら盗み見ていた。

ひとりだけ、劇場の後方の暗がりに立っている人物がいた。柱にゆったりもたれかかっている。ガス灯の明かりがまぶしくて顔が見えないものの、背が高くて体格がいいのはなんとなくわかった。

あれがローリー子爵かしら？

候補者の中でマディーが知らないのは、ローリー子爵だけだ。ここにいるほかの人たちは全員、見知った顔だった。けれども、まだ来ていない招待客がふたりいるから、あれが子爵ではない可能性もある。

もう八時を過ぎていた。遅刻した人を待つつもりはない。

マディーは杖を突いて舞台の正面までふらふらと歩いていき、咳払いをした。それでも反応がなかったので、もう一度大きく咳払いをすると、男たちはようやくこちらを見た。「みなさん、ミス・スワンに会いにいらっしゃったんですね」

同意のつぶやきがぽつぽつ聞こえた。

「彼女はどこだ？」ミスター・ジェラルド・ジェンキンスが大きな体に釣りあう力強い声で叫んだ。「誰が落札するかで賭けをしているんだから、さっさと彼女を連れてこい。ぼくたちは美女が見たいんだ。野獣じゃなくて」

失礼な皮肉に含み笑いをした者もいれば、礼儀正しくこらえた者もいた。ミスター・ジェンキンスはこれで順位を大きくさげた。

「あいにくミス・スワンは体調が優れないのです」マディーは声を震わせながら言った。「今夜は来られません」

抗議の声があがり、拳を振りあげる者もいた。ヘリントン侯爵が本をバタンと閉じ、ネザーフィールド卿が叫んだ。「最悪だ。ディナーの誘いを断ってここに来たというのに！」

マディーは声を張りあげた。「ご安心ください、閣下。ご安心ください！　わたしが代わりに入札書を集めるようミス・スワンから言いつかっております。さあ、これからそちらへまいりますから、少しお待ちください。わたしみたいな年寄りには階段がきついんですよ」

そう言うと、舞台の袖に向かってのろのろと歩きはじめた。肋骨《ろっこつ》がパッドに締めつけられ、顔をしかめながらも、背中を丸めたまま足を引きずって小股で歩く。これがテストだということに、愛人候補たちはまったく気づいていない。老齢の使用人に手を貸す思いやりがあるかどうかを調べているのだ。

彼らが座席から立ちあがったのを見て、マディーは誰が白馬の王子様になるかをめぐって小競り合いが起こることを期待した。ところが、彼らは単にわれ先に入札書を提出しようと争っているだけだった。

どうしようもない人たち！　年長者に対する礼儀も知らないなんて。使用人を人間とも思っていないのだ。

これで全員落第にしてもいいくらいだ。

マディーはいらだちを隠すために、足元を確かめるふりをしてうつむいた。深紅の靴がスカートの裾から見え隠れする。この靴は幸運をもたらしてなどくれなかった。

レディ・ミルフォードの賄賂は無駄になった。ご自慢の名付け子は現れなかったのだから。

あそこにいた人は……。

マディーは扇形の劇場の後方に目をやった。謎の人物は姿を消していた。もしあれがローリー子爵だったのだとすれば、入札する前に逃げだすような内気な臆病者なのだ。

〝人当たりがよくてハンサムなの。頭も性格もいいし〟笑止千万だわ！　ローリー子爵はきっと、レディ・ミルフォードが言っていたような人ではないのだろう。それどころか、軟弱で頭の弱い泣き虫の愚か者に違いない。

コツコツと杖を突きながら、短い階段にたどりつくと、一段目をおりるときによろめくふりをした。一番下まで転げ落ちたとしても、この紳士たちは気づかないかもしれない。彼らをにらみつけようとしたとき、背後でかすかな音がした。

次の瞬間、肘をつかまれていた。

驚いてぱっと顔を上げると、吸いこまれそうな瞳がそこにあった。深緑色で、金色の斑点がついている。黒い眉は濃く、目鼻立ちもはっきりしていた。半世紀前の肖像画に描かれた男性のように、肩まで伸ばした黒い髪をうしろでひとつにまとめている。着ているものは仕立てがよいけれど、シンプルで実用的だ——チャコールグレーの上着に黒のズボン、白いクラバット。

この男性は反対側の階段から上がってきたに違いない。どうして気づかなかったのかしら？　それより、何者なの？

ローリー子爵。

いいえ、そんなはずないわ。レディ・ミルフォードの名付け子は頭の弱い愚か者……でしょう？

違うの？

小麦色に日焼けしている……極東から長い船旅をしてきたかのように。参加者の中でマディーがはじめて会うのはローリー子爵だけだ。そこから導きだされる結論はひとつしかない。

この人がローリー子爵なのだ。

ローリー子爵が顔を近づけてきた。「大丈夫ですよ、マダム。ぼくに体を預けてください」うっとりするような低い声に、マディーはぞくぞくした。それに、その目ときたら……これ以上ないくらい鋭くて知的な目を見ると、みぞおちのあたりが震えた。きっと不安のせいだわ。紳士たちにこれほど近くで顔を見られることは想定していなかった。このしわがパテで作ったものだと見抜かれたら……。

マディーはさっとうつむき、しわがれた声で言った。「恐れ入ります、閣下。お手を煩わせて申し訳ないです」

「お安いご用ですよ」

ローリー子爵の手を借りて階段をおりはじめた。距離が近いせいで、恥ずかしさのあまり計画を断念して階段の下まで駆けおりたい衝動に駆られた。狭い階段だから、動くたびに腰がぶつかりあう。彼の背の高さや体温、二の腕をつかむ力強い指を意識せずにはいられない。そのうえ、サンダルウッドのほのかな香りとともに、原始的な男の魅力としか言いようがない雰囲気が漂ってくる。

ローリー子爵に気を取られていたせいで、階段をおり終えたことに気づかなかった。もう一段おりるつもりで足を踏みだしたら、靴底を床に思いきりぶつけて今度は本当によろめき、杖を落としそうになった。

すかさず、ローリー子爵が抱き留めてくれた。「危なかった」彼が言う。「転んだら大変ですからね。もっとお年を召していたらの話だけど」

からかっているのかしら？　それとも、もしかして――。

ローリー子爵の顔をのぞきこんで、表情を読み取る勇気はなかった。おまけに、彼の腕が腰に巻きついている。パッドに気づかれたら一大事だわ！　お墓に入るのはまだ先の話ですから」

マディーはどうにか甲高い笑い声をあげた。「心配ご無用ですよ、閣下。お墓に入るのはまだ先の話ですから」

杖を使い、老女として不自然でないくらいに足早に歩きはじめた。ようやく安堵の息をつく。ハンサムで人当たりがよくて……性格もいい。とにかく、マディーを助けてくれたのはローリー子爵だけだった。その点は評価するが、そろそろほかの候補者にも目を向けるべきだ。

一同は中央通路に一列に並んでいた。好都合だ。これなら、舞台の明かりに背を向けられるから、扮装《ふんそう》に気づかれることはないだろう。けれども、ローリー子爵には見破られたかもしれない。

不安をぬぐい去ることができなかった。でもきっと、思いすごしだ。

劇場の後方へ向かって外側の通路を歩いていくローリー子爵を、横目で観察した。大回りして行列の最後尾に並ぶつもりなのだろう。

そうよね？

ガーティーが最後列の座席に腰かけ、成り行きを見守っていた。その隣にローリー子爵が座って話しかけたので、マディーは驚いた。いったい何を話すことがあるというの？

よく音が響く劇場だが、彼らの会話はひと言も聞こえてこなかった。だがガーティーは背筋をしゃんと伸ばしているから、たぶらかされてはいないのはたしかだ。

「おい」ミスター・ジェンキンスが不満げな口調で言った。「いつまでこんなところに立たせておくつもりだ?」

マディーははっとわれに返った。ミスター・ジェンキンスは一番前に陣取っていた。「申し訳ありません、閣下。それでは、お手数ですが入札書をあちらの座席の上に置いていっていただけますか」

ミスター・ジェンキンスは赤い蠟《ろう》で封印した紙をぞんざいに放った。「必ずぼくのを最初に読ませるんだぞ」

マディーはその入札書をゴミ箱に捨てて、ミスター・ジェンキンスを候補からはずすことに決めた。こんな横柄な愚か者とつきあうなんてごめんだわ。「わたしはミス・スワンに意見できるような立場ではありません。次の方、どうぞ!」

ヘリントン侯爵が前に出た。髪は茶色で顔立ちも平凡だ。温厚で劇的なできごととは無縁に思える。調べたところ、幅広い分野の学問に優れているようだから、きっと話題も豊富だろう。

ヘリントンが本を開き、署名を入れた遊び紙をマディーに見せた。「この天文学の書物をミス・スワンに贈呈したいのです。夜空の星よりも燦然《さんぜん》と輝くあのかたに」

マディーは思わず笑いそうになった。出来の悪い台本に出てきそうな芝居がかった陳腐な台詞だ。でも彼は真剣なのだから、笑ったら失礼だ。

「ちょっと!」列の中ほどにいる男が声をあげた。「品物を贈っていいとは聞かされていなかった。ひとりだけ贈るのは不公平だ」

ほかの者たちも同意し、怒った顔をして喧嘩《けんか》腰に詰め寄ってくる者もいた。

マディーは彼らの言い分を認めた。「大変ありがたいのですが、閣下」ヘリントンに向かって言う。「入札書しか受け取ってはならないと、ミス・スワンに言われているのです。贈り物は禁じられています」

ヘリントンがため息をついて引きさがり、入札書を座席に置いた。次はミスター・スタンフォードだ。しょんぼりした少年みたいに肩を落とし、悲しそうな目つきで大きな花束を見おろしている。「嘘だろ！　このリボンの内側に入札書を仕込んできたのに。ミス・スワンがほどいたときに発見するはずだったんだ」

ピンクのリボンを急いでほどいているスタンフォードを見て、マディーはかわいそうになった。彼女を喜ばせようと手間をかけてくれたのだ。それを考慮すれば、有力候補に格上げするべきだが、正直に言うと、彼には男性としての魅力を感じなかった。それどころか、母親のように彼の頭をやさしくなでて、保育室に送り返してやりたくなる。

候補者が次々に入札書を提出するあいだ、劇場の後方では笑い声があがっていた。マディーは首を伸ばして紳士たちの横からのぞきこんだ。すると、目にしたものが信じられなくてまばたきした。

ガーティーがくすくす笑っている。体ごとローリー子爵のほうを向いていて、会話が弾んでいる様子だった。

マディーは唇を引き結んだ。分別盛りのガーティーが、はじめてダンスを踊る娘みたいにローリー子爵とたわむれている。たった数分間で、どうやってガーティーを虜《とりこ》にしたのかしら？　いったいふたりで何を話しているの？　共通の話題なんて何もないはずなのに……。

「結果はいつ出るんだ？」

貴族らしい気取った声が聞こえて、マディーはわれに返った。ダンハム卿が目の前に立っていた。使用人に話しかけなければならないのが不快だと言わんばかりに、尊大に片方の眉をつりあげた。

マディーは杖に寄りかかり、細めた目でダンハムをじっと見上げた。「わかりかねます、閣下」しわがれた声で言う。「ミス・スワンは一日でお決めになるかもしれませんし、一週間かけて検討するかもしれません。いずれにせよ、選ばれたかたは果報者です」

「賢明な決断をすると信じているとわたしが言っていたと、ミス・スワンに伝えてくれ」ダンハムは封印した紙を入札書の山の上に放ると、くるりと背を向けて歩み去った。

マディーは震えをこらえた。ダンハムの口調は明らかに脅していた。自分がすでに候補からはずされていると知ったら、激怒するだろう。最初から候補者リストに載せていなかった。彼を招待したのは、疑いを持たせないためにすぎない。

驚いたことに、ダンハムがローリーの前で立ち止まって声をかけた。ローリーが立ちあがり、ふた言三言、言葉を交わすあいだに、列の最後のほうの候補者たちが入札書を提出して劇場からぞろぞろ出ていった。それから、ダンハムがあとに続き、ガーティーもおそらく彼らを送りだすためにロビーへ向かった。

残っているのはローリー子爵だけだ。彼だけが入札書を提出していない。

マディーは好奇心をそそられた。ローリー子爵とダンハム卿は旧友なの？　そうだとしたら、ローリー子爵は評価をさげることになる。とはいえ、この一〇年間地球の裏側にいたのだから、それほど親しいはずはない。

ローリー子爵がこちらに向かって歩きはじめた。マディーは緊張しながらも、自信に満ちた足取りで中央通路を歩いてくる彼を品定めした。レディ・ミルフォードが過大評価していたわけではなかった。彼は顎がたくましく男らしい顔立ちをしている。口の両脇がかすかにくぼんでいるから、笑ったときにえくぼができるのかもしれない。長すぎる黒髪と緑の目が独特の魅力を放っていた。

膝から力が抜けていき、マディーは杖を握りしめた。背中を丸め、ローリー子爵をにらみつける。だが目の前に立たれると、にらむことはできなくなった。彼の背が高すぎて、見上げざるを得ないからだ。

「ずいぶん時間がかかりましたね」しわがれた声で言う。「どんな集まりにもそういうかたがひとりはいるものですが」

「すみません」相手が軽くお辞儀をした。「ネイサン・アトウッドです」

マディーはがっかりした。この人はローリー子爵ではなかったのだ。有力候補だったのに。だって、見た目は申し分ないし、使用人にも礼儀正しいから。

じゃあ、この人は誰なの？　マディーは想像力を発揮した。オークションのゴシップ記事を書こうとしている記者かもしれない。もしかして――情報をききだすためにガーティーとおしゃべりしていたの？

「アトウッドというお名前はリストに載っていません」マディーは言った。「お引き取り願います、閣下。あなたは招待されていません」

男に向かって杖を振ったあと、足を引きずりながら座席まで歩いていって、入札書を拾い集めた。

「いや、載っているはずだ。たぶん……ローリー子爵という名前で」

マディーは入札書を取り落とし、何枚かが木の床に落ちた。子爵はすかさず飛んできて、落ちた紙を拾って渡してくれた。よかった。腰に巻きつけた厚いパッドのせいで、かがみこむことができないのだ。

でも、悪い面もあった。ローリー子爵がすぐそばで身をかがめたため、ふたたび間近で向きあうはめになった。近すぎて、美しい緑の目に浮かぶ金色の斑点まで見える。

マディーは入札書を胸に抱きしめ、あとずさりすると、使用人らしい謙虚な態度を装った。

「恐れ入ります、閣下、ご親切にどうも。それでは、入札書をお持ちですね？」

「ああ、もちろん」ローリー子爵はそこでひと息つき、わずかに目を細めた。「だけどその前に、ひとつ頼みがあるんです。だから、こうして最後のひとりになるのを待っていたんだ」

マディーは好奇心をそそられた。「そうでしたか。なんでしょう？」

「じつはこの一〇年間、外国にいてね、参加者の中でミス・スワンにお目にかかったことがないのはぼくだけだ。明らかに不利な立場にある。だから、公平を期すために、入札する前に一度会わせてもらいたいんです」

「それはできかねます！」マディーは鋭い口調で言った。「先ほど申しあげたように、ミス・スワンは体調が優れないんです――ご病気なんですよ」

「それはお気の毒に」ローリー子爵の顔に同情の色が浮かんだ。それにもかかわらず、厚かましいことを言いだした。「お時間は取らせません。簡単に紹介していただければ結構です。相性を確かめるにはそれでじゅうぶんだ」

「無理です！　とにかく、ミス・スワンはここには来ていませんから、この話はこれでおしまいです」

「それなら、彼女のところへ連れていってください」ローリー子爵が微笑むと、案の定、うっとりするようなえくぼが現れた。「きくだけきいてみてくれませんか？　お願いです、マダム、協力してくれたら恩に着ます」

その笑顔に、マディーは心を揺さぶられた。一瞬、彼の要求を受け入れ、急いで楽屋に戻ってきれいな女優に戻ろうかと考えた。だが腰のパッドをほどき、パテを落とすにはものすごい時間がかかる。馬の毛の鬘のにおいを取るために髪も洗わなければならない。

それに、ローリー子爵の機嫌を取る必要はないでしょう？　参加を認めたことですでに便

いまあざむ

宜をはかっているのだ。彼に無理強いする権利はない。競争相手より優位に立とうとも

くろんでいるのだろう。でも、そうはさせない。

マディーはかぶりを振った。「申し訳ありません、閣下、命令にそむくわけにはいきません。いますぐ入札なさらないのなら、不参加とさせていただきます」

ローリー子爵は真顔になり、マディーをじっと見た。けれどもそのあと、上着の内ポケットに手を入れて折りたたんだ紙を取りだしたので、マディーはほっとした。彼は紙の角を手のひらにトントンと打ちつけながら、思案するように真剣な表情を浮かべた。

マディーはうずうずした。彼は虚勢を張っているだけだ。きっと入札書を渡してくる。

ローリー子爵が入札書を差しだした。マディーは手を伸ばして受け取ろうとした。だが指が紙に触れたと同時に、子爵が手を引っこめ、それをふたたび内ポケットにしまった。

「やっぱりやめておこう」ローリー子爵がきっぱりと言った。「残念ですが、この条件は譲れません。会えないのなら、入札はしない」

「でも――」

「ではごきげんよう、マダム。ミス・スワンにくれぐれもよろしくとお伝えください」

ローリー子爵はくるりと背を向け、通路を歩きはじめた。そして、一度も振り返らずにロビーの暗がりに姿を消した。

5

変装する必要がなくなると、マディーは背筋を伸ばした。暗い出入り口をにらんで、ローリー子爵が戻ってくることを念じた。あんなふうに突然立ち去るわけがない。入札書を持ってきたのだから。この指で触れたのに！

子爵を追いかけていって、明日、マデリン・スワンに会わせると言いたかった。そうよ。どうしてさっきそう言わなかったの？　急いで行けば、彼が劇場から出る前に追いつける。マディーは駆けだしたが、すぐに立ち止まった。それはできない。杖を突いている老人が走ったら、変装がばれてしまう。それにそもそも、走ってローリー子爵を追いかけるなんて屈辱的だ。

ほかに大勢、社交界の立派な紳士たちから申しこまれているのだ。ひとりくらい減ってもどうということはない。

マディーは唇を引き結び、近くの座席に杖を置いた。それから、胸に抱きしめていた入札書にできたしわを伸ばした。全部で一四枚ある。ダンハムとミスター・ジェンキンスを除外しても、一二名が残る。

その誰もが、ローリー子爵と同じくらい有力な候補なのだ。

マディーはふたたび出入り口をにらんだ。彼を惜しむ必要はない。こんなに簡単に辞退するということは、気まぐれな性格なのだ。マデリン・スワンをどうしても愛人にしたいという決意が感じられない。

欠点ならほかにもある。ローリー子爵は見栄えがよすぎるから、きっとうぬぼれが強いだろう。それに、人当たりもよすぎる。いつもうっとりするような笑顔を武器に、若い娘や、背中の曲がった老女をも魅了して、我を通しているに違いない。

でも、わたしはだまされない。

マディーのような身分の女性は、恋愛のこととなると現実的にならざるを得ない。ローリー子爵に逆に感謝すべきかもしれない。平凡で退屈な男性を愛人にしたほうがいいと気づかせてくれたのだから。そういう男性なら、彼女を大事にしてくれるだろう。えくぼを利用して丸めこもうとしたりはしない。

支配するのはマディーのほうだ。まぶしい笑顔と魅惑的な緑の瞳を持つ気取り屋ではない。そうかたく心に決め、マディーは入札書の束を手に、舞台に上がる階段へ向かった。楽屋に戻って変装を解いたら、すぐに下宿屋へ帰ろう。早くひとりになって入札書に目を通したかった。

有力候補を思い浮かべる。真っ先に頭に浮かんだのは、ヘリントン侯爵だ。温厚な学者だから、きっと一日じゅう本を読んで過ごしているのだろう。提示額が満足のいくものだったら、彼に決めてしまおうか。

階段を上がりながら、ヘリントンの顔を思いだそうとした。だがなんの特徴もないから、ぼんやりとしか覚えていない。髪は黒、それとも褐色？　顎は角張っていただろうか、丸かっただろうか。眉が濃かったかどうかも思いだせなかった。

どうでもいいことだわ。寝室は薄暗いし、ベッドの中で抱きあっているときに、目の色が平凡な茶色だろうと金色の斑点のある鮮やかな緑色だろうと違いはない。

どちらでもかまわない。劇的な人生なら舞台の上で思う存分味わった。これからは台詞を覚えて長時間の下稽古に励む代わりに、ヘリントンのような柔和な男性に甘やかされて暮らすのだ。彼にはえくぼはないかもしれないが——きっとないだろう——マディーの夢をかなえる手助けをしてくれる。それに、一年間愛人を務めれば、あとは別れて独立した事業主になれるのだ。

完璧な計画だわ。マディーは舞台を横切り、舞台裏につながるドアへ向かった。深紅の靴がコツコツと鳴り響く。いつもは活気に満ちたこの場所も、今夜は静まり返っていて薄気味悪かった。

ドアから出る前に立ち止まり、深呼吸をして木製の大道具とかびくさいペンキのにおいをかいだあと、心の中で別れを告げた。この劇場が恋しくなるだろう。両親が生きていた頃はイングランドじゅうを旅してまわっていたから、マディーにとって唯一わが家と呼べる場所だった。でも、旅立つときが来たのだ。すでに過去のものになったような気がした。故郷のような場所――。

突然、舞台袖のほうで物音がして、マディーはぎくりとした。誰かの足音が聞こえた気がする。

マディーは大声で言った。「ガーティー？　あなたなの？」

返事はなかった。誰もいるはずがない。いま頃ガーティーは、楽屋でマディーの荷物をまとめているはずだ。きっとネズミか何かだろう。劇団員たちが落としたパンくずを拾っているのだ。

ふたたび歩きはじめたとき、マディーの視界の隅に何かが映った。さっと振り向くと、舞台袖の暗がりで黒い影が動いた。

背の高い大きな人影。

こちらに向かってくる。

マディーは息をのみ、入札書を放りだして身を守るように両手を上げた。鬘をむしり取られ、ひいっと悲鳴をあげる。金色の髪が垂れて背中に広がった。

必死になって襲撃者の胸を拳で叩いた。煉瓦《れんが》の壁みたいにかたい。男がマディーの肩をつかんで押しのけ、低い笑い声をたてた。「落ちついて、ミス・スワン。きみを傷つけるつもりはないから」

この声は、どこかで聞いたことがある……。

「放して」マディーは鋭い声で言った。

男はすぐに手を離すと、幕の陰から足を踏みだした。ガス灯の薄明かりが、男の顔に浮かぶえくぼを照らしだした。

ローリー子爵がしたり顔で笑っていた。「思ったとおりだ。きみがミス・スワンだね」

マディーは驚きのあまり、口をぽかんと開けた。彼がロビーへ出ていくのをたしかに見たのに。どうやって気づかれずに戻ってきたのだろう――チケット売り場の近くの柱の陰にある通用口を通ってきたに違いない。

どうしてそこに通用口があるのを知っているの？

子爵はかがんで鬘を拾いあげると、手のひらの上でくるくる回した。「見事な変装だったけど、その目の若々しい輝きは隠せなかったね。それに気づいたら、あとは簡単に見抜けたよ。手にしわがないし、顎がたるんでいなかった」

胸にぶしつけな視線を向けられ、マディーはそわそわした。作り物のしわの下で、顔が赤くなるのがわかった。少し見られただけで息もできなくなるなんて。

すぐに反応してしまうのが悔しかった。変装を暴かれたことも。鬘を取られて、裸にされた感じがした。さらし者にされた気分だ。不安が的中した。やはり変装を見抜かれていたのだ。彼はうぬぼれて得意になっている。あれは好意を表す笑みではない。

勝利の笑みだ。

ローリー子爵はいい気になっている。マディーが狼狽《ろうばい》しているのを見て楽しんでいるのだ。してやったりと思っているのだろう。

マディーは怒りがふつふつとわいてくるのを感じた。鬘を奪い返すと、棍棒《こんぼう》のように振りまわして彼の顔を打った。「最低！　帰ったふりをして脅かすなんて。死ぬほど怖かったんだから！」

ローリー子爵は一歩うしろにさがると、赤くなった頬に手を当てた。「すまなかった、ミス・スワン。だが、だましたのはきみのほうだろう？　ぼくだけじゃなく、ここにいたみんながきみの策略にだまされた被害者だ」

「被害者ですって？　あなたはつむじ曲がりの卑劣なうぬぼれ屋よ。腹黒くて傲慢なとんまだわ！」

「シェイクスピア女優に罵倒されるのははじめてだ。さすがに表現力が豊かだね」

子爵はまだ口元に笑みをたたえていた。悪口を言われて面白がっている！

マディーは怒りにまかせて鬘を彼の肩に叩きつけた。「ばかにしないで、このいまいましい気取り屋！」ビシッ！「紳士らしくお年寄りに手を貸してみせるなんて、あざといわ」さらに二度、三度と叩きつける。「あなたみたいな見さげ果てた恥ずべきろくでなしを選ばせようとして」

ばらばらになった鬘を、ローリー子爵の胸に投げつけた。彼は上着についた馬の毛を払い落としたあと、まじめな顔をして片手を胸に当てた。「誓って言うが、助けに行った時点では変装を見抜いていなかった。階段をおりはじめたあとで、その……不自然な点に気づいたんだ」

「わたしを丸めこもうとしたって無駄よ！　あなたを信じるくらいなら、偽造屋に渡された紙幣を信じるわ」マディーは冷やかな視線を彼に浴びせた。「丸めこむと言えば、どうしてわたしのメイドに声をかけたの？　何を話していたの？」

ローリー子爵が眉をつりあげた。「個人的な話を勝手に打ち明けるわけにはいかない」

マディーの怒りは募る一方だった。子爵がふたたびにやりと笑う。えくぼができた顔は、いやになるほど魅力的だ。「ずる賢い人でなし！　気まぐれな気取り屋！　笑みを振りまいて、えくぼを見せびらかして、出会う女性みんなをたぶらかしているんでしょう！」

「さっきからぼくの唇をじっと見ているね、ミス・スワン。もしよかったら試してみるかい？」

「ヒキガエルにキスしたほうがましだわ」

彼に投げつけられるものを探して、マディーは薄暗い周囲を見まわした。そして、目を見開いた。入札書が床に散らばっている！　すっかり忘れていた。

「もう！」

マディーはかがみこんで入札書を拾ったが、半分は手の届かないところにあった。腰に巻きつけた分厚いパッドやたっぷりしたスカートに動きを妨げられながらも、どうにか四つんばいになって残りをかき集めた。

最後の一枚は、赤い封蠟にHのイニシャルが刻印されている。きっとヘリントン侯爵のものだ。マディーが最も興味を抱いている相手。絶対に面倒を起こさない退屈なタイプ。

マディーが手を伸ばしたと同時に、ローリー子爵が入札書を踏みつけた。「これはもう必要ない」

「なんですって？」マディーは怒りを込めて言い、入札書を引き抜こうとした。「足をどけて、この下劣なならず者！」

「ぼくの申し出も考慮すると約束してくれたらどけるよ」

マディーは彼を見上げ、その背の高さを腹立たしく思った。「恥知らずの詐欺師に関わるつもりはないわ。あなたは入札する機会を自ら放棄したのよ。オークションは終了しました」

「きみが選ぶまでは終わっていない。それに、ぼくの入札書を読んだら、きっときみはほかの候補者に興味を失うだろう」

「そう、でもあなたのは読まないから、その答えは永遠にわからないわね。さあ、足をどけてちょうだい」

ローリー子爵は磨きあげた黒い靴をどけようとしなかった。それで、マディーが思いきり引っ張ると、入札書は破けてしまった。おまけに、マディーはバランスを崩して尻もちをつき、息をのんだ。

すかさず子爵が身をかがめてマディーをのぞきこんだ。「大丈夫かい、ミス・スワン？」気遣う言葉をかけながらも、口元をほころばせていた。鮮やかな緑の瞳を縁取る黒いまつげの一本一本が見えるくらい、顔が近くにある。マディーは体の芯がほてり、その熱が顔まで広がっていくのを感じた。これは怒りのせいよ。それ以外の何ものでもないわ。「全然平気よ。あなたのおかげじゃないけど」マディーは破れた紙を彼に向かって振った。「これはあなたのせいよ、この役立たずのまぬけ！」

ローリー子爵は謝らなかった。マディーはやっとのことで体勢を立て直すと、反対の手に持っていた大事な入札書の束を胸に抱きしめた。子爵がマディーの腕をつかみ、軽々と引っ張りあげて立たせた。「その腰に巻いているパッドが緩衝材になったんだろうね」

マディーは歯を食いしばった。彼はわざとマディーを怒らせようとしているみたいだ。愛人に選ばれたいのなら、どうしてそんなことをするのかしら？

うまい切り返しを思いつく前に、ローリー子爵が顔を近づけてきてマディーの顔をじろじろ見た。「もしかして、顔がほてってる？」

「いいえ！」欲望でほてっていると思われるのだけはごめんだった。「どうしてそんなことをきくの？」

「顎のいぼが溶けてきているように見えるから――それを言うなら、全体的にだけど」

マディーははっとして偽のいぼに手をやった。ふやけた肌色のパテが取れて指にくっつく。恐る恐る頬をなでると、ねばねばしていた。なんてこと！　ひどい顔をしているに違いない。ローリー子爵をちらりと見た。案の定、マディーの惨状を楽しんでいる様子で、目を輝かせている。

「これでマデリン・スワンの素顔に少し近づいたね」ローリー子爵が言う。「残りも全部取ってくれたらうれしいんだが」

「喜んで」

マディーは顔からパテを引きはがして、子爵に投げつけた。どろりとした塊がオーダーメイドのチャコールグレーの上着に白っぽい筋をつけながら垂れ落ちた。

さすがにこれは効いたらしく、ローリー子爵は余裕のある笑みを引っこめ、怖い顔をした。唇を引き結び、歯を食いしばっている。

人をも殺しかねない形相だ。

マディーの不安が怒りに取って代わった。やりすぎだった。子爵は筋骨たくましく、そんな彼とふたりきりでいる。何をされようと、この人けのない劇場で助けを呼ぶことはできない。

それにもかかわらず、マディーは顎をつんと上げて言った。「いますぐここから出ていってください、閣下。オークションは終了しました。もう何もお話しすることはありません」

入札書の束を握りしめ、一目散に逃げだしたくなるのをこらえて、舞台の奥のドアへ向かって歩いた。べとつく手で取っ手を回し、楽屋につながる狭い廊下に出る。ひとつしかないランプの薄明かりが、くすんだ壁に貼られた古いポスターをぼんやりと照らしていた。

ガーティーはどこにいるの？　まさか先に帰ったわけじゃないわよね。楽屋にいるはずだけど。誰かに丸めこまれたのでもないかぎり……。

背後から重い足音が聞こえてきて、マディーはどきりとした。振り返ると、ローリー子爵の大きな人影がドアを通って近づいてくるのが見えた。

「ついてこないで」マディーは鋭い口調で言った。「舞台裏は関係者以外立ち入り禁止です。いますぐ出ていってちょうだい！」

子爵は無言で歩きつづけた。マディーは恐怖に駆られた。彼はダンハムよりもずっと手ごわい相手だ。さっきパテを投げつけて驚かせたから、もう同じ手は使えない。

マディーが早足で歩くと、彼も足取りを速めた。簡単に追いつけるだろうに、距離を詰めようとはしない。マディーをもてあそんでいるのだ。獲物を見つけたライオンのように。

獲物を追いつめたと思っているに違いない。まだ逃げだすチャンスがあることを、マディーは祈った。

楽屋から明かりがもれていた。部屋の中に駆けこんで、ドアをバタンと閉める。旅行鞄《かばん》の前にひざまずいて荷物を詰めているガーティーの姿を見て、深い安堵に包まれた。

「よかった、あなたがいてくれて！」マディーは心からそう言うと、入札書の束を鏡台に放ってから、ひとつしかない木の椅子をつかんだ。

「おやまあ、何かあったんですか？」ガーティーが眉根を寄せて立ちあがった。「化け物みたいな顔をしていますよ。鬘はどうしたんですか？」

「気にしないで。それより、ローリー子爵が来るわ。すごく怒っているのよ。絶対にこの部屋に入れないで！」

マディーは椅子の背をドアの取っ手の下にはめこんで、開けられないようにした。間一髪だった。

ドアを強く叩く音がした。「ミス・スワン、開けてくれ。渡したいものがあるんだ」

「帰って！」マディーはドアをにらみつけながら叫んだ。「あなたの入札書は読みません。もう手遅れなんです。オークションは終了しました」

ガーティーが隣に来てマディーをにらんだ。「閣下のお話をまだ聞いていないんですか？」

「ええ」マディーは安心するとふたたび怒りがわいてきて、廊下にまで聞こえるよう大声で言った。「あの人はひとりよがりの無作法なうぬぼれ屋よ。関わりたくないわ！」

すると、信じられないことに、ガーティーが椅子を動かしてドアを開けたあと、ローリー子爵にお辞儀をした。「失礼いたしました、閣下、どうぞお入りになってください。わざわざ入札書を書いていただいて、すみません」

ガーティーがたしなめるようにマディーを見た。マディーが子どもの頃にお菓子をつまみ食いしたときに示したのと同じ目つきで。

マディーは世界がひっくり返るほどの衝撃を受けた。ガーティーはどうして子爵の肩を持つの？　ローリー子爵はたしかに——癪《しゃく》に障るくらいハンサムだけど、ちょっと話をしただけで、どうやって堅物のガーティーを味方につけたのかしら？

子爵が大きな体をかがめて、部屋に入ってきた。襟についたパテのしみが、不名誉のバッジのように見えた。

彼はガーティーと視線を合わせ、目で会話をした。

「わたしは外で待っています」ガーティーが椅子を持って部屋から出た。「ご用の際は呼んでください」

「待って――」マディーは呼び止めた。

しかしドアは閉められ、マディーはふたたびローリー子爵とふたりきりになった。

6

ローリー子爵は狭い楽屋を歩きまわり、壁にかかった衣装や旅行鞄に詰めこまれた装身具、洗面台に置かれた縁の欠けた磁器の水差し、鏡台にずらりと並んだ化粧品を物珍しそうに眺めた。

その様子をマディーは歯を食いしばって見ていた。子爵が入ってきてから、急に部屋の中が息苦しく感じられる。彼が背を向けているあいだに、外へ逃げだすべきだ。

そう思いながらも、好奇心に勝てず部屋に残った。子爵はどうやってガーティーを味方に引き入れたの？　いったいなんて言ったの？

マディーはべとつく手を布切れでぬぐった。「あとをつけるのはやめてください」鋭い口調で言う。「あなたに用事はありません」

ローリー子爵がマディーを見据えた。「ぼくが追いかけてきたのは、渡さなければならないものがあるからだ」

「入札書なら」マディーは親指にこびりついた汚れをごしごしこすった。「何度も申しあげているように、受け取るつもりはありません」

「これでもかい?」

ローリー子爵は唇に挑発的な笑みを浮かべ、ヘリントン侯爵の半分に破れた入札書を差しだした。子爵が踏みつけていた部分だ。すっかり忘れていた。

マディーはその紙をさっとつかみ取った。「わたしを丸めこると思ったら大間違いよ。わたしはガーティーと違って、うわべだけの魅力にはだまされませんから。何を言っても無駄です」

マディーは鏡台へ向かい、破れた紙片を入札書の山に加えた。力ずくでローリー子爵を追いだせないのが残念だけれど、無視すればいい。ここにいないものとして扱おう。そうすれば、彼もいずれはあきらめて帰るだろう。

椅子に腰かけると、マディーは乱れた髪を頭のてっぺんでゆるくまとめ、ピンで留めた。それから、布切れの角を亜麻仁油に浸し、パテを落としはじめた。しわを取り除くのに数分かかった。そのあいだずっと、ローリー子爵が迫り来る災難のごとく近くにいるのを意識していた。

この角度からだと子爵の姿を鏡越しに見ることはできないが、うなじの産毛が逆立つのを感じた。彼は何をしているの? 頭のおかしな人だったらどうしよう。いきなりナイフで刺されるかもしれない。

そうなったら、ガーティーは自分のしたことを後悔するでしょうね! マディーは鏡に顔を近鼻の脇の落ちにくい部分をきれいにするためだというふりをして、マディーは鏡に顔を近づけ、ななめうしろに立っているローリー子爵を盗み見た。壁にゆったりと寄りかかって、こちらを見つめている。ドレスの下の分厚いパッドを見透かすような目つきで、彼女の体に視線をはわせていた。

マディーは振り返った。「いいかげん帰ってちょうだい！　とにかくもう、誰にするかは決めたから」

「まだ入札書も読んでないのに？　どうせはったりだろう」

「本当に決めたのよ」

「誰だい、その幸せ者は？」

「あなたには関係ないわ」

ローリー子爵はマディーの言葉を完全に無視して、ぶらぶらと近づいてきた。鏡台のそばで立ち止まると、ふたたび壁に寄りかかり、腕組みをする。男らしい魅惑的な香りがほのかに漂ってきて、マディーは子宮がうずくのを感じた。

「きみがオークションに招待した男たちについてちょっと調べさせてもらったんだが」子爵が言う。「全員独身だった。きみは既婚者と関係を持つのはいやなんだね」

マディーはそれを聞き流し、メイク落としを再開した。そのとおりだと答えたところでなんの得にもならない。人の夫を奪うことなどできない。考えるだけでぞっとした。

「なあ、誰に決めたんだい？」ローリー子爵がふたたび尋ねた。「ネザーフィールド卿ではないだろうな。彼は愚痴っぽいから」

マディーは無視しつづけた。答えたらますます調子に乗らせるだけだ。

「ジェラルド・ジェンキンスだとも思えない」ローリー子爵が思案しながら言う。「ダンハムも違うな。いくら公爵の跡取りといっても、あいつはたちの悪い放蕩者だ」

そういえば、ダンハム卿は帰るとき、ローリー子爵に声をかけていた。何を話していたのかききたくてしかたがなかったけれど、我慢した。

「そうだな」子爵は推測を続けた。「きみは自分が支配できる相手を選ぶはずだ。ミスター・スタンフォードみたいな坊やとか」

マディーはようやくパテを取り終えた。好きなようにしゃべらせておこう。ローリー子爵をいないものとして扱う訓練だ。

「しかしスタンフォードには、きみに何不自由ない暮らしをさせられるほどの金がない。きみが満足する金額は提示できないだろう」

マディーは鏡に映った自分をじっと見つめた。強くこすったせいで顔が赤くなり、亜麻仁油でてかてかしている。好都合だ。ローリー子爵も興味を失って帰ってくれるかもしれない。

「だんだん選択肢がかぎられてきた」子爵が言葉を継いだ。「きみに贅沢《ぜいたく》をさせられるくらい裕福で、きみの好きなようにさせてくれる退屈な男。学者なら一日じゅう書斎で過ごすだろう。ヘリントン侯爵とか」

髪の生え際についていたパテをぬぐい取る手が一瞬、止まった。マディーはあわてて無表情を装った。

不意に、ローリー子爵が身をかがめて両手を鏡台の縁に置いた。「彼なんだろう？　きみが選んだのはヘリントンだ」

マディーは唇を引き結んだ。今度ばかりは無視するわけにはいかない。ローリー子爵を見上げようとして、目の高さが同じなのに気づいた。緑の目にまっすぐ見つめられると、心の中まで見透かされているような気がした。だって、考えていることを完全に読まれたのだから。

マディーは動揺して、椅子からさっと立ちあがった。「だったらなんだというの？　ヘリントン卿は侯爵だし、紳士だし、喜んで愛人になるわ！」

足を踏み鳴らして洗面台まで歩いていき、水差しの水をたらいに注いだ。石鹼をたっぷり泡立て、顔にこびりついたパテを入念にこすり落とす。何も答えなければよかった。これではローリー子爵の思うつぼだ。でも、彼がほかの入札者をばかにすれば自分が有利になると思っているのだとすれば、見当違いもいいところだ。

石鹼が目にしみ、マディーはざぶざぶと顔を洗った。手探りでタオル掛けに手を伸ばしたものの、木の壁に触れるばかりだった。「もう、ガーティー！　タオルはどこ――」

突然、リネンのタオルを渡されると同時に、荒れた手のぬくもりを感じた。マディーは驚いて体を引き、急いで顔を拭いた。

濡れたまつげ越しに、ローリー子爵をにらむ。「まだいらっしゃったんですか、閣下？　しつこいにきびみたい」

ローリー子爵は腹を立てるどころか、含み笑いをした。「きみの口の悪さをヘリントンは知っているのかな？　おだやかな生活を乱されたくはないだろうに」

「侯爵に対しては暴言を吐いたりしません。だって、彼は紳士だもの」マディーは濡れたタオルをローリー子爵に投げつけた。「あなたみたいなおしゃべりな卑劣漢だと、地獄に落ちるまでののしりたくなるけど」

子爵はやすやすとタオルを片手で受け止めた。「お好きにどうぞ、ミス・スワン。ぼくはどうやら、きみに罵倒されるのが好きみたいだ」

その笑顔からローリー子爵が本気で言っているのだとわかって、マディーはうろたえた。ふつう紳士は、侮辱されたらかんかんに怒る。やっぱり彼は頭がおかしいのかもしれない。

「くだらない話はもうたくさん」マディーはきっぱりと言った。腕組みをしようとして、パッドのせいでぎこちない仕草になった。「いますぐお帰りください」

「そうしたらきみはヘリントンの入札書をつなぎあわせて、彼のベッドをあたためる料金を調べるのかい？　そんなの時間の無駄だ」

ローリー子爵はそう言うなり、鏡台の上に置いてあった入札書をまとめてゴミ箱に放りこんだ。

マディーがあわてて拾いに行こうとすると、子爵が前に立ちはだかった。「なんてことするの？　どいてよ、この暴君！」

「あの中にぼくの申し出にかなうものなどない」ローリー子爵が上着の内ポケットから入札

書を取りだした。「ほら、見ないと損するぞ」

そして、その紙をマディーの手の中に押しこんだ。彼女はそれをびりびりに引き裂いて、ローリー子爵の美しすぎる顔に投げつけてやりたい衝動に駆られた。だがそんなことをしても、彼はつきまとうのをやめてはくれないだろう。これを読むまで帰らないに違いない。

子爵の言うことを聞くのは癪に障るけれど、入札書を読んでしまうのが最善策かもしれない。そのあとで、きっぱりと断って追いだせばいい。

「もう！」マディーは鋭く息を吐きだすと、銀の封蠟を破って紙を開き、鏡台の上のオイルランプに近づけて読みはじめた。力強い筆跡でしたためられ、文章は簡潔で、内容は……。

彼女は驚きのあまり、くずおれるように椅子に座ってから、入札書を読み返した。

不信の目でローリー子爵を見上げる。「わたしを愛人ではなくて……妻にしたいの？ 冗談よね」

「まさか、本気だよ、ミス・スワン。ほかの入札者は全員、きみのことを誰にも知られたくない秘密みたいに隠し通そうとするだろう。でもぼくは違う。きみと一緒に社交界に出るつもりだ。多額の年金だけでなく、家名も差しだすと言っているんだ。きみはレディ・ローリーという、自立した裕福な女性になれるんだよ」

彼は本気だ。マディーは演じるために人の表情を研究しているから、その顔を見ればわかった。

だから、ガーティーはローリー子爵を受け入れたのだ。あのとき、結婚を申しこむつもりだと話したに違いない。マディーが結婚指輪をはめて敬称で呼ばれるのは、ガーティーにとっては無上の喜びだろう。

でも、こんな申し出をする彼の動機がわからない。

どうして貴族が出会ったばかりの身分の低い女優と結婚したがるの？　それどころか、入札書を書いた時点では会ったこともなかったのだ。もしかしたら……ローリー子爵はエドマンドのような男性なのかもしれない。同性愛者であることを隠すために、形だけの妻を必要としているのだろうか。「ひょっとしてあなたも……男性が好きなの？」

ローリー子爵はマディーをじっと見つめたあと、含み笑いをした。手を伸ばして彼女の頬に触れる。「まさか。約束するよ、ミス・スワン、床入りはちゃんとする。必ずきみと愛しあうから。心行くまで」

子爵に触れられた場所が熱を帯び、体の芯まで広がっていった。その感覚があまりにも心地よくて、マディーは彼と裸で抱きあい、体の隅々までまさぐられる場面を想像した。認めたくはないけれど、彼に惹かれている自分もいる。でもやっぱり、こんなうぬぼれの強い見ず知らずの者の申し出を素直に受け入れることはできない。

マディーは弾かれたように立ちあがった。「わたしはまだ返事をしていないわ。今日会ったばかりの人と生涯を誓うなんてことができると思う？　好きあってすらいないのに――少なくとも、わたしのほうはあまり好きじゃないわ！」

ローリー子爵が肩をすくめた。「今年の社交シーズン中だけ――三カ月くらい我慢してくれればいいんだよ。ぼくはそのあと、イングランドを出るから。二度と戻ってこない」

「出るって？　どうして？」

「外国で仕事をしているから。きみはロンドンに残るのが契約の条件だ。その代わり、収入と肩書が手に入る。さらに、ぼくの父親が死んだら、きみはギルモア伯爵夫人になれるんだ」

そう言った瞬間、ローリー子爵の口元が引きつった。それを見て、マディーははっと気づいた。そして、おもむろに言った。「わたしを利用して、立派な家族に恥をかかせるつもりなのね」

「そうだ」子爵は狭い部屋の中を一周したあと、マディーと向きあった。「ミス・スワン、どうやらきみは頭のいい女性のようだから、単刀直入に言わせてもらうよ。ギルモア伯爵は後継者が悪名高い女優と結婚したと知ったら、激怒するだろう。ふたりでギルモア邸に押しかければ、なおさらだ」

「どうしてお父さまのことをそんなに嫌っているの？」

「きみには関係ないことだ」ローリー子爵はきっぱりと言った。「二度と同じ質問はしないでくれ。それから、もうひとつ条件として、きみには今夜と同じようにふるまってほしい――無礼な言葉を浴びせて、卑しい女を演じるんだ。ひどければひどいほうがいい。なんだったら、シャンデリアにぶらさがってくれたってかまわない」

子爵の口調には激しい怒りが込められていた。本当に父親を憎んでいるのだ。伯爵家に身分の低い女性を家族の一員として押しつけるほどに。

いったい何があって、そこまで強い敵意を抱くようになったのだろう。そのせいで一〇年間外国へ行っていたの？　イングランドに帰ってきたのは、父親をひどい目に遭わせる計画を実行するため？

この計画に巻きこまれてはならないと、直感が告げていた。ローリー子爵は気性が荒く口汚い下品な女を求めている。道理で、今夜のマディーのふるまいを見て喜んでいたわけだ。彼が結婚したがっている卑しい女のイメージにぴったりだったのだ。

子爵は立派な家族や社交界の人々に、マディーを引きあわせるつもりだ。彼らは無作法な平民を蔑み、舞踏会やパーティーや公園――どこで会っても、無視するに違いない。マディーを同じ世界の住人とは絶対に認めないだろう。どれほど高貴な身分を手に入れようと、マディーは永久に、ギルモア伯爵の跡取り息子にオークションで買われた恥ずべき女優でしかない。

それでも、申し出を受け入れたい気持ちになっていた。

お金のためではない。ほかの男性を選んでも、開店資金は用意してもらえる。しかも、一年で関係を解消して自由になれるのだ。

とはいえ、ローリー子爵と結婚したとしても、実質的には自由の身だ。数カ月後に彼がイングランドを永遠に去ったあと、長年の夢だった婦人服店を開ける。商人の妻たちは貴族の店に押し寄せるだろう。マディーが社交界で避けられていようと、彼女たちは気にしない。

レディと触れあえるだけで喜ぶはずだ。

「どうかな？」ローリー子爵がマディーの目の前に立って促した。「返事を聞かせてくれないか、ミス・スワン。身分と財産と引き換えに、ギルモア伯爵家に騒動を引き起こすあばずれになってくれるかい？」

「わたしたちがいがみあう可能性のほうが高そうよ」

「なおさら結構」子爵はマディーの手を取り、そっとキスをした。「これはきみの女優人生で最も演じがいのある役だ。ぼくの父親を怒らせるありとあらゆる方法を考えてくれ。きっと最高に楽しい舞台になるだろう」

彼が目の覚めるような笑みを浮かべ、えくぼと白い歯を見せつけた。危険なほど魅力にあふれている――軽く触れられただけで体がかっと熱くなるなんて。卑劣な復讐計画に手を貸すなど考えるだけでも許されないことだ。

だけど、ローリー子爵を批判する権利はない。マディーもずっと、ホートン公爵への復讐を企てているのだ。でもそれをローリー子爵に知られてはならない。

入札者の中で、社交界に出入りする機会を与えてくれるのはローリー子爵だけだ。貴族たちと交流して祖父を捜しだし、母を勘当した罰を与えるチャンスだ。

「そうね」マディーは言った。「やるわ」

7

結婚式を執り行う老牧師が延々としゃべりつづけるあいだ、祭壇の前に立ったネイトは隣にいる花嫁を横目で盗み見ていた。マデリン・スワンのサファイアのような青い瞳は、牧師にじっと据えられたままだ。教会の窓から西日が差しこみ、彼女の美しい横顔——つんとした鼻、バラ色の唇、長いまつげを照らしている。真っ赤なボンネットをかぶり、金色のおくれ毛が垂れていた。

はっとするほど美しい。実に見目うるわしい女性だ。おとといの夜は変装していたから、その美しさを見落としていたのだ。

ネイトは視線を下にずらした。こちらもすばらしい。けばけばしい深紅のドレスは、ネイトが彼女の衣装から選んだ。体に張りつくようなドレスで、大きく開いた襟ぐりからやわらかそうな豊かな胸がのぞいている。彼女を競り落とそうと、男どもがオークションに押し寄せたのも無理はない。

ふるいつきたくなるような女性だ。夜が待ちきれない。

牧師が声を張りあげた。「この結婚に異議のある者は、ここで申し出なさい。あとになって言葉を差しはさんではなりません」

髪の薄い牧師が式文から顔を上げた。長い間を置き、丸い眼鏡越しに教会の扉をじっと見る。まるで誰かが飛びこんできて、ネイトの罪状を並べたてるのを期待しているかのように。

ネイトは振り返る必要はなかった。絶対に必要な証人二名――マデリン・スワンの厳格なメイド、ガーティーと、もとは船乗りで、ネイトが従者として引き抜いた白髪交じりのイライアス・ジョゼフソン――しか列席していないのは、見なくてもわかっている。ほかには誰も招待していないから、まだ社交界に醜聞は広まっていないはずだ。その前に恥ずべき妻を家族に引きあわせて、ギルモア伯爵の衝撃を受けた顔を見たかった。

ネイトはじれったくて、牧師をせかしたい衝動に駆られた。さっさと結婚式をすませてマデリン・スワンをギルモア邸に連れていき、復讐を開始したい。

牧師がようやく、よく響く声で言った。「あなたがたふたりに命じます。この結婚の妨げとなることを知っているならば、ここで告白しなさい。心に隠されたことが暴かれる審判の日、すべてが明らかになります」

そして、ネイトと花嫁の顔を交互に見つめた。人目を忍んだ性急な結婚を、疑わしく思っているに違いない。ふつうなら、日曜日に三週連続で結婚の公示を行わなければならないところだ。だが昨日、レディ・ミルフォードの計らいで特別許可証を手に入れることができたのだ。

レディ・ミルフォードはやけに協力的だった。ネイトの目的を快く思っていないにもかかわらず、オークションへの参加を取りつけてくれた。おおかた、貧民街のみすぼらしい物乞いを拾ってこられるよりはましだと思ったのだろう。

レディ・ミルフォードの助言は的確だったと認めざるを得ない。彼女が選んだ相手に、ネイトは心から満足していた。マデリン・スワンは女優として訓練を受けているから、はきはきしている。そして、性悪女みたいに毒づくことができる。さらに、オークションで自分の身を売った女が義理の娘になるなど、ギルモア伯爵にとってこれ以上の侮辱はないだろう。

牧師が咳払いをした。「あなたはこの女性と結婚し——」

ネイトはとうとう牧師の言葉をさえぎった。「誓います」

牧師は唇を引き結び、マデリン・スワンに視線を移した。「あなたはこの男性と結婚し、神の定めに従って夫婦となろうとしています。その健やかなるときも病めるときもこれに従い、これに尽くし、これを愛し、これを敬い、その命のかぎりかたく節操を守ることを誓いますか？」

マデリン・スワンがちらりとネイトを見た。ネイトはまたしても彼女の美貌に圧倒された。深い青の瞳。優美な顔立ち。ふっくらした唇——暗がりから飛びだして鬘をむしり取ったとき、あの唇に非難の言葉を浴びせられた。

だが今日は、安下宿屋に迎えに行ったときからずっと、ほとんど口をきいていない。オークションの日に出会った、怒り狂った口やかましい女は姿を消し、無口でしかつめらしい女性がそこにいた。気が変わったのか？

そんなことあるはずがない。

マデリン・スワンは玉《たま》の輿《こし》狙いだ。伯爵夫人の地位と贅沢な生活を手に入れたいから、ネイトの申し出に応じた。身分の低い女性なら当然のことだ。しゃれた舞踏会や高価なドレスのことで頭がいっぱいで、これからは羽振りをきかせられると夢をふくらませているに違いない。

まさか、いまさら手を引くなどというまねはできないだろう。

そうだろう？

彼女が唇を開いた。そして、澄んだ声で言った。「誓います」

ネイトはいつの間にか止めていた息を吐きだした。心臓が早鐘を打っていた。マディーに断られることを本気で心配していたわけではない。ただ、彼女は扱いにくい性格だし、何をしでかすかわからなかった。

牧師の指示で、ふたりは向きあって誓いの言葉を順に繰り返した。富めるときも貧しいときも、病めるときも健やかなるときも、愛し慈しみ、死がふたりを分かつまで……。

とんだ茶番だ。ふたりともこんな誓いを守るつもりなどないのに。法律上は夫婦だし、夫婦の権利は必ず行使させてもらうが、それ以外は業務契約と似たようなものだ。

ネイトはマデリン・スワンを復讐の道具として利用する。彼女はネイトを利用して金と地位を手に入れる。これは偽りの儀式でしかない。

指輪を出すよう牧師に促されてはじめて、ネイトは用意していなかったことに気づいた。

そんなこと、思いつきもしなかった。「指輪はありません」ささやくように言った。「先に進めてください」

一瞬、老牧師が結婚式を中断するようなそぶりを見せたので、ネイトはにらみつけた。牧師は咳払いをした。「神が合わせられたものを人は離してはならない……このふたりが夫婦であることを宣言します」

マデリンが冷ややかなまなざしでネイトを見上げた。距離を保とうとしているのは明らかだ。そのよそよそしい態度に、ネイトはいらだちを覚えた。マデリンはもう彼の妻となったのだ。オークションの日と同じように、彼を寄せつけなかった。

ふたりの結婚生活を支配するのは彼のほうだ。どちらが優位にあるのかを思い知らせてやる必要がある。

ネイトはマディーを抱き寄せると、身をかがめてキスをした。抗議しようと彼女が口を開いた隙に舌を滑りこませる。やわらかく熱い唇を味わいながら、両手ですらりとした背中をなでおろすと、興奮した。オークションでは、厚いパッドで女らしい体つきを隠していた。そんなばかげたまねは二度とさせない。

マデリンは一瞬、体をこわばらせたものの、そのあと甘い声をもらして背伸びをすると、自分からキスしてきた。ネイトの髪に指を通し、体を押しつけてくる。彼女のほうも自分を求めているとわかって、ネイトは満足した。

結婚したのはあくまでも復讐のためだが、マディーとベッドをともにできるのは思いがけないおまけだ。とはいえ数カ月もしたら、彼女の毒舌にうんざりしているに違いない。そのときは悩みの種でしかない望ましくない花嫁をギルモアに押しつけて、心置きなくイングランドを去ればいい。運がよければ、伯爵家の血筋を汚す息子ができていて、ギルモアをさらに激高させられるだろう。

牧師がわざとらしく咳払いをした。

ネイトはしぶしぶ体を引いた。マデリンは唇が赤くなり、ぼうっとしている。頰も赤く染まっていた。人前ではしたないふるまいをしたことを、いまさら自覚したのだろう。ネイトはちっとも後悔していなかった。彼女はもうぼくのものだ。

ぼくの妻。レディ・ローリー。

ネイトは腹がよじれるような感じがした。ローリー子爵はデイヴィッドが継ぐべき爵位だった。兄は小さい頃からずっと、使用人たちにそう呼ばれていた。デイヴィッドにはその栄誉を受ける資格があった。やさしくて行儀のよい、できた息子だった。

その爵位を不当に奪ったような気がして、ネイトは罪悪感を覚えていた。そんな栄誉など欲しくもなかった。兄が元気で生きていてくれるほうがずっとよかった。

マデリンに腕を差しだし、証明書に署名するために聖具室へ向かった。ネイトは深呼吸をした。悲しみに暮れるより、復讐に専念するほうがましだ。計画はすでに動きだしている。

一時間後にはギルモア伯爵と一〇年ぶりに対面する。

いまのネイトは、ないがしろにされた次男ではない。跡取りだ。しかも、このうえなく不適切な花嫁という、復讐の強力な武器を携えている。

ギルモア邸に到着し、馬車から降りたマディーは、思わずぽかんと見とれそうになった。いつもおんぼろの辻《つじ》馬車を使っていたから、フラシ天の座席を備え、金箔《きんぱく》をかぶせた豪華な馬車に乗っただけですでに気おくれしている。円柱のついた大理石の正面玄関を見上げながら、こんな無茶な計画に乗った自分が愚かだったと、またしても後悔した。

馬車を小屋に入れるよう、ローリー子爵が大声で御者に命じた。白いクラバットに深緑色の上着、黒いシルクハットといういでたちが実に凜々しい。長い髪は今日もうしろでひとつに結わえてある。どうして古くさい格好が好きなのかしら？　とはいえ、彼にはよく似合っていた。ほかの紳士とまったく違う、危険な魅力にあふれている。

この人と結婚したのだ。

現実感がなくて、膝が震えた。まるで舞台の上で演じているような――もうすぐ幕がおりて、散らかった楽屋に戻るような気がした。オークションの準備をして、愛人を誰にしようか考えていたのは、たった二日前のことだ。

それなのにもう結婚している。父親への復讐に燃えている有力な貴族と。

なんてこと。取り返しのつかないことをしてしまった。

ローリー子爵がマディーを見て、腕を差しだした。唇を引き結び、緊張した表情をしている。彼女は一瞬、ためらった。マディーの悪態を笑い飛ばし、冗談を言っていた、二日前に出会った魅力的な男性はどこにもいない。ストランド街の近くにある教会から馬車でここに来るまでの三〇分間、彼はほとんど口をきかず、いらだたしげに指先で座席を叩きながら、窓の外を見つめていた。もうマディーを取りこんだのだから、いまさらえくぼのある笑みを振りまいておだてる必要はないと考えているのだろう。

マディーはそれを残念に思った。おとといはローリー子爵のそんなところにうんざりした一方で、やり取りを楽しんでもいたのだ。彼と話していると、生き生きした気分になれた。でもいまは不安しかない。

「腕を組んで」ローリー子爵が小声で命じた。「階段を上がるときに、スカートを踏んづけて転ぶといけないから」

「転んだほうがいいんじゃない？」マディーは皮肉を言いながらも、彼のたくましい腕を取った。「恥をさらしてほしいんでしょう？」

「顔から転んで鼻血でも出されたら困る。ぼくを非難する口実をギルモアに与えたくないんだ。きみを虐待していると言われかねないからね」

〝ギルモア〟。父親なのに、よそよそしい呼び方だ。マディーは愛する父のことを〝パパ〟と呼んでいた。

石の階段を上がりながら、ローリー子爵が小声で続けた。「中に入ったらさっそく、言葉遣いの悪い無骨な女を演じてくれ。途中で気を抜かないように」

「大丈夫よ。だってわたしはもともとそういう女だもの。だからわたしを選んだんでしょう？」

　それが皮肉かどうかはかりかねた様子で、子爵が眉根を寄せた。「精いっぱい派手に失敗してくれ。それから、ぺちゃくちゃしゃべりつづけるんだ」

「ぺちゃくちゃ？」

「ああ、ギルモアはとくに、おしゃべりな女が大嫌いなんだ」

　簡単だわ、とマディーは思った。これまであらゆる役を演じてきた。今日は台詞を覚える必要すらなく、うるさい女のふりをするだけでいい。ギルモア伯爵をうんざりさせるくらい朝飯前だ。

　それにもかかわらず、胃がねじれるように痛んだ。事の展開が速すぎてついていけない。一日か二日でいいから、あたらしい生活と身分になじむ時間が欲しかった。結婚したその日にこんな恐ろしい対面をしなければならないなんて……。

　巨大な白い玄関ドアの前で、マディーは立ち止まった。「ローリー子爵、ちょっと待って。お父さまはいらっしゃらないかもしれないわ。事前に連絡はしたの？」

　子爵がマディーをにらんだ。緑の目に浮かぶ金の斑点が、日光を受けてきらりと光った。

「ここにいる。レディ・ミルフォードに確かめてもらったんだ。それから、ぼくのことはネイサンと呼ぶように。熱烈に愛しあっているふりをしなければならないんだから」

　ネイサン。全然似合わない。強引で自信たっぷりな貴族にしては平凡すぎる。「わかったわ。でもあなたがそんなふうにわたしをにらむのをやめてくれなかったら、計画が台なしになるわよ。幸せな花婿には見えないもの」

彼がぱっと笑い、魅惑的なえくぼが現れた。マディーに顔を近づけてささやく。「幸せな花婿をちゃんと演じるから。とくにベッドの中では」

ネイサンの息が喉をくすぐった。マディーはどきりとし、またキスをされるのだと考えた。豪奢《ごうしゃ》な馬車やめかしこんだ人々が目の前を通り過ぎていく中で。教会で突然唇を奪われたときは驚いた。全身がかっと熱くなって、気づくと夢中でキスしていた。

〝約束するよ、ミス・スワン、床入りはちゃんとする。必ずきみと愛しあうから。心行くまで〟

オークションの日に言われたことを思いだすと、体に甘美な震えが走った。男性とベッドをともにするのははじめてだから、今夜どんなことが行われるのかについては、ごくわずかな知識しかない。緊張と期待で胸がいっぱいだった。暗い寝室でふたりきりになったら、ベッドの中にもぐりこんで、またキスをされるのだろう。彼の手がマディーの体をまさぐり、ネグリジェの下に伸びてきて……。

ドアがカチリと開く音がして、マディーはわれに返った。頬を赤くしながら、あわててローリー子爵から目をそらす。いいえ、ネイサンよ。洗礼名で呼ぶのに慣れなければならない。

黒い燕尾服を着た年配の男が、戸口に姿を現した。尊大な態度で、問いかけるように薄い眉をつりあげていたのが、突然茶色の目をぱっと輝かせて微笑んだ。「ネイサンさま！　本当に坊ちゃんですか？　ようやく帰ってきてくださったんですね？」そこでふと口をつぐむと、姿勢を正して深々とお辞儀をした。「お許しください、閣下。出すぎたことを申しました」

ネイサンはにっこりし、男の肩を叩いた。「久しぶりだな、ショーシャンク、元気そうで何よりだ」

「わたしも家内もまだまだ引退するつもりはございません――しかし、旦那さまはパリからあたらしい料理人をお雇いになったんですよ」ショーシャンクが正体を探ろうとするかのように、マディーを一瞥した。「さあ、早くお入りになってください、閣下」

この男は執事だろう、とマディーは思った。ローリー子爵――ネイサンがマディーの腰に手を添え、先に中へ入るよう促す。その親密な仕草に、彼のものだという烙印《らくいん》を押されたような気がした。

もちろん、ネイサンは使用人の前で演技をしているだけだ。芝居の幕が上がったのだ。緊張のあまり、みぞおちが震えるのを感じた。

マディーは気を引きしめ、壮麗な玄関広間に足を踏み入れた。三階まで吹き抜けになっていて、円天井に雲の上を跳ねまわる天使の絵が描かれている。巨大なクリスタルのシャンデリアが夕日を反射してきらきら輝いていた。薄緑色の壁に金の額縁入りの肖像画や風景画が何枚もかけられ、胸像も台座に飾ってある。大理石の階段が広間の中央から二階へ延びていて、手すりが両側の廊下にも続いていた。

ロンドンにある数々の大邸宅の前を通り過ぎたことならあったが、その中に足を踏み入れるのははじめてだった。これからこのギルモア邸で暮らすのだと、ローリー子爵――ネイサンは言っていた。

マディーはまたしても夢の中にいるような気分になった。この豪華な屋敷が自分の家だなんて信じられない。国王や貴族が住む宮殿にしか見えなかった。

でももう、わたしも貴族階級の一員なのだ。マディーはそう自分に言い聞かせながらも、邪魔者としか思えなかった。いますぐ踵を返して、劇場に逃げ帰りたくなる。

ネイサンが帽子と手袋を脱いで従僕に手渡した。「きみも上着を預けて、いとしい人」マディーに言ったあと、執事に向かって続けた。「レディ・ローリーにいろいろ教えてやってくれないか。貴族の習慣には慣れていないから」

執事が目を丸くしてマディーを見た。「それは……おめでとうございます、閣下」

レディ・ローリー。マディーはあたらしい名前を頭の中で繰り返しながら、上着の留め金をはずした。自分よりはるかに気高い人――劇の登場人物の名前に聞こえる。でも、それもそのはずだ。マディーは役を演じるためにここにいるのだから。

最初の台詞を言うときが来た。

マディーは上着を預けたあと、執事の手を握って上下に振った。「お会いできてうれしいわ、ミスター・ショーシャンク。仲よくしてね」

執事はマディーの大きく開いた胸元に目をやり、顔を真っ赤にした。だがすぐに落ちつきを取り戻し、平然とした表情を保った。「かたじけなく存じます、マイ・レディ。お帽子もお預かりいたしましょうか？」

　マディーは顎の下で結んでいたリボンをほどくと、帽子を執事に放った。「そうね、サー。でも飾りをつぶさないように気をつけてね。すごく高かったんだから！」

　執事はしゃれた飾りに触れないようにして帽子を持ち、従僕に手渡した。「心配はご無用です、マイ・レディ。わたくしどもが細心の注意を払ってお預かりいたします」

　白い鬘をかぶり、ぱりっとした青いお仕着せを身につけた若い従僕は、マディーをぽかんと見つめていた。それから、帽子を手に、長い廊下を急ぎ足で歩み去った。噂《うわさ》はすぐに使用人たちに広まるだろう、とマディーは思った。使用人部屋に集まって、ローリー子爵のとんでもない花嫁のおぞましい話に花を咲かせるに違いない。

　ガーティーが怒ってばかなまねをしなければいいのだけれど。

　運がよければ、まだここに到着していないかもしれない。結婚式のあと、ガーティーはマディーの荷物を取りに下宿屋へ戻ったのだ。あとで注意しておかなければならない。

「伯爵はいるのか？」ネイサンが執事にきいた。

「みなさま応接間でお茶を飲んでいらっしゃいます。控えの間でお待ちいただけますか？旦那さまにお伝えしてまいります」

「連れがいることはまだ黙っていてくれ」ネイサンはマディーの腰に腕を回すと、彼女に夢中といった顔で笑いかけた。「驚かせたいんだ」

「仰せのとおりにいたします、閣下」

執事は恭しくお辞儀をしてから、大理石の階段をゆっくりと上がりはじめた。背筋をぴんと伸ばした姿が、閲兵式の兵士を連想させる。

執事の姿が見えなくなるや、マディーは体を離して、ネイサンをにらんだ。「みなさまって？」小声できく。「お父さまのほかにもご家族がいらっしゃるの？」

ネイサンが肩をすくめた。「未亡人の祖母と、兄の後家のソフィア――その人にはぼくもはじめて会うんだけどね。それから、妹のエミリー。もう一九歳になるはずだ」

高慢ちきな貴婦人三人と対面しなければならないと思うと、マディーはおじけづいた。そのような試練に立ち向かう心構えはできていなかった。「そんなのいまはじめて聞いたわ」

ネイサンが片方の眉をつりあげた。「別に言う必要はないと思って。きみは大勢の観客を前にしても動じないだろう？」

「そうだけど……」母とレディ・ミルフォードを除けば、これまで出会った数少ない貴婦人たちはみな、偉そうで人を見下していて、マディーを無視した。「先に教えてくれるべきだったわ。ほかにもいるとわかっていれば、こんなひどい格好はしてこなかったのに。これは舞台衣装よ。社交界に出る服装じゃないわ！」

ほとんどむきだしの胸に、ネイサンが称賛のまなざしを向けた。「そんなことないよ。悪名高い女優にぴったりだ。せっかくの長所を隠すことはない」

「わたしの長所は中身よ」

ネイサンが含み笑いをする。「まあ、今日はせいぜいあんまり頭がよくないふりをしてくれよ。そういう計画だからね」マディーの肘をつかんで、階段のほうへ引っ張った。「さあ、行こう」

大股で歩く彼に、マディーはようやくついていった。「どこへ行くの？　下で待っているよう言われたのに」

「待っていたら、ギルモアに面会を拒否されるだけだ」

マディーはスカートの裾を持ちあげて幅の広い階段を上がりながら、ネイサンの険しい顔を見上げた。「まさかそんな薄情なことはなさらないでしょう。息子が一〇年ぶりに帰ってきたのに」

「きみはギルモアがどういう人間か知らないだろう。つべこべ言うのはやめてくれ。きみが困らせる相手はぼくじゃなくてギルモアだ！」

マディーはネイサンについて階段を上がると、広い廊下を歩きはじめた。貝殻の形をした燭台《しょくだい》が壁にかけられ、ところどころに金の椅子が置いてある。足音はバラとツタの模様が入った厚い絨毯に吸いこまれた。両側に豪奢な部屋が並んでいて、食堂のテーブルは劇場の舞台よりも長かった。

マディーは萎縮し、口をぽかんと開けてしまいそうになるのをこらえた。これほど壮麗な屋敷は、月と同じくらい未知の世界だ。母はこういう世界で生まれ育ったのだ。劇団員たちと幌馬車でどさまわりをする生活に順応するのは大変だっただろう。過去の話をするとき、物欲しそうに聞こえたのも無理はない。祖父は母に、もう死んだものと思うことにすると冷たく言い放ったのだ。

マディーは歯を食いしばった。これからレディ・ローリーとして社交界に出入りするようになる。舞踏会やら晩餐《ばんさん》会やらに参加していれば、そのうちどこかでホートン公爵と出くわすだろう。

わたしの祖父。ママを勘当した悪党。

家族に対する激しい復讐心——それがネイサンとの唯一の共通点だ。だがマディーに貴族の血が流れていることを、ネイサンに知られてはならない。とにかくいまはまだ、秘密にしておく必要がある。

ネイサンがアーチ形のドアの前で立ち止まった。ドア越しにくぐもった話し声が聞こえてくる。怒っている男性の声。動揺している女性の甲高い声。

執事からローリー子爵の帰還を知らされたせいだ。

マディーはネイサンを見上げた。こわばった表情をしていて、マディーが隣にいることをすっかり忘れているように見える。急に息苦しさを覚えた。彼の考えていることがわかればいいのに……。

マディーの肘をつかむ彼の手に力がこもり、緑の目が冷たい光を帯びた。「笑って」ネイサンが小声で言った。「ショーのはじまりだ」

8

マディーは細長い大きな部屋に足を踏み入れた。背の高い窓がずらりと並び、ブロケードのカーテンがかかっている。壁に巨大なタペストリーが飾られ、長椅子や椅子が整然と配置されていた。いくつもあるサイドテーブルに骨董品《こっとう》が置かれていて、じっくり見たかったのに、部屋の奥へ進むようネイサンに促された。

初春の夕方の冷え込みをやわらげるために焚《た》かれた大理石の暖炉のそばに、人が集まっていた。ティーワゴンの前で、ほっそりしたブルネットの貴婦人がカップに紅茶を注いでいる。年配の紳士と老婦人は玉座のような椅子に腰かけていた。

みな執事のほうを向いていて、ふたりが入ってきたことには気づいていない。

ショーシャンクがお辞儀をしたあと、ドアに向かって歩きはじめた。マディーとネイサンに気づくと、足を止めた。「ローリー子爵！」椅子に座っている紳士を振り返って言う。「申し訳ございません、旦那さま。下でお待ちくださいますようお願い申しあげたのですが」

三人がいっせいにネイサンに視線を向けた。若いほうの貴婦人が眉をひそめた――それを言うなら、全員だ。

誰もネイサンに言葉をかけようとしない。にっこり笑ったり、喜びの叫び声をあげたり、両腕を広げて歓迎したりすることもなかった。

年配の紳士がカップを置いて椅子から立ちあがった。たくましい体つきで、鳶《とび》色の薄くなった髪には白髪が交じり、オーダーメイドの黒いスーツと糊《のり》のきいた白いクラバットを身につけている。目は暗褐色で、頬にあばたがあり、唇を引き結んでいた。軽蔑と敵意のこもったまなざしはまるで借金取りを見るかのようで、行方不明だった跡取り息子に向けるものではなかった。

この紳士が、ネイサンの父親――ギルモア伯爵に違いない。

マディーは胃が締めつけられるような感じがした。執事と一緒に部屋から出ていきたいと強く思った。だが潤沢な資金と貴族の身分と引き換えに、この計画に手を貸すと約束したのだ。いまさらあと戻りすることなどできない。

ネイサンはマディーと腕を組んで、一同のそばへ行った。女性たちひとりずつにお辞儀をしたあと、伯爵に向かって小ばかにするようにうなずいてみせた。

「やあ、父上、放蕩息子の帰宅を祝って丸々と太った子牛をほふるよう、ショーシャンクに言ってくれたでしょうね」

ギルモア伯爵が両脇で拳を握りしめ、小鼻をふくらませた。「丸一〇年なんの音沙汰もなかった人間が、よくも無駄口を叩けるな。いったいどこへ行っていたんだ?」

「極東のあちこちにいました。喜んでください。ぼくは事業で莫大《ばくだい》な財産を築いたんですよ」

「アトウッドの人間が商売ですって？」老婦人が非難するような口調で言った。節だらけの手で杖を握り、しわに囲まれたハシバミ色の目を細めてにらんでいる。「いくらあなたでもそこまで身を落とすなんて信じられないわ、ネイサン」

ネイサンは冷やかな笑みを浮かべた。「でも本当なんですよ、祖母上。茶葉や絹や香辛料を扱っているんです。ほかにも利益を生む商品ならなんでも。今後はヨーロッパだけでなく、イングランドにも市場を広げるつもりです」

「とんでもない！　これは話しあう必要があるわね」ネイサンの祖母は孫息子の成功をまったく喜ばなかった。それから、苦々しい顔つきでマディーを見ると、身頃にピンで留めてある片眼鏡を持ちあげ、銀縁のレンズを目に当てた。「でもその前に、そこにいる下品な人は誰なの？」

「ひどいな。あたらしい家族の一員ですよ」ネイサンは仲睦《むつ》まじげに、マディーの腰に腕を回して引き寄せた。「妻のマディーを紹介します。今日、レディ・ローリーになりました」

一同がはっと息をのむ音が聞こえた。伯爵の顔が真っ青になり、あばたが余計に目立った。伯爵未亡人はレースのハンカチを口に押し当て、ブルネットの貴婦人は、近くにあった椅子にくずおれるように座った。

自分の出番が来た、とマディーは思った。

マディーはギルモア伯爵に駆け寄って抱きつくと、糊と高級コロンの香りをかぎながら、大きな音をたてて頬にキスをした。「あなたみたいな偉い人にお会いできて光栄です、閣下」そこで少女のようにくすくす笑う。「〝閣下〟なんて呼ぶ必要はないわね。だって、あなたはわたしのお父さんなんですもの。〝パパ〟って呼ばないと」

伯爵の青ざめた顔が、今度は真っ赤になった。厚かましい態度をとがめられる前に、マディーは彼に背を向け、伯爵未亡人のもとへ飛んでいった。

レディ・ギルモアの顔には、深いしわが何本も刻まれていた。老女に変装するときの参考になる。「あなたがお祖母さまですね」マディーは台詞のように、はきはきと言った。「わたしにはお祖母さんがいなかったの。早く仲よくなりたいわ。たくさんおしゃべりしましょうね」

マディーがかがんで抱きつくと、レディ・ギルモアは体をすくめ、杖を盾のように突きだした。「離れてちょうだい！　礼儀をわきまえなさい！」

マディーはうろたえたふりをした。「何か間違ったことをしたかしら？　ごめんなさい、上流社会の仲間入りができて浮かれているの。コヴェント・ガーデンの女優が伯爵の跡取り息子と結婚するなんて、ふつうあり得ないでしょう？　伯爵夫人の孫娘になるなんて！」そこで小首をかしげ、人差し指で顎をトントンと叩いた。「それとも、継孫っていうのかしら？　貴族の人たちはこの関係をなんて呼ぶんですか？」

「嘆かわしい」レディ・ギルモアがとげとげしい声で言った。険しいまなざしをマディーとネイサンに向けたあと、息子に視線を移す。伯爵はかんかんに怒っている様子だった。

まだひとり残っている。マディーは若いほうの貴婦人に目をやった。だが彼女がグレーの半喪服を着ているのに気づいた瞬間、言葉を失った。ネイサンの兄は一年少し前に亡くなったと聞いている。夫を亡くしたばかりの人にうるさくするのは気が進まなかった。

それでもマディーは明るい笑顔を作って言った。「あなたは誰かしら？　夫の妹のエミリー？　それとも、彼もはじめて会うと言っていた義理のお姉さん？」

「義理の姉上だと思う」ネイサンが前に出て、貴婦人の手に恭しくキスをした。「お会いできてうれしいです、レディ・ソフィア。レディ・ローリーを紹介させてください。兄上のことは本当に残念でした」

レディ・ソフィアはさっと手を引っこめた。華奢《きやしや》な顎を突きだし、浅葱《あさぎ》色の目に怒りの炎を燃やしている。「わたしはいまもレディ・ローリーです。それに、こんな人を連れてくるなんて……こんな……あばずれを」

部屋が静まり返り、薪のはぜる音だけが聞こえた。〝あばずれ〟。耳障りな侮辱の言葉が宙に浮いていた。

「いけませんよ」ネイサンがたしなめた。「ぼくの愛する妻のことをそんなふうに呼ぶなんて」それだけ言うと、暖炉のそばへ行って炉棚に肘を置き、かすかに気取った笑みを浮かべた。

あのならず者は、楽しんでいる。

マディーは必死に薄っぺらな笑顔を保った。あばずれと呼ばれたことには腹が立つが、敵ることだ。

意をむきだしにされるのは当然だ。自分は無作法なふるまいをしたのだし、彼らに軽蔑されるのがこの芝居の目的なのだから。毒舌を振るわれたら、計画がうまくいっているということだ。

「わたしはレディ・ローリーよ」マディーは戸惑うふりをした。「でも、あなたもレディ・ローリーだというのね？　おかしいわね！　じゃあ、同じ名前の人がふたりいることになるの？」

「ソフィアは称号を保持します」レディ・ギルモアがきっぱりと言った。「彼女にはその資格がじゅうぶんあるわ」

ネイサンの妻にはその資格がないと、当てこすっているのだ。

マディーは嫌みを聞き流した。ここは伯爵がひどく嫌っているというおしゃべり女を演じたほうがいい。

両手を打ちあわせて言った。「あら、すてき！　双子みたい！　ずっとお姉さんが欲しかったの」あ然としているレディ・ソフィアに、にっこり笑いかける。「一緒にお買い物に行きましょう。帽子とかドレスとか手袋とか、いろいろ試着するのが大好きなの。ちなみに、このドレスはどう？　すごくエレガントだと思いませんか？」

ティーワゴンの周りをくるくる回り、はしたなくもスカートをふくらませた。

胸元が大きく開いた、体にぴったり張りつくような深紅のドレスに、レディ・ソフィアが視線をはわせた。「エレガントという言葉の意味がわかっていないみたいね」

「あら、でもネイサンは気に入っているんですよ。彼がわたしのために選んでくれたんだもの。ねえ、あなた」マディーは腰を揺らしながら、ネイサンのそばへ歩いていった。「あなたは趣味がいいわ。今日の格好もとてもすてきよ」

ネイサンが微笑んでえくぼを見せた。「その言葉をそっくりそのまま返すよ、いとしい人。きみはほかの女性にはないすばらしい長所を持っている」

長所。胸に称賛のまなざしを向けられたときのことを思いだして、マディーは体の奥が熱くなった。男性の食い入るような視線には慣れているはずなのに。ネイサンの家族に見られていると思うと、ますます落ちつかない気分になった。離れようとすると、ネイサンはマディーの腰に腕を回して、彼女の頭越しに伯爵を見た。「マデリンは紳士たちにとても人気があるんですよ。彼女をものにするために、大勢で競いあったんですから」

マディーはひやりとした。オークションの話をするつもりなの？　もちろん、するだろう。その話をすれば、ますますマディーを軽蔑させることができるのだから。

「お願いだから、恥をかかせないで」マディーは小声で言った。

ネイサンがマディーを見おろした。一見、愛情のこもったまなざしに見えるが、期待に輝いているのがわかった。「ぼくたちの衝撃的な出会いを恥ずかしがる必要はないだろう」そう言ったあと、伯爵に視線を戻した。「マデリンと結婚できたのは本当に幸運でした。彼女に夢中になっている男がたくさんいたんです」

「それほどいなかったわ」マディーは反論した。「いまそんな話をしなくてもいいじゃない。

みなさんお茶の途中だし」腰に回されたネイサンの手を引きはがした。「それより、お屋敷を案内してちょうだい。すてきなお部屋を全部見てみたいの。何十部屋もあるんでしょうね！」

だが、ネイサンはマディーを無視した。

ギルモア伯爵が骨まで凍りつかせるような冷やかなまなざしでマディーを見た。「彼女をどこで見つけたんだ？　売春宿か？」

ネイサンが含み笑いをした。「まさか。彼女はコヴェント・ガーデンで演じていた有名な女優ですよ。ネプチューン劇団のマデリン・スワン。伯爵も彼女の芝居をご覧になったことがあるんじゃないですか？」

レディ・ソフィアが憤然として息を吐きだした。伯爵未亡人はハンカチで顔をあおぎながらつぶやいた。「なんてこと！」

ふたりにじろじろ見られても、マディーはうつむかずに胸を張っていた。生活のために働いたこともない人たち――何もできない人たちに見下される道理はない。

「女優」あたかもそれが不快な害虫の名前であるかのように、ギルモア伯爵はいまわしげに言った。「いや、見たことなどない。しばらく劇場にも行っていない。念のために言うが、この一年は喪に服していたからな」

ネイサンが口を引き結んだ。「それなら、オークションのこともご存じないんですね？」

「オークション？」

「ネイサン、早くお屋敷を案内――」

マディーがふたたび話をそらそうとすると、ネイサンは伯爵を見据えたまま、マディーの唇に人差し指を当てた。「先日マデリンは、厳選された紳士を招待してオークションを開催したんです。一番高い値段をつけた男に自分を売るために。幸い、結婚を申しこんだのはぼくだけでした」

レディ・ソフィアが小さく悲鳴をあげた。伯爵未亡人は口をぽかんと開けている。伯爵の顔は怒りで真っ赤になった。

「お前はこの……女性を買ったのか？」ギルモア伯爵がつかえながら言った。「そのうえ、名誉あるわたしの名を与えてやったというのか？」

「伯爵のではありません、ぼくのです。念のために言いますが、ぼくもアトウッドですからね。跡取り息子ですよ」

伯爵がネイサンに一歩詰め寄った。「これはあれか？　ゆがんだ復讐のつもりか？　この家にふさわしくないふしだらな女と結婚して、家族を笑いものにするつもりなんだな」人差し指を突きつけた。「わたしは認めないぞ！」

「認めないわけにはいきませんよ。もうすんだことですから。教会で誓いを立てたんです」ネイサンは明らかに楽しんでいた。マディーの腰に腕を回して言葉を継ぐ。「それに、ぼくの妻は実にふさわしい女性ですよ。なんといっても、とても魅力的ですし、この家系に新鮮な血を送りこんでくれることでしょう。きっと立派な伯爵夫人になりますよ」

伯爵が刺すような目つきでマディーをにらんだ。背後にいる伯爵未亡人も、険しい視線をこちらに向けている。

それでもマディーは顔を上げたまま、愚かな女らしく、ネイサンの褒め言葉に喜んでいるふりをした。すでに真実が明るみに出てしまったのだから、なすすべはない。実際、マディーは自分を競りにかけたのだ。軽蔑したいのならすればいい。

突然、レディ・ソフィアがわっと泣きだした。「デイヴィッドの弟は兄の死を悼んでいない。彼女もよ！　ふたりの顔を見て。喜んでいるようにしか見えないわ！」よろよろと椅子から立ちあがる。「もうこれ以上ここにはいられません！」涙を流しながら、スカートの裾を持ちあげ、逃げるようにドアへ向かった。

マディーは心が沈んだ。激しい敵意を向けられたにもかかわらず、夫と、見込んでいた地位を失ったレディ・ソフィアに同情を禁じ得なかった。行く行くはギルモア伯爵夫人になるはずだったのに、ほかの女性、しかも生まれの卑しいおしゃべりな女優にその地位を奪われるのはたまらないだろう。

マディーは役を演じているだけだと自分に言い聞かせた。劇の登場人物になりきらなければならない。だが舞台の上では、マクベス夫人のような悪女を演じているときでも、実際に人を傷つけたことはなかった。誰かを泣かせたとしてもそれは嘘の涙で、本当に悲しませたわけではない。

レディ・ソフィアが部屋から出ていくや、ギルモア伯爵が母親に向かって言った。「母上も少し休んだほうがいい。お疲れになったでしょう」

レディ・ギルモアは杖を握り、背筋をまっすぐ伸ばしたまま椅子に座っていた。「ばか言わないで、ヘクター。わたしはここに残ります。ネイサンみたいな無責任な厄介者に追いだされてたまるものですか」

「そんな言い方はないでしょう、祖母上、ぼくは次期伯爵ですよ」ネイサンが茶化した。

「マデリンの前で口喧嘩するなんてみっともない」

レディ・ギルモアが咳払いをした。「あなたに礼儀作法についてとやかく言われたくありません！　そんな悪女をこの家に連れてきたのだから、なおさらだわ」

「あたらしい家族の一員を侮辱するなんて失礼ですよ」ネイサンがやり返した。

ギルモア伯爵が、怒った牛のごとくネイサンに詰め寄った。「いいかげんにしろ。母上の言うことはもっともだ。一〇年ものあいだ連絡ひとつよこさないで、いきなり現れたと思ったら、こんな……女性を連れこんでうちを引っかきまわすとは。お前はあいかわらず一家の面汚しだな。少しも変わっていない」

「伯爵もですよ」ネイサンはティーワゴンの前へ行き、ケーキをむしゃむしゃとつまんだ。「残念ながら、ぼくたちは過去を繰り返す運命にある。だがぼくはもう、服従するしかなかった子どもではない」

ギルモア伯爵があきれ返った顔をした。「ソフィアの言うとおりだ。お前はデイヴィッドの死をちっとも悼んでいない。地位を奪うことができて喜んでいるんだな」

ネイサンは口を引き結び、ギルモア伯爵に近づいていった。ネイサンのほうが頭半分ほど背が高く、伯爵は見上げざるを得なかった。「それとこれとは別の話です。伯爵はいつもそうやって、ぼくと兄上を仲違《なかたが》いさせようとしていた」

「たわ言だ。わたしはただ、デイヴィッドのように紳士らしくふるまってほしかっただけだ。だがお前は、どうしようもない問題児だった」

「その問題児がいまや跡取り息子ですからね」ネイサンが嘲笑《あざわら》った。「その事実はどうしたって変えられない。いい気味です！」

伯爵の顔がいよいよ真っ赤になり、息が荒くなっているのがわかった。「わたしに何を言ってもいい――だがお前の祖母上の前では口を慎め。敬意を払いなさい！」

「座ってちょうだい、ヘクター、発作を起こすわよ」レディ・ギルモアが強い口調で言ったあと、ネイサンに注意した。「病気をしてから体調が万全ではないのよ。あなたは早死にさせたいのかもしれないけれど、わたしがそうはさせませんから！」

病気？　何があったのかしら、とマディーは思った。

ネイサンはきき返さなかったから、事情を知っているに違いない。ギルモア伯爵が伯爵未亡人の隣の椅子に深々と座り、カップを手に取るあいだ、ネイサンはむっつりと押し黙っていた。

一番端に立っているマディーは、すっかり忘れ去られていた。そのほうがいい。舞台の上で一緒に喧嘩をするより、袖から見ているほうがよかった。親子の激しい感情のやり取りを苦々しく思いながらも、マディーは目が離せなくなった。役作りに生かせるから、人を観察するのが好きだった。これほど激しい意思のぶつかり合いを目にする機会はめったにない。ギルモア伯爵が尊大で厳しい人だということはよくわかった。でもどうしてネイサンのことをこれほど嫌っているの？　何がきっかけで仲違いするようになったのだろう。頑固者同士だから衝突するのかしら？　それとも、何かもっと深い理由があるの？　マディーの観察眼をもってしても読み取れない感情が潜んでいそうだった。

それに、伯爵だけが悪いとは思えない。ネイサンは父親を怒らせることにこのうえない喜びを感じているようだった。

ギルモア伯爵が紅茶を飲み干した。カップを持つ手がかすかに震えている。顔が青ざめていて、本当に具合が悪そうに見えた。

マディーは心配になり、ワゴンの上のポットを手に取って、伯爵のカップにあたらしい紅茶を注いだ。「どうぞ、閣下」いまは〝パパ〟と呼ぶ気にはなれなかった。「お砂糖とクリームはいりませんか？　ケーキを持ってきましょうか？」

「いらん」伯爵は不快そうにマディーを見ながら、鋭い口調で言った。「女主人ぶるのはやめてくれ。それはレディ・ソフィアの役目だ」

マディーは明るい笑顔を作った。「でもいまここにはいらっしゃいません、閣下。それに、わたしもお役に立ちたいんです。だって、わたしももうこの立派な家族の一員なんだから」

伯爵から目をそらし、伯爵未亡人のカップにも紅茶を注いだ。レディ・ギルモアは毒が入っているのではないかと疑うようにカップの中をのぞきこんでから、恐る恐る口にした。

マディーも喉が渇いていたが、余っているカップはなかったし、自分から頼むようなまねはしたくなかった。仲間はずれにされてもかまわない。ポットをワゴンに戻しながら、そう思った。嫌われれば嫌われるほど、ネイサンは高いお金を払ってくれるだろう。

ネイサンがそばに来て、ふたたび偽りの愛情を見せつけるためにマディーと腕を組んだ。演技だとわかっていても、マディーはぞくぞくした。でもいまは彼に反感を抱いているから、いらだつばかりだった。

一方、ネイサンは伯爵に意識を集中させていた。「ぼくたちはここに滞在させてもらいますよ。ロンドンに着いたばかりで、家を探すのに少し時間がかかるでしょうから」

ギルモア伯爵が叩きつけるようにカップを置いた。「ホテルに泊まりなさい。そのほうが居心地がいいだろう」

ネイサンが悪賢そうな笑みを浮かべる。「ぼくが家から締めだされたという噂が広まってもいいんですね？」

「ここは折れたほうがいいわ、ヘクター」レディ・ギルモアが小声で言った。「エミリーのデビューに悪い影響を与えないために」

「まさにそのために、この家には置いておきたくないんだ。あんなみっともない女を！」

「その気持ちはわかるけど」伯爵未亡人が言う。「あのふたりも社交界に出るのは避けられないのよ。わたしが厳しく指導すれば、彼女も少しは礼儀作法が身につくかもしれないし」

ふたりはマディーについて、まるで本人がここにいないかのように話している。マディーは腹が立った。上品ぶった貴族たちは、人の礼儀作法にはうるさいのに、皮肉にも自分たちが無礼だということには気づいていないのだ。

ドアのほうで人の気配がしたので振り向くと、薄いピンクのドレスを着た華奢な娘がそこに立っていた。髪が朽葉色なのはわかるが、遠すぎて顔ははっきり見えない。

娘が椅子や長椅子のあいだをすり抜けて近づいてきた。「お兄さまを追い返さないで、お父さま、お願いよ！」

その声を聞いて、ネイサンが振り返った。そして、娘に駆け寄り、細いウエストをつかんで持ちあげると、くるくる回った。「誰だい、このお邪魔虫は？　ひょっとして……エミリーかい？　でもまさか、最後に見たときは小さな子どもだったのに」

エミリーは微笑んでネイサンの腕の中から抜けでた。「ネイサン、どうしてこんなに長いあいだ帰ってこなかったの？　住所すら教えてくれないから、手紙も書けなかったわ！」

「仕事が忙しかったんだよ。お前は……病気にかかったそうだね」ネイサンは妹の頬にそっと片手を当てた。「そばにいてやれなくてすまなかった」

マディーは彼らに近づいていった。途中で、エミリーの顔にもあばたがあるのに気づいてはっとした。肌の色が明るいから、伯爵よりも目立つ。

エミリーはマディーを見ると目を見開き、あばたを隠すかのように恥ずかしそうにうつむいた。

ネイサンが振り向き、警告するような目つきでマディーを見た。「ぼくの妻のマデリンだ。でもあまり気にしなくていいよ。ふたりが顔を合わせる機会はそれほど多くはないだろうから」

マディーはエミリーに同情し、ネイサンに腹を立てた。彼のかわいそうな妹にまで、無遠慮な物言いをしかねないと思われているの？「お会いできてうれしいわ、レディ・エミリー。朽葉色の髪がとてもきれいね。ハシバミ色の目が引きたつわ」

エミリーは驚いた顔をし、はにかんでつやつやした髪に触れた。「まあ、わたし――」

「こっちへ来なさい、エミリー」レディ・ギルモアが命じた。「その人と話してはいけません」

エミリーは伯爵に駆け寄ってひざまずいた。「お父さま、久しぶりにネイサンに会えたのよ。一緒にいさせて」

ギルモア伯爵は表情をかすかにやわらげ、エミリーの手を握りしめた。「お前がそう言うなら、しかたないな」険しい目つきでネイサンをにらんだ。「だが、家が見つかるまでのあいだだけだぞ」

9

メイドの案内で階段を上がって寝室へ向かうマデリンを、ネイトは階段の柱のそばで見ていた。なまめかしく揺れるヒップに興奮し、彼女についていきたい衝動に駆られる。寝室のドアを閉めて、あの豊満な体に飛びつきたかった。

だがそれは夜までお預けだ。これまでのところ、マデリンは実にうまくやってくれている。彼女の演技はすばらしかった。伯爵を〝パパ〟と呼んだところなど感心してしまう。

ギルモアはふたりの結婚に激怒していた。とくにオークションの話を聞いたときの――一家の名誉にぬぐいようのない傷がつくと知ったときの嫌悪に満ちた表情は見ものだった。

ネイトはほかのオークションの参加者に結婚の通知が行くよう手配していた。噂は野火のごとく広まるだろう。ギルモアの跡取り息子が悪名高い女優を買って妻にしたことが、社交界の人々に知れ渡る。数日以内に、詮索好きな連中が大勢、マデリンを見物するために訪ねてくるだろう。

ネイトは満足の笑みを浮かべ、陰になった控えの間に入っていくと、壁に寄りかかった。ここから応接間の出入り口をこっそり見ることができる。まるで他人の家にいるみたいに暗がりに隠れるのはいい気がしないが、目的を果たすためにはこうするしかない。

数分後、待ったかいあって、ギルモアが部屋から出てきた。祖母は伯爵の腕を取り、反対の手で杖を突いている。そのうしろから、エミリーが亡霊のようにひっそりとついてきた。

三人は階段へ向かって歩いていった。ディナーの前に祖母を休ませるため、二階へ連れていくのだろう。

声が近づいてくると、ネイトは身を潜めた。祖母が話している。「……下品で安っぽいったらないわ！　すぐに仕立屋に手紙を書かないと」

「洗練された服を着せても変わりはしない。ブタの耳で絹の財布は作れない」伯爵がぶつぶつ言う。「あの女はどうしようもないあばずれ……」

一同が控えの間の前を通り過ぎ、声が聞こえなくなった。ネイトは頭を突きだし、少し遅れて歩いているエミリーを見た。

「おい」小声で呼びかける。

エミリーが振り返った。ネイトが手招きすると、エミリーはほかのふたりが意地の悪い密談に夢中になっているのを確かめてから、小走りで近づいてきた。

ネイトは妹を控えの間に引き入れると、もう一度廊下をのぞいた。案の定、ギルモアと祖母はそのまま歩きつづけていて、エミリーがいなくなったことに気づいていなかった。気づく頃には、妹がどこへ行ったかわからなくなっているだろう。

誰といたのかも。

「どうしたの？」エミリーが小声できく。

「どうしてこんなところに隠れているの？」

暗がりに立っている妹の姿を見て、ネイトは胸が締めつけられた。一〇年前のエミリーは好奇心旺盛なおてんば娘で、なんでも知りたがり、ネイトを質問攻めにして困らせていた。それがいまでは、美しいレディに成長している――白い肌を覆うあばたを別にすれば。

「お前とふたりきりで話したかったんだよ。あんなところを見せてしまって悪かった。父上も祖母上も、ぼくが連れてきた花嫁を認めようとしないんだ」

「あら、わたしはマデリンが好きよ。とてもやさしくしてくれたもの。女優だからって意地悪するなんておかしいわ」

「父上たちはお前を守ろうとしているんだよ。ほら、マデリンは異性に関してよくない噂があるから」

「それは美しすぎるせいでしょう」エミリーが両手を打ちあわせた。「恋愛結婚なんてすてき。誰がなんと言おうと、わたしはふたりの結婚を祝福するわ」

妹の夢見るような目つきを見て、ネイトは困ってしまった。愛しあっているから結婚したと勘違いされているせいではない。妹がマデリンのような俗物を褒めているのが心配だった。復讐計画を思いついたとき、エミリーにおよぼす影響までは考えていなかった。

「だがほかの人の意見を無視することはできない」ネイトは言った。「だから、お前はマデリンとあまり仲よくするな。とくに、公の場では離れていたほうがいい」

「なんですって？　お父さまみたいなことを言うのね！」

ネイトは口を引き結んだ。自分はギルモアとは全然違う。似ているところなどひとつもない。

エミリーの華奢な肩をつかんだ。「いいかい、エミリー、この件に関しては、父上が正しい。ぼくたちの結婚は醜聞を引き起こすだろう。これからデビューするという大事なときに、お前を巻きこみたくない。結婚のチャンスをつぶしたくないんだ」

「あら、どうせチャンスはないわ」エミリーが顎をつんと上げた。「わたしに結婚を申しこむのなんて財産目当ての人くらいよ。お祖母さまとソフィアがそう言っているのが聞こえてしまったの」

ネイトは怒りに駆られた。おしゃべりな女どもが！「心配するな。必ずすてきな花婿が見つかるから」そう願っていた。

「でもいいの」エミリーが茶目っけたっぷりに言う。「見つからないなら修道院に駆けこむから。持参金を寄付して、人生を神に捧《ささ》げるつもりよ」

ネイトは笑みをこらえた。「財産を全部放棄するというんだね？　宝石もいらないのかな？」そう言うと、上着の内ポケットから黒いエナメルの小箱を取りだした。「じゃあ、これは誰か別の人にあげるとしよう」

エミリーが目を輝かせた。「それは何？　わたしへの贈り物？」

エミリーが手を伸ばすと、ネイトはその手が届かないところまで箱を掲げた。「これが欲しかったら、修道院には入らないと約束してくれ――少なくとも、うんと年を取るまでは」

「約束するわ！　だから、それをちょうだい」

ネイトは含み笑いをしながら、小箱を妹の手のひらにのせた。

エミリーはさっそく留め金をはずして蓋を開けた。白いシルクの上に、細い金の鎖がついた翡翠《ひすい》の像のペンダントがおさめられている。エミリーは明かりのある廊下に出て、ネックレスをじっくり眺めた。「まあ、ドラゴンね。とってもすてき！　本当にもらっていいの？」

「もちろん」ネイトは妹の背後に回り、ネックレスを首にかけてやった。「中国で作られたものだ。向こうでは、ドラゴンは力と勇気の象徴なんだ。デビューの日にこれをつけていれば、きっと幸運が訪れるよ」

「スカートの裾を踏んづけて転ぶことはないでしょうね」エミリーはそう言ったあと、表情を曇らせた。「でもお祖母さまが許してくれないわ。デビューの年は真珠しかつけてはいけないんですって」

「それなら、レティキュールに入れておくといい。ふたりだけの秘密だよ」

エミリーが微笑んだ。「そうね。鏡を見てくるわ」背伸びをすると、まばたきしてネイトの頬に軽いキスをした。「ありがとう、ネイサン。最高の兄だわ」

ネイトはその場に立ちつくしたまま、階段を駆けあがる妹を見送った。エミリーは間違っている。ネイトは最高の兄ではない。最高の兄は、ネイトが異国で成功をめざしているあいだ、ずっとここにいた。最高の兄は、エミリーと同じ病気にかかって死んでしまった。

ネイトが家にいれば、あばたができたのは妹ではなく彼だったかもしれない。デイヴィッドの代わりに、ネイトが死んでいたかもしれない。

ネイトは深呼吸をした。この壮大で陰気な屋敷の空気は、重苦しくて息が詰まるようだ。くそっ。今日は憂鬱になるどころか、悦に入っていい日なのに。

廊下を歩いて図書室へ向かった。強い酒が飲みたい。感傷的な気分を振り払いたかった。そして、ギルモアに対する復讐が成功したことを祝うのだ。


マディーはディナーの時間に遅れてしまった。

食堂に駆けこんだとき、ほかのみんなはすでに長いテーブルの端に座っていた。マディーは豪華な装飾に目を奪われ、思わず立ち止まった。暗くなった窓にコバルトブルーのカーテンがかかっていて、壁に家族の肖像画が飾られている。リネンのクロスが敷かれたテーブルにはクリスタルのグラスや磁器の皿が置かれ、おびただしい数の蠟燭《ろうそく》の明かりを受けてやわらかい光を放っていた。

劇団員たちが手早く食事を取るときに使う、でこぼこした板のテーブルやひっくり返した木箱とは大違いだ。

ギルモア伯爵が上座につき、左側をレディ・エミリー、右側をレディ・ギルモアが占めている。伯爵未亡人の隣にいるのは取り澄ました顔をしたレディ・ソフィアで、その向かいにネイサンが座っていた。

ネイサンはゴブレットのワインを飲みながら、遅れてきた妻を見てにやにや笑った。彼が仕組んだのだと、マディーはそのとき気づいた。二階にある広々とした豪奢な寝室で、ずっとひとりで待っていたのに、ネイサンは顔を見に来てさえくれなかった。応接間で家族と劇的な再会を果たしたあとは、花嫁に声ひとつかけずにどこかへ姿を消してしまった。鐘が鳴ったらディナーの時間だから下へおりていくよう、従僕から言われてはいた。だがマディーは曲がるところを間違えて道に迷ってしまい、ひたすらさまよって偶然ここにたどりついたのだ。

ネイサンと一緒にいたいわけではないけれど、放っておかれるのも困る。本物の新婚夫婦ではないのだから、つねにくっついていないのは当然だとしても、マディーを無視するつもりなら前もって言っておいてほしかった。台本なしで彼の人生の舞台に放りだされた気分だ。それなら、しかたがない。これまでどおり、無作法で軽薄なおしゃべり女を演じつづけるまでだ。

マディーはなまめかしい笑みを浮かべ、気取った足取りで一同に近づいていった。そのあいだに、気づいたことがふたつある。ひとつは、皿に料理がのっていないことで、つまり、みんなを待たせてしまったということ。もうひとつは、女性たちは優美なドレスに着替えているということだ――レディ・エミリーは薄い黄色のオーガンザ、レディ・ソフィアはラベンダー色のシルク、伯爵未亡人は黄緑色のサテンのドレス。

胸元の開いた深紅のドレスを着たままのマディーは、ひどく場違いだった。けれども、たとえ着替えなければならないことを知っていたとしても、ガーティーがまだ到着していないからなすすべはなかった。下宿屋と劇場にあるマディーの荷物は、ガーティーが運んでくることになっている。どうしてこれほど時間がかかっているのかしら？　荷造りはすませておいたから、あとは輸送の手配をするだけでいいのに。

伯爵が儀礼上、しぶしぶ立ちあがった。「ようやくお出ましか、マデリン。一五分の遅刻だ」

「ごめんなさい、パパ」マディーは明るく言った。「居眠りをしていて、時間を忘れてしまったの」

なれなれしい呼び方をされて、伯爵は唇を引き結んだが、何も言わなかった。ふたたび椅子に腰かけ、青いお仕着せ姿の従僕たちに向かって尊大にうなずいた。すると、従僕のひとりが大きな銀の壺《つぼ》を持ちあげ、もうひとりはスープをよそうためのお玉を手に取った。ネイサンが立ちあがり、マディーのために椅子を引いた。「遅かったね、もう少しで捜しに行くところだった」

「やさしいのね」マディーは唇をすぼめて投げキッスをした。「本当に思いやりがあるわ。こんなに気がつく旦那さまはほかにいないでしょうね」

彼の緑の目がきらりと光った。マディーの甘ったるい妄言にも閉口する様子はなく、明らかに楽しんでいる。いつの間にかふたりのあいだに共犯者意識のような連帯感が生まれていた。マディーは喜んでいいのかどうかわからなかった。ネイサンの家族をだますために共謀しているのだから。

けれども、多額の年金をもらうためには必要なことだ。何カ月か経ったら、ネイサンはイングランドを永遠に去り、マディーは好きなように生きられる。それまでは、彼のゲームにつきあうしかない。

従僕がキノコのスープをマディーのボウルによそった。マディーは銀のスプーンを手に取ると、蠟燭の明かりにかざして、柄についた葉の模様を眺めた。「純銀ね」みんなに聞こえるよう、大声でネイサンに話しかける。「お皿は最高級の磁器でしょう。割ってしまわないように気をつけなくちゃ」

レディ・ギルモアが咳払いをした。「安い食器で食事をしたければ、遠慮なく厨房《ちゅうぼう》へ行ってちょうだい」

マディーは湯気を立てているスープに息を吹きかけた。「使用人と食事をしろってことですか？」目を見開いて尋ねた。「そんなのおかしいわ。あたらしい家族と一緒にいなくちゃ。いとしい旦那さまの隣にね」

ネイサンに向かってまつげをはためかせながら伯爵を盗み見ると、こちらをにらみつけていた。伯爵未亡人は眉をつりあげている。ソフィアはというと、まるでスープではなく酢を飲んでいるかのように、唇をすぼめていた。

レディ・エミリーが兄の横から身を乗りだして、きっぱりと言った。「あなたが来てくださってうれしいです、マデリン。お兄さまの愛する人なら、みんな歓迎するべきだわ」

マディーは胸が締めつけられた。敵意にさらされているときに、エミリーのやさしさは心にしみる。だが残念ながら見当違いだ。ふたりは愛しあって結婚したわけではないのだから。

「わたしもうれしい――」

「わかったような口をきくのはおよしなさい」レディ・ギルモアがエミリーをたしなめた。「食事中ですよ」

エミリーは顔を赤らめ、ふたたびスープを飲みはじめた。

マディーは無情な老婦人に熱いスープを引っかけてやりたかった。ギルモア伯爵が尊大な人物になったのも無理はない。母親から冷酷で利己的なふるまいを教えこまれたのだ。こんな人たちが上流人と見なされるなんてばかげている。彼らより行儀のよい宿なし子だっているのに。

ネイサンがワインのお代わりを注ぐよう従僕に合図してから、怒った口調で言った。「エミリーは何も悪いことをしていませんよ、祖母上。善意から言ったことです」

「口を慎むことを覚えなければならないわ」レディ・ギルモアがきっぱりと言った。「年長者に意見するなんてとんでもない」

エミリーが穴があったら入りたいと言わんばかりに、背中を丸めた。ひどく動揺しているように見えたので、彼女からみんなの注意をそらしてやりたかった。

マディーはわざと大きな音をたててスープを飲んだ。「うーん、このキノコのスープはすごくおいしいわ！　劇場で食べていたキャベツのスープとは大違い。あのまずいスープを飲むと、げっぷが出るのよね」

一同は目を丸くしてマディーを見つめた――エミリーでさえ。ネイサンは笑いをこらえるかのように唇を震わせていた。

ギルモア伯爵がスプーンを叩きつけるように置いた。「人前で口にしてはならないことがある」鋭い口調で言う。「いったいどこまで礼儀知らずなんだ！」

「あら！　ごめんなさい、パパ。これからは気をつけます」マディーはからになったボウルを従僕に差しだした。「もっともらってもいいかしら、サー？　すごくおなかが減っているの」

ネイサンがサンダルウッドの蠱惑的な香りを漂わせながら、体を寄せてきた。「もう少しの我慢だ。あと五皿出てくるから」

「五皿って――」

「ごちそうが待ってるよ。伯爵は毎晩、六皿の料理を用意させるんだ」

そのときちょうど、白い手袋をした従僕がスープのボウルをさげに来た。もうひとりは丸ごと焼いた魚がのった皿を運んできて、まず伯爵未亡人のところへ行った。レディ・ギルモアは取り分け用の銀のフォークを使って、少しだけ自分の皿に盛った。自分の番が来ると、マディーは料理に鼻を近づけてにおいをかいだ。

「マスね！　ビリングスゲート・マーケットのタラフライよりずっといいにおいがするわ。劇場では、古くなった魚を買っていたんです。お金がないから。こういう立派なおうちでは、倹約する必要なんてないんでしょうね」テーブルに並んでいるフォークの中から、適当に一本選んだ。「一流の料理人をはるばるフランスから呼び寄せたんですってね。ミスター・ショーシャンクから聞いたわ」

張りつめた空気が流れた。ギルモア伯爵はいらだたしげに唇を引き結んでいる。マディーが従僕に〝サー〟と呼びかけたり、執事に〝ミスター〟と敬称をつけたりすることが気に障るのだろう。マディーがわざと間違っていることを、伯爵たちは知る由もない。ガーティーが貴族の家の習慣についてあれこれ話してくれたので、使用人の呼び方といったくだらないルールなら知っている。

「デイヴィッドが雇ったのよ」レディ・ソフィアが軽蔑のまなざしでマディーを見た。「何に関しても趣味がよかったから」

ギルモア伯爵がソフィアに軽く微笑みかけた。「そうだな、デイヴィッドはあらゆる分野に通じていた。政治から領地経営まで。実に惜しい男を亡くしたものだ」暖炉の上にかかっている肖像画を見上げると、愁いを帯びた表情を見せた。

それは、赤い上着と黒の膝丈ズボン《ブリーチズ》を身につけた青年の絵で、毛並みのよい茶色の馬の隣に立ち、手袋をはめた手で手綱を握っていた。堂々とした姿勢といい、鳶色の髪といい、ギルモア伯爵にそっくりだ。

マディーははっと気づいた。この人が長男のデイヴィッドなんだわ。笑っているその姿があまりにも溌剌《はつらつ》としているので、まるで生きているように見えた。

どうして亡くなったのかしら？　ネイサンは何も教えてくれなかった。父親を憎んでいる理由も。だがマディーは、長男が関係しているのではないかと漠然と思っていた。知らないことが多すぎる……。

悲しいことを思いださせるのは気が進まなかったけれど、マディーは好奇心を抑えきれず、みんなに聞こえるように大声でネイサンにきいた。「伯爵がいま見ている肖像画だけど、あれがお兄さまなの？」

ネイサンは肖像画をちらりと見たあと、ぎこちなくワインを飲んだ。「ああ」

「ハンサムな紳士ね」マディーは心からお悔やみを言った。「本当に残念だったわね。わたしにはきょうだいがいないから、あなたの気持ちは想像するしかないけど。みなさんも大変でしたね」

誰も返事をしなかった。会話がぴたりと止まり、食器がたてる音だけが響き渡る。マディーはやわらかい魚を食べても、ほとんど味がわからなかった。

みな意気消沈しているように見えた。亡くなった長男の話をするのは気が進まない様子だ。もう一度何か言ってみるべきかしら？　鈍感で下品な女なら、無神経に詮索するだろう。けれども、良心に従って黙っていた。愚か者を演じるのはかまわないが、誰かを苦しめることはしたくない。たとえ相手が鼻持ちならない貴族でも。

「デイヴィッドの訃報を誰から聞いたんだ？」ギルモア伯爵が唐突に口を開き、鋭い目つきでネイサンを見た。「この家の者は誰もお前に手紙を書いていない」

マディーは驚いた。兄の死を弟に知らせようとしなかったの？　いったいどうして？

「ぼくには情報源があるんです」ネイサンは曖昧に言った。

「レディ・ミルフォードでしょう」レディ・ギルモアが顔をしかめた。「名付け親で、あなたを溺愛しているから、連絡先も知っていたはずよ。いつもお節介ばかり焼いているし」

「家族の訃報を知らせてくれることが、お節介だとは思いません」ネイサンが言う。「レディ・ミルフォードにぼくの連絡先をきいてみようとは考えなかったんですか？」

「お前にわたしたちを責める権利はない」伯爵が怒鳴った。「出ていったのはお前だ。お前が自分で縁を切ったんだ」

「そのとおりです」ネイサンは思案するように、祖母と父親の顔を見つめた。「もしかして、ぼくには知らせたくなかったんじゃないですか？　ぼくが行方不明のままなら、死んだことにして、ぼくのいとこを跡取りに指名できる。そういう思惑があったとか？」

とげとげしい沈黙が流れた。ギルモア伯爵が否定しないので、マディーは胃がねじれるような思いがした。まさか本当にそうするつもりだったの？

「お父さまがそんな残酷なことをするはずないわ」レディ・エミリーが取り乱して、突然声をあげた。「お父さま、違うと言って」

「もちろんだよ」ギルモア伯爵が腕を伸ばして、娘の手をさすった。「お前の兄上はとんでもない考え違いをしている。いったいどこからそんな突拍子もない考えが出てきたんだか」

従僕がローストチキンとエンドウ豆を運んできた。そのとき、ギルモア伯爵がレディ・ギルモアとこっそり視線を交わしたのを見て、マディーは伯爵の言葉を信じていいのかどうかわからなくなった。エミリーをなだめるために嘘をついたの？

ネイサンは皮肉っぽい表情で、それ以上何も言わずに食事を続けた。マディーは彼の個人的な問題に関わるつもりはなかった。彼と結婚したのは、自分の目的をかなえるため――婦人服店を開く資金と、母を勘当した祖父と対決するチャンスを得るためだ。

だが距離を保とうと心に決めているにもかかわらず、ネイサンに同情せざるを得なかった。彼はこんな冷やかな暗い家庭で育ったのだ。だから、一〇年間も帰らなかったの？　父親と祖母が長男をひいきして、次男をないがしろにしたから？

それほどまでに憎まれるようなことをネイサンがしたのかもしれない。

10

デザートのアプリコットケーキを食べ終え、女性たちが立ちあがると、ネイトも一緒に席を立った。長いディナーがようやくすんでほっとしていた。ギルモアの顔に拳を見舞いたくなるのをこらえて、マナーを守り、堅苦しい会話をするのは苦痛でしかなかった。もう二度と、あの男を〝父上〟とか〝パパ〟と呼ぶつもりはない。一〇年前、あんな言葉を投げつけられたのだから。さっきの態度も、次男を死んだことにして相続させないほうがよかったと認めたも同然だ。

一方、マデリンの演技は最高だった。彼女は伯爵をいらだたせるつぼを心得ている。どこまでが地なのかはかりかねるが、じつは案外賢いのではないかとネイトは思っていた。マデリンの本当の姿を早く知りたい——とくに、あの破廉恥なドレスに隠された成熟した体を。

ネイトはマデリンの隣へ行き、彼女のやわらかい手を自分の腕に置かせた。マデリンが神秘的な青い目で彼を見上げる。魅惑的な香りをかいだら、早くベッドに入りたくてたまらなくなった。彼女はぼくのものだ。好きなように抱けるのだ。経験豊富だから、男の歓《よろこ》ばせ方を熟知しているだろう。早く寝室にさがる口実をでっちあげて——。

「女性たちは応接間でお茶を飲むだろう」ギルモアが言う。「エミリー、お祖母さまをエスコートして差しあげなさい」それから、鋭い口調で続けた。「ネイサン、この家のしきたりを忘れたのか？　男は食堂に残るんだ」

「ぼくは新妻と一緒にいたいんです」

「いいから座りなさい。一緒にブランデーを飲むくらいかまわないだろう」

伯爵がふたたび椅子に座った。マデリンはネイトに色っぽく微笑みかけながら、腕を離した。そして、ぐいっとスカートを持ちあげると、ヒップをなまめかしく揺らしながら、ほかの女性たちのあとを追って部屋から出ていった。

マデリンはただ役を演じているだけだろうか、それともネイトをからかっているのだろうか。いずれにせよ、彼女のお茶目なところをネイトは気に入っていた。だが、ネイトを手玉に取ろうとしているのだとしたら、お門違いだ。彼はこれまでに、数多くの勝ち気な女性を手なずけた経験がある。マデリンもそのひとりに加えられるだけだ。

従僕がデカンタと、クリスタルのグラスふたつを、ギルモアの前に置いた。伯爵はもうひとりの従僕が差しだしたケースから葉巻を選んだあと、手を振って従僕たちをさがらせた。

ネイトは立ったままでいた。世界一嫌いな男と差し向かいで話す気になれず、このまま歩み去りたかった。つきあう義務はない。

だがいま出ていったら、ギルモアに臆病者の烙印を押されてしまう。

ネイトは少し離れた椅子に座った。ギルモアがデカンタの栓を抜き、グラスに酒をなみなみと注いだ。

片方のグラスをネイトのほうへ押しやった。「さあ、飲め。これからはいやでも一緒にいなければならないんだ」

数日前に、レディ・ミルフォードにも似たようなことを言われた。しかしネイトは、和解する気などさらさらなかった。関係を修復するつもりはない。永遠に、この男の悩みの種でいたかった。

グラスをつかんでブランデーをあおった。「話すことなんてありません。一〇年前に言いたいことは全部言いました。あの日のことは、もちろん覚えていますよね」

ギルモアが口をゆがめ、昔と同じ傲慢な表情を見せた。小型ナイフで葉巻の端を切りながら、醜悪なできごとを思い起こしているかのように眉をひそめている。ネイトは伯爵と激しくやりあったあげく、家を飛びだしてインド行きの船に乗りこんだ。しばらくアジアを放浪したあと、交渉力を生かして事業をおこして成功させた。

だがその話をギルモアは知らない。知ろうともしない。

ギルモアはナイフを置き、蠟燭を引き寄せると、葉巻に火をつけて一服した。「髪が長すぎるな」唐突に言った。「明日の朝、わたしの従者に切りに行かせよう」

ネイトは背筋を伸ばした。過去をなかったことにして個人攻撃をはじめるなど、ギルモアらしい。「上海の商人みたいに三つ編みにするのをやめただけでもありがたく思ってください。彼らの習慣をまねることで信頼を勝ち取ったからこそ、商売を成功させることができたんです」

「いまはイングランドにいるんだから、紳士の基準に従わないとな。そんな異教徒みたいな格好で人前に出ることは許されない」

「ぼくはなんでも好きなようにやらせてもらいますよ」

ギルモアはいらだたしげに葉巻を叩いて、灰をソーサーに落とした。「妹の評判が落ちてもいいのか？　エミリーは二週間後にデビューを控えているんだ。ただでさえ夫を見つけるのは難しいというのに、お前はさらに足を引っ張るつもりか？」

これは効いた。ネイトはエミリーの結婚の邪魔をしたいとはこれっぽっちも思っていない。だが言い負かされるわけにはいかなかった。「ぼくの髪が長いくらいでおじけづく意気地なしなんて、エミリーにふさわしくありません」

「お前のふさわしくない花嫁はどうするんだ？　お前の結婚は醜聞を引き起こし、必ずエミリーの評判を傷つける。あんな下品な女と結婚するなんて、いったい何を考えているんだ？」ギルモアは眉をひそめ、葉巻を吹かした。「答えなくていい。お前の考えていることはお見通しだ。わたしを打ちのめしたいんだろう。家名を汚してめちゃくちゃにするつもりだな」

ようやく楽しい話題になった。ネイトは椅子に深く座ると、ブランデーを飲みながら伯爵をじっと見た。「マデリンは少し自由すぎるきらいがあるのは認めますが、どうかチャンスを与えてやってください。ぼくと同じように、きっとみんなも彼女の虜になりますよ」

「虜だと？　まあたしかに、あのふしだら女はこれまで大勢の男を虜にしてきただろうな。オークションで彼女を競り落とそうとした堕落者とか」

「言葉に気をつけてください」ネイトはなぜかかっとなり、鋭い口調で言った。「彼女はぼくの妻――次期レディ・ギルモアなんですよ」

ギルモアが小鼻をふくらませながら、荒い息をした。激しい怒りを必死に抑えこもうとしているように見える。もっと苦しめばいい、とネイトは思った。昔ネイトにしたことの報いを受けるのだ。自業自得だ。

ギルモアが葉巻をソーサーに置いた。「これ以上口論を続けても無駄だ」きっぱりと言う。「なんの役にも立たない。感情はひとまず脇に置いて、建設的に話しあおうじゃないか」

「何を話すんですか？」

「お前の妹はこの一年、つらい思いをしてきた。最愛の兄を亡くし、美貌と、幸せな結婚をするチャンスまで失った」

「エミリーにはきっといい相手が見つかります。男がみな外見で女性を選ぶとはかぎりません」ネイトはそう願っていた。彼自身は罪深くも見た目で女性を選んできたが、妹にはもっとましな男が現れることを願うばかりだ。

「だが、レディの評判を気にしない紳士などいない」ギルモアが言う。「お前の愚かな行いのせいで、エミリーの評判は台なしになるぞ！」

「それなら、持参金を増やしてください。そうすれば、男がうじゃうじゃ集まってきますよ。

よりどりみどりだ」

ギルモアがすばやく首を横に振った。「だめだ。それよりずっといい解決策がある。頼むから真剣に考えてくれ」

「話してください」

ギルモアはテーブルの縁をつかんで身を乗りだし、鋭い目つきでネイトを見た。「お前は今日結婚したばかりだ。つまり、まだ間に合う。明朝に弁護士を呼ぶから、お前の妹のために不幸な結婚を無効にするんだ」

マディーは化粧室の鏡に映った自分の姿を見つめた。品のない赤いドレスとコルセットを脱いだらほっとした。とはいえ、いま着ているものも気恥ずかしいという点では変わりがない。

あたらしいネグリジェは体にぴったりしているうえに、白い薄織物でできていて、下に何も着ていないことがわかってしまう。胸の頂が薄い生地を押しあげ、その下の茂みは透けていた。

「ガーティー！　すぐに来て！」

白髪交じりの頭にモブキャップをかぶったガーティーが、寝室に飛びこんできた。そして、マディーを見るとにっこり笑った。「あら、よくお似合いですよ。旦那さまもお喜びになります」

「慎みがなさすぎるわ！」

「ふん、わたしはローリー子爵のご指示に従っただけですよ。新郎を喜ばせるようなしゃれたのを買ってくるようにって、ウインクしながら言われたんです」ガーティーがくすくす笑う。「初夜にはこういうのを着てほしいそうですよ」

ネイサンはえくぼの浮かぶ笑顔で、厳格なメイドを懐柔したのだ。マディーは強いいらだちを覚えた。「そう、でもわたしはいつものネグリジェのほうがいいわ。どこにあるの？」

「どこかにしまってあると思いますけど」ディナーのあいだに運ばれてきた三つの旅行鞄を、ガーティーが漠然と指さした。それから、鞄に駆け寄ったかと思うと、白いシルクと高価なレースで作られた薄いローブを手に戻ってきた。「上にこれを着ればいいですよ。これも旦那さまからの贈り物です」

もっと慎み深いネグリジェを探すよう頼んでも無駄だろう、とマディーは思った。きっとガーティーは見つからないと言い張るだけだ。それに、そのローブはとても美しく、やわらかそうだった。

ローブのゆったりとした袖に腕を通し、帯をしっかりと締めたあと、襟を引きあわせて胸を隠した。鏡に映った姿はさっきよりは見苦しくないけれど、体のラインははっきりとわかる。こんなはしたない格好でネイサンの前に立ち、あの燃えるような緑の目で見つめられるのだと思うと、顔が赤くなった。

欲望と不安が心の中でせめぎあう。でも、愛の行為をずっと経験してみたかったのだ。愛人を作るためにオークションを開催したのだから、相手が夫でも、何も変わりはない。

不安を感じるのは、筋書きが予測できないせいだ。

ネイサンが家族に復讐するつもりでいることは、最初からわかっていた。だが父親に対して並々ならぬ憎しみを抱いていることは、ここに来て、ぶつかりあう姿を見てはじめて知った。彼はマディーを利用して、秩序正しいきちんとした家庭に騒動を巻き起こしている。純真でやさしいレディ・エミリーまで傷つけてしまうのかと思うと、やりきれなかった。

「かわいそうに、緊張しているんですね」ガーティーがやさしく言った。「座ってください。髪をとかしてあげますから。子どもの頃みたいに」

マディーは鏡台の椅子に腰かけた。ぴかぴかの鏡台を見ていると、大量の化粧品で散らかった劇場の楽屋が恋しくてたまらなくなった。楕円《だえん》形の鏡に青白い顔が映っている。ガーティーがピンを引き抜き、金色の髪を背中に垂らした。

「あなたの到着が遅れた理由がわかったわ」マディーは気を紛らすために言った。「ローリー子爵に頼まれて、買い物に行っていたのね」

ガーティーはマディーの長い髪にブラシをかけながら答えた。「それだけじゃありません。断りの手紙を届けていたんです」

「断りの手紙？」

「ええ。オークションの参加者たちに」

マディーは眉根を寄せ、鏡越しにガーティーを見た。「そんな手紙を書いた覚えはないけど」

「ローリー子爵が代わりに書いてくださったんですよ」ガーティーが誇らしげに言った。「自分の妻になったから、今後はちょっかいを出さないようにって」

マディーは驚いた。急に決まった結婚の準備で忙しくて、落選した紳士たちに通知することなど思いつきもしなかった。ネイサンはマディーに相談もなく勝手にそんなことをした。オークションの主催者はマディーなのに。

けれどもマディーは腹を立てるどころか、手間が省けてほっとしていた。これでもう、ダンハム卿はつきまとうのをやめるだろう。いたるところで待ち伏せされ、しつこく言い寄られることもなくなる。でももし、社交の場で出くわしたら、彼はどんな態度を取るだろう？

だがいまは、そんなことを考えている場合ではない。これから、ほとんど知らない男性に身をまかせるのだ。気分次第で愛嬌《あいきょう》を振りまき、父親を憎悪している男性と。

マディーはそわそわと椅子から立ちあがった。「まもなくローリー子爵がいらっしゃるわ。その前に荷ほどきをすませてちょうだい」

「わかりました、奥さま」

マディーはやわらかい絨毯の上を裸足《はだし》で歩き、バラ色と緑色で装飾された広い寝室に入っていった。こんな豪華な家に住むなんて想像したこともなかった。数多の蠟燭がフランス風の家具――細長い窓のそばの寝椅子や、暖炉の前の安楽椅子――にあたたかい光を投げかけている。天蓋付きの大きなベッドを覆う青リンゴ色の上掛けは誘うように端が折り返してあり、金箔をかぶせたヘッドボードに沿って、ふくらんだ羽毛の枕がいくつも並んでいた。

ここに、ネイサンと横たわるのだ。

マディーは胸が苦しくなった。彼はいつ来るの？　何を言われるかしら？　まだ怒っている？

ネイサンと伯爵は食堂に残って話をしていたが、ほどなく応接間にやってきた。ふたりとも激怒しているように見えた。口論になったのは明らかで、マディーはその原因が知りたくてうずうずしていた。

そのあとは、伯爵の要望に応えてエミリーがピアノを弾き、一時間ほどみんなを楽しませた。演奏が終わると、〝ぼくたちは寝室にさがらせてもらいます〟とネイサンが言い、険しい目つきで伯爵をにらんでから、マディーの頬にやさしくキスをした。〝先に行って待っていて。ぼくもすぐに行くから〟

全部見せかけだ。甘ったるい言動は、ギルモア伯爵を挑発するための演技にすぎない。マディーが部屋に戻ってから、三〇分以上経っている。大理石の炉棚の上に置かれた金時計の針が時を刻む音を聞きながら、ネイサンがなかなか来ないわけを考えた。

ふたりはマディーのことで口論になったのかしら？

マディーは与えられた役になじめなかった。このまま無作法でおしゃべりなふしだら女を演じつづけたら、レディ・エミリーがデビューする頃には醜聞まみれになってしまう。だがすでに舞台は組まれ、第一幕がはじまっているのだから、いまさら台本を変更することなどできるだろうか？

悩みながら化粧室に戻ると、ガーティーが下着を引き出しにしまっているところだった。そのときふと、ネイサンの私物が見当たらないことに気づいた。「ローリー子爵の持ち物はどこにあるの？」

「続き部屋に置いてありますよ。夫婦は別々の部屋で寝るのが、貴族社会のしきたりです」

「そうなの？」願ってもないことだ、とマディーは思った。ネイサンから――そして、陰気な家族からも離れていられる個室を持てるのだ。「それはうれしいわ」

ガーティーが含み笑いをした。「明日の朝になったら、考えが変わっているかもしれませんよ」

「それはないわね」

「じきにわかりますよ、奥さま」ガーティーの笑顔が愁いを帯びた。「ああ、お嬢さんを〝奥さま〟と呼べるなんて、うれしいかぎりです。本来の身分にふさわしいお相手と結婚できて、あなたのママも生きていらしたらさぞかしお喜びになったでしょうね」

マディーはあわててガーティーの手をつかんだ。「ガーティー、注意しておくけど、わたしがホートン公爵の孫だということを誰にも言ってはだめよ。この家の人たちに過去を知られたくないの」

「でも、貴族の血が流れているとわかったら、ギルモア伯爵はお喜びになりますよ」

「それでもだめなの。約束して。お願いだから」

ガーティーはしぶしぶうなずいた。「わかりました、奥さま。誰にも言いません」そして、マディーを化粧室から追いだした。「さあ、早くベッドへ行ってください。そこで旦那さまを待つんですよ」

寝室に戻ると、反対側の隅の暗がりに隠れたドアを見つけた。あの向こうにネイサンの部屋があるに違いない。マディーは息が苦しくなった。彼に来てほしい気持ちと、来てほしくない気持ちがせめぎあった。

ベッドの中で待つのも悪くないかもしれない。上掛けにもぐりこんでしまえば、はしたないネグリジェ姿を見られずにすむ。部屋を暗くしておいたほうがいい。

蠟燭の火を消すために、暖炉のそばにあるテーブルへ向かった。そのとき、ドアの取っ手を回す音がして、マディーは立ちすくんだ。次の瞬間、続き部屋のドアがぱっと開いた。

11

部屋に入ってきたネイサンは、マディーと目が合うと戸口で立ち止まった。長身で威圧感がある。深緑色のシルクのローブをまとい、引きしまった腰に金の帯ひもを締めている。厳しい表情をしていて、あの魅力的なえくぼは影も形もなかった。

ネイサン・アトウッド——ローリー子爵をきちんとした紳士と思う人はいないだろう。革ひもでひとつに結わえた長い髪や、日焼けしたたくましい体、そしていま、マディーに向けている貪欲な目つきを見たら。

ネイサンはマディーの全身をじろじろ眺めた。まるでローブとネグリジェをも見透かさんばかりに。本当に見えるのかもしれない。

マディーは思わず体を隠すように腕組みをした。欲望のまなざしで見られるのには慣れているけれど、こんなネグリジェを着て、髪をおろしているところを見られるのははじめてだ。それに、彼とは二日前に出会ったばかりなのだ。

教会で神聖な誓いを交わしたとはいえ、ネイサンはまだ他人同然だ。計画に協力すると同意したときは、彼の暗い面を目にしていなかった。貴族によくいるタイプの、魅力を振りまくうぬぼれ屋だと思っていた。けれども、マディーを口説き落として結婚に持ちこんだ陽気な紳士は、どこかへ行ってしまった。

はじめから存在しなかったのかもしれない。

代わりに現れたのは、復讐のためにマディーと結婚した冷酷な貴族だった。父親に憎しみをぶつける姿をまのあたりにして、控えめに言っても心がざわついた。それほど深い恨みを一〇年間も持ちつづけることができるなんて、攻撃的で危険な人物だと言える。

本当に信用していいの？

ネイサンはドアを閉めると、まるで弱点を見きわめようとするかのように、マディーをじっくりと観察しながら近づいてきた。マディーは恐怖に駆られた——支配的な男性のなすがままであることに対する恐怖。まっすぐベッドに連れていかれる？　裸にされて奪われるの？　全身がぞくぞくし、膝の力が抜けて、椅子の背をつかんだ。どういうわけか、彼を恐れていると同時に、心から求めてもいた。

ネイサンが体の向きを変えて暖炉のほうへ向かった。そのときはじめて、彼がシャンパンの瓶とふたつのグラスを持っているのに気づいた。彼はそれらをサイドテーブルに置いた。その紳士的なふるまいを見て、マディーはいくらか気持ちが落ちついた。

ネイサンがそばに来て両手をマディーの肩に置いた。その手のぬくもりに、マディーは胸が高鳴ったが、彼はベッドに誘うそぶりを見せなかった。「マデリン、話がある——」

不意に足音が聞こえ、ネイサンは言葉を切った。ガーティーが部屋に入ってきて、膝を曲げてお辞儀をした。「こんばんは、ローリー子爵、ほかに何かご用はございませんか？」

ネイサンが答えた。「もうさがっていいよ。朝まで邪魔が入らないようにしてくれ」

マディーは期待をふくらませた。彼はまだマディーの肩をつかんでいる。その手に体をなでまわされたらどんな感じがするかしら？　結婚式でしたように、もう一度キスしてほしかった。これ以上何も考えなくてすむように。

ガーティーが出ていき、ドアがそっと閉められた。すると、ネイサンはマディーから離れてシャンパンを注ぎに行った。マディーはがっかりし、少し息を弾ませながらきいた。「さっき何を言おうとしたの？」

ネイサンがグラスを持ってきて、マディーの手に押しつけると、自分のグラスを掲げて乾杯した。「今日のきみの演技はすばらしかった。あれ以上は望めない」

マディーはシャンパンをひと口飲み、舌の上で泡が弾けるのを感じた。「あなたのご家族の意見は違うと思うけど」

「そういう計画だろう」ネイサンがマディーのおろした髪をつかんで、指ですいた。「正直に言わせてもらうと、きみの美貌は思いがけないおまけだ。おかげでこの結婚がずっと楽しいものになる」

その打算的な考えに、マディーは背筋がひやりとした。所詮、自分は彼の復讐の道具でしかないことを思い知らされた。ネイサンにとってふたりの夜は、父親に対する復讐という苦いケーキを飾る砂糖衣にすぎないのだ。

マディーは体を引いた。「ネイサン。ひとつだけきかせて。どうしてお父さまをそんなに嫌っているの？　冷酷無情な方ではないはずよ。妹さんのことを愛しているように見えたわ。お兄さまのことをべた褒めしていたし」

ネイサンの表情が険しくなった。「二度と同じ質問はするなと言ったはずだ。きみはただ、与えられた役を演じればいいんだ」

「でも、あなたたちが仲違いしている理由を、多少なりとも知っていたほうがいいと思わない？　応接間に入ってきたとき、ふたりとも殺気立っていたわね。何があったの？」

ネイサンはサイドテーブルへ向かい、二杯目を注いだ。「そんなに知りたいなら教えてやるよ。明日の朝、弁護士に会うよう言われたんだ。結婚を無効にするために」

「なんですって！」マディーはグラスを握りしめた。結婚が無効になっても、ネイサンはお金を払ってくれるだろうか。店を開く資金はどうなるの？　またダンハム卿につきまとわれるの？「それで、あなたはなんて答えたの？　もちろん、断ってくれたんでしょうね」

「当然だ。悪魔の言いなりにはならない」

マディーは体からどっと力が抜けて、暖炉のそばの豪奢な椅子に座りこんだ。シャンパンを飲みながら、檻《おり》に入れられたライオンさながらに寝室をうろうろと歩きまわるネイサンを見つめた。いまがチャンスだ。これを逃したら、気に入らない役柄を変更させる機会は二度と訪れないかもしれない。

「伯爵は妹さんのことを心配なさっているんでしょう。これからデビューするというときに、この結婚で評判が台なしになることはわたしでもわかるわ」

ネイサンが険しい目つきでマディーをにらんだ。「エミリーなら大丈夫だ。ぼくがなんとかする」

「どうやって？　そんな目つきで若者を脅して、レディ・エミリーに求婚させるつもり？　はっきり言わせてもらうと、賢明な計画とはとても言えないわね」

「じゃあ、どうする？　無効にすればいいのか？」ネイサンがつかつかと詰め寄ってきた。「そんなことはきみも望んでいない。きみは金が目当てで結婚したんだろう、マデリン。無効になったら困るはずだ」

攻撃的な物言いに、マディーはぎくりとした。彼は気性が激しくて、すぐにかっとなる。自己弁護したかったけれど、祖父に復讐する計画を打ち明けるわけにはいかなかった。「そうじゃなくて、いまの状況を改善する方法があると言いたかったの――少なくとも、少しは変わると思うわ。わたしができるだけ足手まといにならないようにすればいいのよ」

ネイサンはふたたびマディーから離れ、振り返ってにらみつけた。「どうやって？　きみは平民で、悪名高い女優だ。オークションを開催して、自分を愛人にする権利を売ろうとした。明日の朝には、社交界はこの噂でもちきりになるだろう」

「ええ、それはわかっているわ」ギルモア伯爵の跡取り息子を誘惑した悪女と呼ばれると思うと、マディーはうんざりした。悪意のある噂をあれこれたてられるだろう。シャンパンを飲み干してからになったグラスを差しだし、二杯目を注いでもらった。「でも、思ったんだけど、わたしがこんなに下品にふるまう必要はないんじゃない？　もっと控えめにしてもいいと思うの。それどころか、上品なレディのようにふるまったとしても、お父さまがわたしを気に入ることは絶対にないわ」

ネイサンが眉をひそめた。「そういえば、きみはレディみたいな言葉遣いをするな。いったいどこで上流階級の話し方を身につけたんだい？」

彼のいぶかしげな顔を見て、マディーは無邪気な表情を装った。母親がレディだったことを悟られてはならない。マディーが祖父のホートン公爵と対決しようとしていることを、彼に知られるわけにはいかなかった。

ネイサンに秘密を打ち明ける気がないのなら、こっちだってそうさせてもらう。

「わたしは女優よ。話し方や癖をまねるのはお手のものなの。あなたさえよければ、伯爵夫人にマナーを教えてくれるよう頼んでみる。一、二週間あれば、レディそのものに変身してみせるわ」

マディーは怒鳴られるのを覚悟した。マディーが愚かなふるまいをすることは、彼の計画の要なのだから。

ところがネイサンは、鋭い目つきをするにとどめた。「本当にそれでエミリーの状況がよくなると思うのか？」

「音をたててスープを飲んだり、ばかみたいにぺちゃくちゃしゃべったりしなければ、いちいち恥をかかせることはないわ。それに、悪名高いレディ・ローリーが、じつはレディのふるまいを完璧に身につけた、物静かで思慮深い女性だということがわかれば、噂もおさまるんじゃないかしら」

不意に、ネイサンが含み笑いをした。「きみが物静かで思慮深い女性だって？　それは無理じゃないかな。賭けてもいい」

彼を見上げると、笑顔とまではいかないが唇の端がつりあがっていて、魅惑的なえくぼがかすかに浮かびあがっていた。マディーは突然めまいがし、体が熱くなった。きっとシャンパンのせいだわ。「じゃあ、その賭けに乗るわ。わたしが勝ったら、何かちょっとした贈り物をくれる？」

「贈り物？」

「ええ。ダイヤモンドがついたのがいいわ」どうしてそんなことを言ったのか、自分でもわからなかった。宝石をねだるなんて、ますます財産目当てで結婚したと思われるだけだ。

だがもう、取り返しがつかない。ネイサンがグラスを置き、手を差しだした。「いいよ。握手を交わして賭けを成立させよう」

マディーはその手をじっと見つめた。日に焼けていてがっしりしている。指が長く、爪はきちんと切られていた。その手に触れると思うと、またしても相反する感情に襲われる。触れたいのに、逃げだしたかった。「その必要はないわ」

「必要かどうかはぼくが決める」ネイサンが命令口調で言った。「さあ、手を出して」

マディーのためらいをネイサンが感じ取っているのは、その鋭く光る目を見ればわかった。

彼は手を伸ばして自分に触れるよう、マディーに求めている。触れてしまえばいい。マディーは自ら彼との結婚を選んだ。教会で彼の妻になると誓ったのだ。それに本音を言えば、早くベッドに入っていろいろなことを教えてもらいたかった。

たとえネイサンが危険な男性だとしても。

椅子に座ったまま身を乗りだして手を差しだすと、強い力で握られた。全身がかっと熱くなり、胸が締めつけられる。彼の燃えるようなまなざしが、同じ思いでいることを物語っていた。

マディーは不意に手を引っ張られ、気づくとネイサンの腕の中に飛びこんでいた。彼はマディーのグラスを取りあげてテーブルに置いてから、しっかりと抱き寄せた。

マディーは胸の高鳴りを感じた。息を吸うたびに、石鹸とサンダルウッドの香りがする。たくましい肩をつかんで体を支えたとき、彼のローブの模様が目に留まった。

マディーは気を紛らすために、翼のある伝説の生き物の刺繡《ししゅう》を指先でたどった。これまで模様が入っていることに気づかなかったのも無理はない。ローブの色と同じ深緑色の糸が使われているから、目立たないのだ。「これはドラゴン？」

ネイサンがこれまた緑色の目を輝かせた。「中国人はドラゴンが大好きなんだ」

マディーはネイサンが中国にいた頃の話をもっと聞きたかった。でもいまは、そのときではない。「見事な出来栄えね」胸をなでおろし、シルクの生地の感触と彼のぬくもりを味わった。「とてもやわらかい。お店で売っているシルクよりずっと上等だわ」

トするよ」

「ぼくの倉庫にたくさんあるよ。そのままなでつづけてくれるのなら、好きなだけプレゼントするよ」

ネイサンの唇に蠱惑的な笑みが浮かぶと、オークションの日に出会った颯爽《さっそう》とした紳士がふたたび姿を現した。マディーは胸がきゅんとなった。ローブの深く開いた襟元からのぞく裸の胸に目が行かないよう、自制心を働かせた。

もうほかのことは何も考えられない。

彼がマディーの返事を待っている様子なので、つぶやくように言った。「今夜はここであなたと過ごしたい」

ネイサンは無言でマディーの背中をなでおろすと、ヒップをつかんでさらに引き寄せた。胸と胸、腰と腰がぴったりと合わさる。薄いネグリジェ越しに彼の体温が伝わってきて、マディーは息が苦しくなった。

ネイサンの目に欲望の色が浮かんでいるのを見てぞくぞくした。辛辣なウィットや冷やかな威厳の下に、熱い情熱を隠し持っていたのだ。

蠟燭の明かりを受けて、彼の目がきらりと光った。「意見が合うね。無効にできないように、婚姻を完成させてしまおう。今夜。いますぐに」

ネイサンの激しい渇望を感じ取ったマディーは、女の本能を呼び覚まされた。体がほてり、膝の力が抜けていく。「ええ」ささやくように答えた。

次の瞬間、唇を奪われていた。片手で頭のうしろを支えられ、舌が入ってくる。全身がかっと熱くなった。まるで、ネイサンのものだという焼き印を押されているみたいだ。眠りつづけていた女の部分が目覚めていくのがわかり、彼の肩にしがみついた。

それでもマディーは、ネイサンの第一の目的が父親への抵抗であるのを忘れていなかった。婚姻を完成させてしまえば、誰にも――どれほど狡猾《こうかつ》な人物でも、ふたりの誓いを破らせることはできない。しかし、彼の動機などもはやどうでもよかった。ただただ、この男性とひとつになりたくてしかたがなかった。

わたしの夫と。

喉の奥からうめき声がもれた。ネイサンの胸をなであげ、ざらざらした頰に手を当てると、かすかなくぼみを見つけた。ようやく彼に触れることができる。彼の腕の中はとても居心地がよくて、そのぬくもりと力強さをもっと奥で感じたかった。

ネイサンの唇が顎から喉へ、鎖骨へと滑りおりていく。マディーは首をそらしてそれを受け入れた。彼の言うとおりだ。ふたりは意見が合う。彼はどれだけキスをしても飽き足りない様子で、それはマディーも同じだった。むさぼるように口づけられ、せつなさに体を震わせた。

ネイサンが両手をマディーの腰に伸ばしたかと思うと巧みに帯をほどき、ローブを肩から滑り落とした。そして、一歩うしろにさがり、薄いネグリジェ越しに胸のふくらみを見つめた。

ネイサンは豊かな胸に指をはわせ、谷間をなぞったあと、もう一方の胸に触れた。めくるめく感覚にマディーがあえぎ声をもらすと、彼はすばやくネグリジェをはだけさせた。

上半身があらわになった。

ほてった肌にひんやりとした空気が当たり、マディーは身震いした。裸の胸を蠟燭の光が照らしている。ネイサンが来る前に消すつもりだったのに。男性とはじめて過ごす夜を想像するときはいつも、暗い部屋のベッドの中が舞台だった。そこで情熱的な長いキスを交わし、ひそやかな愛撫《あいぶ》を受けるのだと思っていた。

それなのに、暖炉の前に立ったままで、慣れた手つきで服を脱がされてしまった。こんなに性急に事が進むとは思いもしなかった。はしたなくさらした胸をじっくり見られるとも。彼はわずかに歯をむき、貪欲な表情をしていて、まるでマディーをむさぼり食おうとしているドラゴンのようだった。

ネイサンが頭を低くした。

マディーはどきんとし、手を伸ばして彼を止めようとした。ローブの合わせ目からのぞく素肌に手のひらを押し当てると、燃えるように熱かった。「ネイサン、待って!」

ネイサンはマディーを見上げ、獲物を取りあげられたドラゴンのごとく顔をしかめた。

「どうした?」

マディーは四柱式ベッドに視線を向けた。「ベッドへ行かない?」

ネイサンが首をかしげ、いぶかしげな表情をした。言葉の真意を読み取ろうとするかのように、マディーをじっと見つめている。何か変なことを言ったかしら?

不意に、ネイサンが荒れた指でマディーの胸に触れた。親指で何度もさすられると、先端が張りつめた。「ここじゃ気持ちよくなれないのかい？　そうは見えないが」

マディーは頭がぼうっとした。ネイサンの腕に支えられていなかったら、とろけてくずおれてしまいそうだ。彼はどうすればマディーを歓ばせられるか熟知しているようだった。

マディーのほうも男性の歓ばせ方を知っていると思いこんでいるみたいだけれど。

マディーははっと気づいた。男性経験が豊富だと勘違いされるのも無理はない。ネイサンはこの一〇年間、ロンドンを離れていたから、マディーが紳士たちをことごとく袖にしてきたことを知らないのだ。女優の多くがそうであるように、尻軽だと思われているに違いない。それに、レディ・ミルフォードの仲介でオークションに参加したから、あの招待状も読んでいない。

胸の頂を指でかすめられ、マディーは全身がぞくぞくした。ネイサンが歯を見せて挑発的な笑みを浮かべる。「こうされるのが好きなんだ。そうだろう？」

マディーは彼の手首をつかんでやめさせた。そんなふうにされたら、まともに考えられない。「ええ。好きよ。ただ……慣れていないの。はじめてなのよ」

ネイサンが眉をあげた。困惑しきった顔をしている。「はじめてって、何が？」

マディーは頬を赤らめた。「男性と寝るのが。わたしはオークションで……処女を売ったの」

ネイサンが背筋を伸ばし、高い位置からマディーを見おろした。驚きと疑いに満ちた表情を浮かべている。探るような目つきで見られ、マディーは落ちつかない気分になった。こんなに個人的なことを打ち明けなければならないのが恥ずかしかった。結婚式までもう少し余裕があれば――ネイサンの家族に気を取られていなければ、彼が真実を知らないことにもっと早く気づけたかもしれない。

突然、合点がいったようにネイサンの顔がぱっと明るくなり、口元に皮肉っぽい笑みが浮かんだ。そして意外にも、のけぞって大笑いした。「そうか。わかったよ。きみが少女のように恥ずかしがっているわけが」

マディーは屈辱を覚えた。処女だということを面白がっているの？

ネグリジェを引きあげて胸を隠した。「いやな人！　何がそんなにおかしいの？」

ネイサンがふたたび笑った。「あたらしい役の練習だろう？　レディらしくふるまうために……物静かで思慮深い女性だっけ。レディそのものに変身するんだろう。でもぼくの前で演技する必要はないよ、マデリン。ふたりきりのときは」

マディーは目を見開いた。どうして信じてくれないの？　「違うわ――きゃあ！」

不意に、彼に抱えあげられ、したり顔で見おろされた。「だけど、きみがベッドへ行きたいというのなら、マイ・レディ、異存はないよ」

ベッドに運ばれるあいだ、マディーはネイサンの首にしがみついていた。熱を帯びた胸元に頬を押しつけたとたん、何も考えられなくなった。サンダルウッドの男らしい香りにくらくらし、彼の鼓動を聞きながら、力強い腕の感触に酔いしれた。

ベッドに横たえられ、上掛けの冷たい感触を背中に感じた。ネイサンが覆いかぶさってきて、マディーの腰の両脇に手を突くと、唇にうっとりするようなキスをした。

「考えが変わったかも」ネイサンがつぶやいた。

「えっ?」

「男に触れられたことのない生娘になりきるのも刺激になるだろう? ぼくはぼくで、きみを凌辱《りょうじょく》しようとする好色な征服者の役を演じることにするよ」

マディーははっとわれに返った。やっぱり信じてくれていない。気分を盛りあげるためにうぶなふりをして、手練手管を隠していると思われているのだ。正直に打ち明けたのに、軽くあしらわれて腹が立った。勇気を出して告白したのに。

ひどい人!

マディーは非難しようと口を開いた。

だがそのとき、ネイサンが起きあがってベッドの脇に立った。そして帯ひもをほどくと、ドラゴンのローブを床に脱ぎ捨てた。

はじめて男性の裸を見たマディーは、目を見開いた。もっとよく見ようと、無意識のうちに肘を突いて体を起こしていた。蠟燭の明かりがたくましい腕や胴体を照らしている。広い胸にうっすらと生えた毛は、下へ行くにつれて幅が狭くなっていく。ついその先を目でたどると、そこに屹立《きつりつ》したものがあった。

マディーは目が釘《くぎ》付けになった。こんなに立派なものだとは思ってもみなかった。腿のあいだが潤い、体の奥に震えが走る。あれを迎え入れることができるかしら？

ネイサンが一歩近づいてきた。「怖がることはないんだよ、マイ・レディ。よかったら触れてみてごらん」

マディーは顔をそむけた。体じゅうがバラ色に染まっている。手を伸ばしそうになるのを、拳を握ってこらえた。「うぬぼれ屋！」息を切らしながら怒鳴る。「自分が恥ずかしくないの？」

「別に」ネイサンが声に笑いをにじませながら答えた。「でも、きみみたいな無垢《むく》な娘にしてみれば、ものすごく衝撃的な眺めなんだろうね」

そうからかうように言ったあと、うなずいてみせた。すっかり征服者と生娘ごっこをしている気になっている。本当に生娘なのに。いったいどうしたらこの思いこみの激しい男に納得させることができるだろうか？

マディーはもう一度言ってみた。「ネイサン、本当に処女なのよ、信じて——」

「そんなにむきになるとかえって怪しいぞ」

ネイサンがベッドにあがってくると、マディーはふたたび何も考えられなくなった。彼はマディーを押し倒すと、膝で両脚をはさんで動けないようにした。かたくて熱いものが、マディーの腿に当たっている。彼の唇が胸に近づいてきて、まるでごちそうを味わうかのように先端をむさぼった。

マディーはこらえきれず、なめらかな黒い髪に指を絡めた。あまりの快感に、もう少しで気を失いそうだった。体がとろけていき、子宮に甘いうずきが走る。濡れた乳首にそっと息を吹きかけられ、全身がぞくぞくした。

もう一方の胸への愛撫がはじまったとき、マディーはネイサンに理解してもらおうとするのをあきらめた。好きなように思わせておけばいい。そんなことはもはやどうでもよかった。高まる欲望を満たせれば——はじめて知る歓びを味わえればそれでいい。

ネイサンが膝でマディーの脚をそっと開かせた。いつの間にかネグリジェは脱げていた——たぶん、ベッドに運ばれるあいだに。そんな考えは、彼の手が下へ伸びてくると頭から吹き飛んだ。手は腹部を通り過ぎ、腿の付け根の茂みをもてあそんでいる。

マディーは体をこわばらせ、ネイサンの肩をぎゅっとつかんだ。その一点に完全に意識が集中していた。指でやさしくなでられ、誰にも触れられたことのない場所をかすめられると、深い吐息がもれた。「ああ、ネイサン」

その反応に気をよくしたらしく、ネイサンは胸のふくらみにざらつく頬をすり寄せた。喉元のくぼみに口づけ、首に唇を滑らせたあと、耳たぶをそっとかむ。だがそれよりも、巧みな指使いに、マディーはどうにかなってしまいそうだった。目を閉じて陶酔し、腰を押しつけて自ら求めた。

ネイサンは今度は唇を下へとはわせていった。腹部に焼けつくような熱いキスをし、その先へ進んだとき、マディーは重いまぶたを開けて彼を見おろした。これから何がはじまろうとしているのか、ぼんやりした頭でようやく理解した。

でもまさか……そんなこと……ああ、やっぱり。

ネイサンがやわらかいひだを押し分け、軽く息を吹きかけた。あまりの快感に、マディーは思わず身をよじり、彼の肩を押しさげて逃れようとした。「だめよ！」

ネイサンが顔を上げる。そこに荒々しい欲望が見て取れた。「もう芝居はじゅうぶんだ、マデリン。こうしてもらうのが好きなんだろう」

ネイサンがふたたび顔を伏せた。そして舌をはわせられた瞬間、マディーはわれを忘れた。体の芯がきゅっと締まり、全身がとろけていく。口でこんなみだらな歓びを与えられるなんて、想像すらしたことがなかった。あえぎながら何かを求め、たまらない気持ちになって、サテンの上掛けを握りしめる。その瞬間、激しい痙攣《けいれん》に襲われた。快感の波に押し流され、頭が真っ白になった。

やがて波が引いていき、マディーは徐々に意識を取り戻した。手足を投げだし、ゆるやかになっていく鼓動を聞きながら、ぼう然と余韻に浸った。頭上の天蓋を見つめて、何が起きたのか把握しようとした。いまのが噂に聞いていた……。

ネイサンが体を上にずらした。ほつれた黒い髪が垂れている。張りつめた表情をしていて、緑の目は爛々《らんらん》と輝いていた。それを見て、彼がまだ満たされていないことにマディーは気づいた。慰めてあげたくて、手を伸ばして彼の頬を包みこんだ。

そのとき、脚のあいだに焼けるような痛みを感じた。ネイサンがマディーの中に押し入ろうとしている。だが途中で動きを止めると、眉根を寄せ、怪訝《けげん》そうに彼女を見おろした。静寂の中、彼の荒い息だけが聞こえた。

突然、ネイサンがうなり声をあげながら、勢いよく貫いた。マディーは鋭い痛みに思わず叫び声をあげ、息を切らしながら彼にしがみついた。

彼の目がうつろになった。そして、まぶたを半分閉じると、ゆっくりと腰を動かしはじめた。頭をさげ、喉元に顔をうずめる。かすれた声でささやいた。「マデリン」

痛みが引いていき、うずきに変わった頃、マディーは無意識のうちに腰を揺らしていた。ネイサンの動きが激しくなり、汗で肌が光っている。胸と胸がすれあい、マディーは残り火をかきたてられた。もう一度あの至福を味わいたい。狂おしいほど求めていた。

だがその前に、ネイサンが低い叫び声をあげながら身を震わせたかと思うと、マディーの上にくずおれた。


本当に処女だったのだ。

ネイトはその考えを振り払った。いまは自分の過ちについて考えたくない。マデリンの中に入ったまま、乱れた香《かぐわ》しい髪に顔をうずめ、満ち足りた気分で余韻に浸っているときは。彼女の肌は、溶けた蠟燭のごとくなめらかであたたかい。やわらかくて丸い胸も、すらりとした脚も、どこもかしこも女らしく完璧だった。

マデリンは処女だった。どうしてもその考えが頭に浮かんで、現実に引き戻された。それに気づいたのは、彼女の中に入ったときだった。しかし、情熱に駆られていて、状況をきち

ん と理解できなかった。

だがいまならわかる。いやになるくらいはっきりと。

マデリンがためらったのは当然だ。ネイトに触れるのを恥じらったのも、親密な愛撫に抵抗したのも。振り返ってみれば、彼女のふるまいは処女そのものだった。それを、ネイトは演技だと勘違いした。

くそっ。最低な男になりさがった気がした。最悪なのは、情熱に流されて自制心を失ってしまったことだ。もっと時間をかけるべきだった。そうすれば少しは、彼女を信じなかったことに対する罪滅ぼしになったのに。

ネイトは体を離し、マデリンの隣にごろりと寝転がった。ちらりと目をやると、血に染まった腿が見えた。彼女は大きな青い瞳でこちらを見つめている。金色の髪はもつれ、唇は濡れて赤くなっていた。

もう一度キスしたい。マデリンのために最初からやり直したかった。

だが次の瞬間、いらだちを覚えた。どうかしている。何も償うべきことなどない。マデリンは金を払って買った妻だ。好きなように利用すればいい。

ネイトは肘を突いて体を起こした。そして、前置きなしに言った。「契約を交わした時点で処女だと話してくれていれば、もっとやさしくしたのに」

マデリンが寝返りを打ってこちらを向いた。その美しい胸につい目が行ってしまう。「あなたも知っていると思いこんでいたの」彼女が言った。「そのことはオークションの招待状に書いておいたから。あなたには送っていないことにさっき気づいたのよ」

その気軽な口調に、ネイトはいらだちを募らせた。「そんなことを？　『わたしの処女地を耕すチャンスにどうか入札してください』とでも書いたのか？」

マデリンは頬を赤らめ、上掛けを顎まで引きあげた。「まさか。もっと遠回しに書いたわよ。でも、それを読まなくてもみんな知っていたと思うわ。だって、これまで誰も相手にしなかったから。そういう評判だったの」

「評判？」

「純潔だという評判。あなた以外はみんな知っていたはずよ。それに、あなたにもちゃんと教えたわ、ネイサン」彼女が不意に、うっとりした表情をした。「でも、後悔なんてしていない。今夜のことは本当に……すばらしかった」

伏せられたまつげと、口元に浮かんだ本物の笑みを見て、ネイトはまたしても欲情した。一方、心は辟易《へきえき》していた。そんな目で――愛情のこもったような目で見つめてほしくなかった。いまのは単なる、性欲を満たすためだけの行為なのだから。

ネイトは起きあがってローブを羽織り、帯ひもをしっかりと締めた。「さっきも言ったが、最初に処女だと話してくれればよかったんだ。知っていれば、もっと高い契約料を提示したかもしれないのに」

案の定、マデリンの目からぬくもりが消えた。一瞬、ネイトを見つめてから、つんと顎を上げた。「わたしはいつの日かギルモア伯爵夫人になるのよ。そして、あなたは永遠にイングランドを去る。この契約で得するのはどっち？」

ネイトは笑いそうになるのをこらえた。とんち比べをするつもりはなかった。きっと彼女はむきになって、悪態を浴びせてくるだろう。

そして、そっけなくおやすみと言ってから自分の寝室に戻り、ドアをしっかりと閉めた。

マデリンは第一印象とまるで違う。下品なふしだら女でもなければ、一番高値をつけた相手に身を売る奔放な女でもなかった。

いや、実際に落札者に身を売ったのだ。彼女は上流階級の仲間入りをするという野心をかなえるために、ネイトと結婚した。

所詮、そういう女だ。

12

「痛い！」

素足にピンが刺さって、マディーは叫び声をあげた。寝室の椅子に腰かけていて、目の前に仕立屋がひざまずき、茶色のドレスの裾上げをしているところだった。

仕立屋がおびえた目でマディーを見上げた。「お許しください、奥さま。手が滑ってしまって」

仕立屋の萎縮した様子に、マディーは驚いた。まるで鞭《むち》で打たれるのを恐れているかのようだ。だがおそらく、恐れている相手はマディーではなく、暖炉のそばの椅子にでんと座っているレディ・ギルモアだろう。この数時間、伯爵未亡人はマディーのあたらしい服を選びながら、手厳しく批評していた。いまは膝にのせたファッション誌を、片眼鏡を使って眺めている。

「ちょっとちくりとしただけよ、ミセス・ドブズ」マディーはふたたび愚かなおしゃべり女を演じていた。「血も出ていないし。慣れない場所だとなかなか集中できないでしょう。あなたが来ることをお祖母さまが前もって教えてくれていたら、わざわざこんなにたくさんの荷物を引きずってこなくてすむように、わたしがお店に出向いたのに」

ベッドの上は、生地やボタンの入った箱、数々のファッション誌に覆われている。マディーはつい、そこで昨夜、ネイサンに抱かれたことを――みだらですばらしい愛撫を思いだした。彼に侮辱されて腹を立てているにもかかわらず、体がうずいた。あれから彼に会っていない。

〝最初に処女だと話してくれればよかったんだ。知っていれば、もっと高い契約料を提示したかもしれないのに〟

無神経で愚かな人！　ちゃんと言ったのに――少し遅すぎたかもしれないけれど――向こうが聞く耳を持たなかっただけだ。これは彼の落ち度だ。それなのに、謝りもせずにさっさと出ていって、マディーはひとりでやきもきするはめになった。

ミセス・ドブズが感謝の笑みをマディーに向けた。だがレディ・ギルモアが杖を床に打ちつけると、すぐに真顔に戻った。

「おかしなことを言わないでちょうだい、マデリン。商人は呼ばれたら参上するものなの。商人に気を遣うなんてあるまじきことよ」

「わたしはただ――」

「つまらないことでわたしを煩わせないで。お店へ行くことは絶対に許しません。見苦しくない服が用意できるまでは、表を歩かせられないわ」

「何週間もかかるわ、お祖母さま。それまで何をしろというんですか？」マディーはからかいたくなった。「昼間はこれを着て、夜は結婚式のときの赤いドレスを着ればいいわ。男の人たちはあれが好きみたい――赤いドレスのことですよ」

レディ・ギルモアは不快そうに唇をゆがめ、顔にしわを寄せた。「あの下品な服は燃やしたほうがいいわ。そうね、燃やしてしまいましょう」

マディーは作業しやすいよう、ミセス・ドブズに背中を向けた。「ええ？　でも、あたらしいドレスが届く前にパーティーに招待されたら、どうすればいいんですか？」胸の前で両手を組みあわせる。ホートン公爵の情報を集める絶好の機会だ。「ねえ、お祖母さま、社交界に出たら、公爵にも紹介してもらえますか？　身分の高い人に会うのがずっと夢だったの。公爵の知り合いはいるんですか？　わたしも舞踏会に招待してもらえるかしら？　公爵の名前を教えてください！」

レディ・ギルモアは片眼鏡を置いて、マディーをにらみつけた。「くだらないおしゃべりはやめなさい。そんなことでは子爵の妻は務まりません。それから、あなたが公爵と出会わないことを祈るわ。家の恥になりますからね！」

いまこそ、レディに変身するレッスンを受けさせてくれるよう頼むチャンスだ、とマディーは思った。だが口を開く前に、ドアをノックする音がした。

ガーティーが急いで化粧室から出てきた。伯爵未亡人のきつい言葉が聞こえていたらしく、マディーに向かって目をくるりと回してみせてから、ドアを開けた。

ショーシャンクが寝室に入ってきて、まずレディ・ギルモアにお辞儀をしてから、マディーにも頭をさげた。「失礼いたします、レディ・ローリー」マディーに向かって言う。「シルクを持ってまいりました。どこに置きましょうか?」

「シルク?」

「はい。ローリー卿が倉庫から運ばせたものが、たったいま届いたのです。奥さまに直接お渡しするよう言われました」

マディーは戸惑いながらも、ベッドを指さした。「じゃあ、そこに置いてちょうだい。裁縫道具と一緒に」

そのあと、色とりどりのシルクの巻き物を抱えた従僕たちがぞろぞろ部屋に入ってくるのを見て、目を丸くした。彼らの邪魔にならないよう椅子から立ちあがると、ミセス・ドブズもあわてて立ちあがり、うしろにさがった。シルクの巻き物が、ヘッドボードと同じくらいの高さまで積みあげられていく。

「まあまあ!」使用人たちが出ていってから、レディ・ギルモアが叫んだ。杖を突いてゆっくりと立ちあがると、脚を引きずりながらベッドのそばへ行き、巻き物をじろじろ眺めた。

「なんなのこれは?」

マディーは笑みをこらえた。おしゃべり女を演じているときでさえ、昨晩、ローブの刺繍をなでたときにネイサンに言われたことを、昔かたぎの老婦人に教えるつもりはなかった。

〝ぼくの倉庫にたくさんあるよ。そのままなでつづけてくれるのなら、好きなだけプレゼントするよ〟

マディーは胸がきゅんとなった。どうしてこんな贅沢な贈り物をくれるの？　単に約束を果たしただけ？　それとも、純潔を信じなかったことに対するお詫《わ》びのつもりかしら？　そうであってほしい、とマディーは思った。そうだとしたら、彼に対するいらだちもやわらぐ。

マディーはベッドの脇へ行って、コバルトブルーやブロンズ色のシルクに指で触れた。

「わたしのドレスのためにこれをくれたんだわ」

レディ・ギルモアが咳払いをした。「わたしが選んだのは気に入らないというの？」

マディーは口をつぐんだ。それも、この贈り物を喜んだ理由のひとつだ。レディ・ギルモアが仕立屋の見本から選んだ生地は、いまマディーが着ているからし色のドレスと同様に、どれも野暮ったいくすんだ色ばかりだった。どうやら恥ずべきレディ・ローリーに目立たない色の服を着せて、背景に溶けこませようというのが伯爵未亡人の計画らしい。

「何をしているの？」レディ・エミリーが戸口から顔をのぞかせた。ハシバミ色の目が好奇心に満ちて輝いている。「巻き物を抱えた従僕たちが階段を上がっていくのを見かけたの」

「この時間はピアノの練習をしているはずでしょう」レディ・ギルモアが叱った。「ここには来ないようあれほど言っておいたのに」

「レッスンは終わったの」エミリーが言う。「ただちょっと……まあ！　宝の山ね！」

エミリーはベッドに駆け寄ると、巻き物をじっくり眺めた。とくにピンクのバラの刺繍が入ったクリーム色のシルクが気になる様子で、指のあいだにはさんでそっとしごいている。

「それが気に入った？」マディーはきいた。

エミリーの顔がぱっと輝いた。「ええ。女王さまにお目見えするときのドレスにいいんじゃないかと思って」

「それはもう白のサテンのを用意してあるでしょう」レディ・ギルモアが鋭い口調で言った。「こんな刺繡が入ったのなんて論外だわ」

「それなら、ほかのときに着るドレスを作りましょう」マディーは伯爵未亡人に向かって言った。「そうすれば、きっとネイサンも喜ぶわ。わたしもうれしいし。レディ・エミリー、それをもらってくれる？　舞踏会用のドレスにぴったりだと思うわ」

「いいの？　ありがとう！」エミリーはマディーに駆け寄ると、石鹼とライラックの香りをさせながらあたたかい抱擁をした。「お姉さまができて本当によかった」

マディーはエミリーを抱きしめ返しながら、胸がいっぱいになった。自分にはきょうだいがいない。両親を亡くしたあとは、劇団員たちが家族だった。貴族の中にひとりでも好きな人ができるとは、思いがけない喜びだ。みずみずしいきれいな顔にあるあばたを消してあげることさえできたらいいのに。

「いいかげんにしなさい」レディ・ギルモアが厳しい口調で言った。「ピアノの練習が終わったのなら、お披露目《ひろめ》舞踏会の招待状の宛名書きに取りかかるといいわ」

「はい、お祖母さま」エミリーは伯爵未亡人に向かって優雅にお辞儀をした。それから、ドアへと向かったが、途中でくるりと振り返った。「言い忘れるところだったわ。今日はお客さまが大勢いらっしゃったの。名刺を置いていったわ。きっとみんな、ネイサンのお嫁さんを紹介してもらいたいのね」

ネイサンの言うとおりだ。結婚の噂は社交界に野火のごとく広まっている。訪問客の中にホートン公爵もいたかもしれないと思うと、マディーは心がざわついた。祖父と対面するまたとない機会を逃してしまったのだろうか？

「そんなに大勢の貴族がわたしに会いたがっているなんてわくわくしちゃう」マディーは軽薄な態度を装った。「これからもいらっしゃるかもしれないから、下へ行っていたほうがいいわね。身分の高い人たちを避けているなんて思われたくないわ」

「早く寸法合わせをすませてしまいなさい」レディ・ギルモアが命じた。「家族以外の誰かがこの家にいるときは、あなたは許可がおりるまで寝室から出てはいけません。さあ、行きなさい、エミリー。暴徒みたいにここへ飛びこんでくるのはもうやめてちょうだいね。今度同じことをしたら、マデリンの悪い影響だと思うことにするわ！」

エミリーは素直に出ていき、ドアを閉めた。

マディーがふたたび椅子に腰かけると、ミセス・ドブズはひざまずいて裾上げの作業を再開した。レディ・エミリーの潑剌とした性格を伯爵未亡人が抑えこもうとするのを、マディーは見ていられなかった。あばたの問題を抱えているだけでも大変なのに。

役を演じるためにここにいるのだと、マディーは自分に言い聞かせた。ネイサンの家族の人生に干渉するためではないと。ところが、気づくとこう言っていた。「レディ・エミリーはかわいらしいお嬢さんだわ。お顔にくぼみがあるのがかわいそう。お化粧を試してみたことはないんですか?」

レディ・ギルモアが、シルクの品定めを中断して顔を上げた。「若い娘に化粧はふさわしくないわ」

マディーは反論したかったが、この機会を口論ではなく、情報をききだすのに利用することにした。「レディ・エミリーに何があったか教えてもらえませんか? 伯爵のお顔にも似たような跡がありますけど、同じ病気にかかったんですか?」

「天然痘に感染したの」レディ・ギルモアは急に意気消沈したように見えた。足を引きずりながら暖炉の前に戻り、椅子に腰かけると、深いため息をついてから言葉を継いだ。「去年の冬の終わりのことよ」

ネイサンの兄のデイヴィッドも、同じ頃に亡くなったと聞いている。マディーはぞっとした。「ネイサンのお兄さまも天然痘にかかったんですか? そうなんですね?」

レディ・ギルモアはうなだれ、杖を握りしめた節だらけの手を見ながら話した。「ええ、そうよ。デイヴィッドは前途有望な、高潔で立派な人だった。若くして亡くなってしまったことは、この家にとって大きな痛手だわ」

マディーも両親を亡くしているから、愛する家族を失うつらさはよくわかる。だが伯爵とレディ・ギルモアは、明らかに長男をえこひいきしている。次男のことは少しも愛しているように見えない。「でも、当時ネイサンがイングランドを離れていたのは、不幸中の幸いでしたね。兄弟のうちひとりは命が助かったんですから」

「弟のほうね」レディ・ギルモアが吐き捨てるように言った。「あの子は昔から手に負えなくて、無責任な放蕩者だった。デイヴィッドが領地経営を学んでいるあいだ、ネイサンは賭け事とお酒を飲むことしか覚えなくて、しょっちゅう朝帰りしていたわ。家のことに興味を持つとしたら、借金の返済のためにいくらしぼり取れるかということだけで」

マディーはウエストの寸法を合わせてもらうために、両腕を上げた。たしかに、ネイサンがあのえくぼを武器に、身持ちの悪い女を誘惑していたことは容易に想像できる。伯爵がネイサンを軽蔑しているのには深い理由があるというのは、思い違いだったのだろうか。単に、ネイサンの過去の行いが悪かっただけかもしれない。

とはいえ、気難しい伯爵未亡人の前で彼をけなすつもりはなかった。ふたりは熱烈に愛しあっていることになっているのだから。

「それなら、外国へ行ったのはいい経験でしたね」マディーはぺらぺらしゃべった。「彼も成長したってことがすぐにおわかりになるわ。だって、とびきりお金持ちの商人になったんですもの。それに、爵位を継いで結婚もしたんだから、きっと腰を落ちつけて、立派な紳士としてふさわしいふるまいをすると思うわ」

レディ・ギルモアが唇を引き結んだ。辛辣な言葉が返ってくる前に、ここでレディに変身する計画を提案することにした。

マディーは椅子から飛びおりると、伯爵未亡人の前にひざまずいた。そして、脇腹にピンがちくちく刺さるのを我慢して、冷たい節だらけの手を握りしめた。「マイ・レディ、どうか力を貸してもらえませんか。わたしは愛する夫のような立派な男性にふさわしくないと思っています。社交界に出て、貴族たちとつきあうようになったら、恥をかかせてしまうかもしれない。服を着替えたとしても、品までよくはならないわ。だから、もしよかったら、レディになるためのレッスンを受けさせてもらえませんか？」

レディ・ギルモアが顔をしかめ、手を引っこめた。「レッスン？」

「はい。エミリーみたいにピアノが弾けるようにはなれないかもしれないけど、いまからでも学べることはあります。ディナーでどのフォークを使えばいいかとか、お茶の正しい淹《い》れ方とか、貴族の人たちとの会話の仕方とか――」

「あまりしゃべらないで聞き役に徹していればいいの」

口調こそ厳しかったものの、伯爵未亡人はマディーの頼みをはねつけてはいない。マディーはそれに勇気づけられて言葉を継いだ。「ダンスとか、お辞儀の仕方とか、公爵にどう呼びかけたら――」

「それは知らなくていいわ」

「それって？」

レディ・ギルモアは尊大なまなざしでマディーを見おろした。「率直に言わせてもらうわね、マデリン。もっと早くはっきり言っておくべきだったわ。あなたは悪名を馳《は》せているから、良家には招かれないわ。パーティーのお誘いも少ないでしょう。それから、あなたが公爵にお目にかかることは絶対にないわ！」

ネイトは二階の廊下をゆっくりと歩き、子ども部屋の開いたドアに近づいていった。姪たちと会うのは気が進まなかった。子どもがあまり好きではないのだ。うるさくて面倒で、うんざりする。だが、いやなことはさっさとすませてしまうのが一番だ。

部屋の中に足を踏み入れた。ネイトが子どもの頃とほとんど変わっていないように見える。中央に低い本棚が備えつけられ、勉強する場所になっていて、奥の右手に寝室がある。昔と同じように、アルファベットとそれを頭文字に持つ動物の絵が壁に飾られ、地球儀が台に置かれていた。だがずいぶん狭くなったように感じる。

当然だ。当時はいまより体が小さかったのだから。いたずらっ子で、罰として隅にある椅子に壁を向いて座らされることが多かった。わんぱく盛りの少年にとって、何時間もじっとしていなければならないほどつらいことはない。父親に鞭で打たれるのは、痛くてもすぐに終わる。

部屋の向こう側の窓辺に置かれた子ども用のオークのテーブルの椅子に、少女が座っていた。足をぶらぶらさせ、黄色のドレスの裾を蹴上げながら、チョークで石板に何か書いている。近くの揺り椅子でふくよかな子守が居眠りをしていて、その膝に抱かれた赤毛の小さな女の子は、親指を吸いながら少女をじっと見つめていた。

ネイトはその場に立ちすくんだ。このふたりが姪に違いない。兄の娘たちだ。

不意に息が苦しくなり、目に熱い涙が込みあげた。驚いて顔をそむけ、ぐっとつばをのみこんだ。子どもを見ただけで心を動かされるなんてばかげている。

自分はふたりに対してなんの責任もない。責任を負うのは家長であるギルモア伯爵の役目だ。それにもかかわらず、ネイトは姪たちに対する義務感を覚えていた。昔はデイヴィッドがネイトを見守ってくれていて、ネイトは伯爵に罰を与えられそうになるとかばってくれた。いまこそネイトが恩返しをするときだ。

ネイトは深呼吸をしてから、決然とした足取りで子どもたちに近づいていった。椅子に座っていた少女が振り返る。子守が目を覚まし、黒い小さな目で探るようにネイトを見た。

それから、腕に子どもを抱いたまま、やっとのことで立ちあがった。「これはこれは、閣下！　失礼いたしました！」

「座ったままでいいよ」ネイトは言った。「立ちあがる必要はない」

子守はうろたえながらも、ふたたび腰かけた。

ネイトは椅子に座っている少女の前にかがみこんだ。妖精のような女の子で、赤褐色の髪を黄色のリボンで結び、デイヴィッドと同じハシバミ色の目をしている。小さな鼻にチョークの粉がついていた。おびえている様子はなく、好奇心に満ちた目をネイトに向けている。

「こんにちは」ネイトは言った。「ネイトおじさんだよ。きみの名前は？」

少女はまじめな表情でネイトを見つめた。その顔がデイヴィッドにそっくりで、ネイトは胸が苦しくなった。

ここに来たのが間違いだったのだ。子どもに対する接し方もわからないくせに。「じゃあ、きみの妹の名前を教えてくれるかな？」

少女はなおもネイトを見つめつづけた。ネイトがあきらめて立ち去ろうとしたとき、ようやく鈴の音のような澄んだ声で答えた。「わたしはキャロライン。あの子はローラよ。ときどき夜泣きするの。わたしは絶対にしないけど」

「それは偉いね。きみはもう赤ん坊じゃないんだ」ネイトは話題を探しているうちに、キャロラインが石板にアルファベットを書いていたことに気づいた。「書き方を勉強しているんだね」

「いまＱを覚えているところ。円に舌があるの」キャロラインは石板に覆いかぶさるようにして、難儀しながらＱの文字を書いた。少し曲がっているが、ちゃんと読める。

「上手だね」ネイトは言った。「Ｑではじまる言葉を知っているかい？」

キャロラインは少し考えてから、大声で答えた。「女王《クィーン》さま！　ヴィクトリー女王さまとか」

ネイトはにっこりしながら、キャロラインの鼻についていたチョークの粉を親指でぬぐった。「よくできました。正確に言うならヴィクトリア女王だけどね」

キャロラインがぱっと愛らしい笑顔を見せたと同時に、背後から足音が聞こえてきて、レディ・ソフィアの鋭い声が響き渡った。「ここで何をしているの？」

ネイトは弾かれたように立ちあがって振り向いた。ほかにも人がいたとは気づかなかった。

くすんだグレーのドレスをまとったレディ・ソフィアが、寝室の戸口に立っていた。その姿を見て、兄が彼女と結婚した理由がわかった気がした。ソフィアは優美な顔立ちをしていて、茶色の髪はつややかで、体つきもすばらしい——怒った表情のせいで台なしだが。そのうしろに、黒い服を着て黒い髪をきっちりと束ねた、四〇がらみの痩せた女がいた。

「キャロラインの勉強を見ていただけです」ネイトは言った。「お利口さんですね」

ソフィアはキャロラインの髪や服を直したあと、丸々とした両腕を伸ばしているローラのところへ行った。そして、ローラを抱きあげてぎゅっと抱きしめ、耳元で何かささやいてから子守に返した。

まるでネイトから何か悪いことをされていないかどうか、確かめているみたいだった。

ネイトは気にしないよう努めた。ちょっと過保護な気もするが、用心深い母親なのだろう。彼女にとって自分は他人同然だ。それに何年ものあいだ、ギルモア伯爵から悪口ばかり聞かされていたに違いない。

そしておそらく、ネイトが復讐のために下品な女優と結婚したこともわかっている。

「あとはミス・ジェームソンが引き継ぐわ」ソフィアがうなずいてみせると、家庭教師は急いでキャロラインのもとへ行った。「キャロラインの勉強の進み具合について、話を聞いていたところだったの」

ネイトはお辞儀をした。「それじゃあ、ぼくは失礼します」

歩み去ろうとしたとき、ソフィアが呼び止めた。「ちょっといいかしら。話があるの」

「なんでしょう」

ソフィアは廊下に出るドアの前まで歩いていった。ネイトがついていくと、彼女は顎を上げ、声を潜めて言った。「じつは、あなたがここにいるのを見てとても驚いたの。子ども好きには見えないから」

「兄の血を引いた子に会いたかったんです。とてもかわいいですね。何歳になったんですか？」

「キャロラインが五歳でローラが二歳よ」ソフィアはヒナを守る雌鶏《めんどり》さながらに、挑むような目つきでネイトを見た。「ここに来る前にわたしに許可を求めるべきだったわね。そうしてくれれば、娘たちに心の準備をさせられたのに」

「心の準備？」

「キャロラインは人見知りするの。怖がりなのよ」

「本当ですか？　ぼくのことは怖がっていなかった」ネイトはうれしかった。「たくさん話してくれましたよ」

ソフィアはちっともうれしそうではなく、よそよそしい口調で言った。「とにかく、あなたの……奥さんはこの部屋に近づかないようにしてほしいの。ああいう人が娘たちによくない影響を与えるかもしれないということは理解できるでしょう」

ネイトは体をこわばらせた。尊大な女性だ。マデリンが小さな子どもまでをも堕落させると考えるとは。はじめて交わった瞬間、マデリンは青い目を見開いて驚いていた。その顔が脳裏に焼きついて離れない。

だがソフィアにとっては、そんなのはどうでもいいことだ。彼女のような女性は大勢いる。生まれでしか人を判断できないのだ。

ネイトは必死に怒りをこらえた。あと数カ月間、ソフィアと同じ屋根の下で暮らさなければならないのだから。慎重に言葉を選ぶよう、自分に言い聞かせた。「でも、ちょっと考えれば――」

ところがそのとき、マデリンが部屋に入ってきたのを見て、ネイトは口をつぐんだ。青いシルクの服を着て、金色の髪を頭のてっぺんでひとつにまとめている。マデリンはソフィアとネイトを順に見てから、にっこり笑った。「あら、ごめんなさい！　お邪魔だったかしら？」

13

その少し前、廊下を歩いていたマディーは、子ども部屋の前で足を止めた。ネイサンとレディ・ソフィアの話し声が聞こえてきたので、立ち入るのをためらった──レディ・ソフィアの〝ああいう人が娘たちによくない影響を与えるかもしれない〟という発言を耳にするまでは。

マディーは深く傷ついた。上流階級の人間はやはり俗物だ。〝ああいう人〟ですって？ ネイサンは黙っている。マディーは何も聞かなかったことにしてその場を離れるべきだとわかっていた。だがひどい言い方をされて、どうしても許せなかった。夫がかばってくれないのなら、自分で立ち向かうしかない。

子ども部屋に足を踏み入れた矢先、ネイサンが口を開いた。「でも、ちょっと考えれば──」

ネイサンはマディーを見たとたんに口を閉じた。緑の目に見つめられ、マディーはときめいた。青灰色の上着と、日に焼けた顔を引きたてる白いクラバットを身につけた姿が、一段とすてきに見える。きちんとした格好をしているのに、あいかわらず野性的な雰囲気を漂わせていた。革ひもでひとつに結んだ長い髪のせい？　鋭いまなざしのせいかもしれない。
突然マディーが入ってきたことに、ふたりとも驚いている様子だった。話を聞かれたかどうか気にしているに違いない。いい気味だわ、とマディーは思った。陰口を叩くからいけないのだ。

マディーは明るい笑みを浮かべた。「あら、ごめんなさい！　お邪魔だったかしら？」

「いや、全然」ネイサンが答えた。「ちょうど出ていくところだったんだ」

「そう、ようやくあなたに会えたわ」マディーはまくしたてながら、彼のそばへ行った。「家じゅう捜しまわったのよ。レディ・ソフィア、また会えてうれしい《ラブリー》わ」

レディ・ソフィアを見ると、ねたましく思わずにはいられなかった。茶色のつややかな巻き毛も、流行のデザインのグレーのドレスも、何から何まで洗練されている。寸法合わせのあとに着替えた自分の古いドレスが、ますます野暮ったく思えた。何年も前に買ったもので、流行に合わせて自分で身頃にレースをあしらい、袖の長さを直したのだ。

ネイサンがマディーの頬にキスをした。「きみこそ、今日もとてもきれい《ラブリー》だね」

かすれた声を聞いて、マディーはぞくぞくしたが、褒め言葉をうのみにはしなかった。彼は愛情深い夫という役を演じているだけだ。それでも、サンダルウッドと革のにおいがまじった男らしい香りをかいだ瞬間、彼と交わったときの記憶が鮮やかによみがえった。腿のあいだが熱く脈打つのを感じて、マディーは顔が赤くなった。腰に腕を回され、くびれを何気なくさすられると、ますます気持ちが高ぶっていった。

一方、ネイサンは義理の姉に目を戻して言った。「さっきの続きですけど、ソフィア、ちょっと考えればわかるはずですが、来年のいま頃には、ぼくの子ども――マデリンの子どもが、あなたの子どもたちとこの部屋を一緒に使うことになるかもしれないんですよ。いとこができるんです。すばらしいことだと思いませんか？」

彼の子を身ごもることを考えたら、マディーは心が震えた。オークションを開くと決めたときは、紳士と愛人契約を結ぶつもりだったから、酢をしみこませた海綿で避妊する方法を女優仲間から教えてもらった。でも昨夜は、そういう予防をしなかった。したほうがよかったかしら？

いいえ、きちんと結婚したのだし、子どもが生まれればネイサンとの契約に有利になる。それに、母親になるのはすばらしい経験だ。この腕に赤ん坊を抱くのだと思うと、胸がいっぱいになった。黒髪の男の子で、小さなえくぼがあって……。

「そうね、すばらしいことね」ソフィアが冷やかな口調で言った。

ソフィアの顔が真っ青になったのを見て、マディーははっと夢想から覚めた。無理もない。いまやネイサンが跡取りなのだ。マディーの子どもがレディ・ソフィアの娘たちの上に立つことになるのだから。

受け入れられなくて当然だ。

マディーは部屋の向こう側にいる女の子たちに目をやった。年上の子は、黒いドレスを着た家庭教師に見てもらいながら石板に何かを書いている。年下の子は子守の太い腕の中で眠っていた。

マディーは自然と微笑んでいた。「あそこにいるのがあなたのお嬢さんたちね？　なんてかわいいんでしょう。あんなにかわいい子たちは見たことがないわ。ご自慢のお子さんでしょうね」

「ええ……ありがとう」ソフィアは少しためらったあと、唇を引き結んで言った。「挨拶していきますか？」

マディーはそうしたかったが、ソフィアは礼儀上そう言っただけで、明らかにいやそうだった。腹は立つけれど、無理強いはしないことにした。「また今度にしておくわ。かわいい子たちの邪魔はしたくないから。でも、夫は連れて帰ります。大事な話があるの」

愛情深い妻らしく、マディーはネイサンの腕を取ると、彼を見上げてまつげをはためかせた。彼の唇にかすかな笑みが浮かび、目元がやさしくなる。マディーはどぎまぎしてしまい、あわてて目を伏せた。

「待って」部屋から出ていこうとしたふたりを、ソフィアが鋭い口調で呼び止めた。「ローリー卿、なるべく早く家を探すとお父さまに約束したのではなかったの？」

「しましたよ」ネイサンが答えた。「でもシーズン中は、いい家はどこも埋まっているんです。だから、もうしばらくここにいることになるかもしれません。ではごきげんよう」

ネイサンはそう言うと、さっさと子ども部屋から出て廊下を歩きはじめた。絨毯を敷いていない床にふたりの足音が響く。マディーは重要な問題が気にかかっている一方、彼のごまかしを聞き流せなかった。はっきりと説明しておいてもらいたかった。

「家を探すつもりなんてないのよね？　最初からここに残るつもりだったんでしょう」

「ご明察。悪名高い花嫁をギルモア邸から連れだしてしまったら、計画が台なしになる」

「それで、シーズンが終わったらイングランドを離れるつもりでいることは、誰にも話していないのね？」

「ああ、知っているのはきみだけだ、マデリン。ふたりだけの秘密だよ」

彼の屈託のない笑顔を見て、マディーはどういうわけか心がざわついた。離れて暮らすのは、マディーにとっても都合がいいはずだ。多額の年金が支払われることになっているし、彼がいなくなったら自分の家に引っ越せる。子どもができていたとしても、従業員や使用人を雇うお金もあるから、婦人服店を開くという夢をかなえられるだろう。

一方、彼と結婚したもうひとつの重要な目的がとん挫しかかっている。伯爵未亡人の衝撃的な言葉が耳にこびりついて離れなかった。

〝あなたは悪名を馳せているから、良家には招かれないわ。パーティーのお誘いも少ないでしょう。それから、あなたが公爵にお目にかかることは絶対にないわ！〟

マディーは不安で胸が締めつけられた。貴族と交際できないのなら、ホートン公爵に会うすべはない。俳優と駆け落ちした母を勘当した傲慢な男と対決できなくなってしまう。

伯爵未亡人はレディになるためのレッスンを行うことに同意したものの、いくら努力しようが、平民の女優が本物のレディに変身することも社交界に受け入れられることもないと決めつけている。マディーが必死に説得しても、その意見を覆すことはできなかった。

だがマディーはあきらめきれなかった。

階段をおりながら、ネイサンを見上げて言った。「ふたりきりで話がしたいの。誰も来ない場所へ行きましょう」

「そそられるな。美女の誘いは断らないよ」

不安で胸がいっぱいになっているにもかかわらず、マディーはあたたかい気持ちになった。今日、褒められたのはこれで二度目だ。古いドレスを着ているし、何時間も試着して疲れきっていたから、彼のやさしさが心にしみた。こういうお世辞を大勢の女性に言ってきたのだろう。きっとこれからも言いつづける。外国へ行ったあとも、彼が結婚の誓いを守るとは思えなかった。

マディーはふたたび心がざわつくのを感じた。神の前で交わした誓いを破るなど許されないことだから――それだけだ。

とにかく、今日のネイサンは機嫌がよさそうだ。きっと婚姻を無効にするという伯爵のもくろみが崩れたせいだろう。昨夜、床入りをすませたことで、婚姻は完成した。

ふたりは階段をおりると、誰もいない長い廊下を歩いて寝室へ向かった。マディーの部屋なら落ちついて話ができるだろう。ガーティーかミセス・ドブズが、裁縫道具を片づけてくれていればいいのだけれど――。

マディーはくるりとネイサンのほうを向いた。「ああ、忘れるところだったわ！　シルクをありがとう。お礼の言葉もないわ」

「それなら、態度で示して」

ネイサンは突然、近くの部屋にマディーを連れこむと、ドアを閉めた。そこは広い部屋で、予備の寝室のようだった。カーテンが引かれていて、昼下がりの太陽の光はさえぎられ、薄暗い。四柱式ベッドと、覆いをかけられた椅子が置かれていた。

不意に、マディーはネイサンに抱きしめられ、唇を奪われた。恥じらいはすぐに消え、自分からキスをした。熱い唇の妙なる感触と、思いがけず求められたことに興奮して、欲望が目覚めていく。だがドレスの襟ぐりに指が滑りこんできて、胸に触れられた瞬間、はっとわれに返った。

マディーは息を切らしながら彼の肩を押しやった。「だめよ。話があると言ったでしょう。大事な話なの！」

「言葉より愛を交わすほうがずっと楽しいのに」

ネイサンが喉に顔をすり寄せようとしてきたので、マディーはかがんで彼の腕の中から抜けだした。あとずさりしてベッドの支柱に背中を押しつけると、必死に考えをまとめながら言った。「ちゃんと聞いて、ネイサン。今日、あなたのお祖母さまに、シーズン中も屋敷に閉じこもるはめになると言われたの。わたしが立派なレディに変身したとしても関係ないんですって。それでも良家のパーティーには招待されないそうよ」

ネイサンがゆっくりと近づいてくる。「舞踏会なんてめかしこんだ俗物の集まりだぞ。行けないからって悲しむことはない」

彼のなまめかしい笑みを見て、マディーは胸をときめかせながらも、さらにあとずさりした。「でも、それも契約の条件でしょう」家具にぶつからないよう、振り向きながら言葉を継ぐ。「上流階級のパーティーに出席して、貴族たちと交際するんじゃなかったの？　あなたの妻として社交界に出入りできるという約束だったはずよ」

ネイサンはマディーのあとを追いながら、眉をつりあげた。「そんな約束したかな？　覚えてないな」

「そんなようなことを言っていたわ。だから結婚するって決めたのよ」

「ぼくの魅力に負けたんだと思っていたのに」

ネイサンがマディーの腕をさっとつかもうとした。マディーは息をのみ、あわてて椅子の背後へ逃げこんだ。彼の微笑に情熱をかきたてられた。彼は力ずくで押し倒そうと思えば簡単にできるはずなのに、まるで獲物を追いつめるトラのごとくマディーをもてあそんで楽しんでいる。

ネイサンにつかまえてほしかった。もう一度唇を重ね、体に触れてほしい。でもいまはだめ。その前に、彼の協力を取りつけなければならない。

マディーは両手を上げた。「お願いだから、ネイサン、わたしを追いまわすのはやめて、ちゃんと考えて。わたしが人前に出られなかったら、お父さまに恥をかかせることもできないわ。わたしがいろいろな場所にお呼ばれしたほうが――格式の高いパーティーにも出席したほうが、あなたも都合がいいでしょう？」

ネイサンが足を止め、マディーをじっと見つめた。真剣な表情を浮かべている。ようやく考える気になったようだ。「その件はぼくにまかせてくれ」しばらくしてから言った。「心配しなくていい」

「でも、どうするの？　あなたの評判もひどいものだと、お祖母さまから聞いたわ。あなたがパーティーに招待されなければ、わたしだって――きゃあ！」

ネイサンが飛びかかってきて、マディーのウエストをつかんで引き寄せた。暗がりの中で彼の白い歯が輝き、えくぼが浮かびあがる。「ぼくにまかせてくれと言っただろう。好きなだけパーティーに連れていってあげるから。ぼくを信じて」

そう言うなり、張りぐるみの椅子に体を沈め、マディーを膝にのせた。マディーは自然とネイサンにもたれかかる格好になり、乳房がかたい胸に押しつぶされた。首に腕を回して体を支えると、彼がスカートの中に手を伸ばしてきて脚を開かせ、膝にまたがらせた。「それでいい」

脚のあいだにかたいものが押しつけられた。あいだを隔てるものはレースのズロースとズボンだけだ。「ネイサン！」マディーはあきれて、閉まったドアに目をやった。「誰かが入ってきたらどうするの？」

「そんなの気にするな。冒険を楽しもう」

唇が重なり、深いキスがはじまった。危険を冒していると思うと興奮した。むきだしの腿をなでていた彼の手が奥に伸びてくる。割れ目を探り当てると、そこに親指を滑りこませながら、敏感な突起を刺激した。

マディーがのぼりつめそうになってあえいでいると、ネイサンは突然手を離してズボンのボタンをはずした。これから起こることへの期待に、マディーは体が燃えるように熱くなった。夢中でネイサンの肩をつかみ、体を持ちあげて彼を迎え入れる。腰を沈めながら歓びの吐息をもらし、溶けあうような感覚に体を震わせた。

本能に身をまかせ、腰を回すように動かすと、全身に甘いしびれが走った。ネイサンが歯を食いしばって息を吸いこみ、マディーの両腿をつかむ。マディーは彼をよがらせていることに得意になりながら、ふたたび腰を動かした。腰を上下に動かして快楽に酔いしれ、ふたたびのぼりつめていく。

額を彼の額に押しつけた。「ネイサン、もうだめ……」

ネイサンが手を差しこみ、つながっている部分をなでた。その瞬間、稲妻のような衝撃が全身を貫き、マディーは叫び声をあげた。そのあとすぐ、彼も体を震わせながら自らを解き放った。

マディーはぐったりと彼にもたれかかり、呼吸を整えながら至福のときを味わった。これを知らずにいままで生きてこられたことが信じられない。

「まるで天国ね」ため息まじりに言ったあと、顎にキスをした。「あなたの評判が悪いわけがわかったわ。女遊びが激しかったんでしょう」

ネイサンが半分閉じた目でマディーを見た。「妬《や》けるかい？」

どういうわけか、マディーは少し妬けた。彼が過去に何をしていようと、関係ないのに。

「まさか！　ただ、あなたは若い頃、素行が悪かったとお祖母さまから聞いて、それが気になっていただけよ」

ネイサンが何気なくマディーのヒップをなでた。「楽しもうと思うと素行が悪くなる。きみもいまならわかるだろう」

「うーん」マディーはけだるくて、うまく頭が働かなかった。「それだけかしら？　その頃から、お父さまをわざと怒らせようとしていたんじゃない？」

彼の手の動きがぴたりと止まった。背中をそらし、鋭いまなざしをマディーに向ける。

「こんなときまで父の話を持ちださないでくれ。二度とするな。重い話はしたくない。いいね？」

とげとげしい口調だった。怒りのこもったネイサンの目を見て、マディーは現実に引き戻された。彼を怒らせるつもりはなかったのに、つい口を滑らせてしまった。こんなときにギルモア伯爵のことを持ちだすなんて、思慮が足りなかった。

きつい言い方をされたのは癪に障るが、マディーは好奇心を抑えこんだ。自分にネイサンの過去を詮索する権利はない。愛しあっている夫婦でもなければ、生涯をともにするわけでもないのだから。それぞれ目的があり、秘密を抱えている。

気軽な関係のままでいるのが一番だ。どうせ数カ月経ったら、彼はいなくなってしまう。

そのときまで、体の関係だけ楽しめばいい。

マディーは唇に挑発的な笑みを浮かべ、彼のたくましい顎を指でたどった。「あなたのお望みどおりにするわ、閣下。快楽だけを求めあいましょう」

14

道路は高級馬車で渋滞していた。その中の一台に乗っているマディーは、窓に顔を近づけて外をのぞいた。タウンハウスの玄関の明かりに照らされ、人だかりが見える。どうやら、馬車から降りてくる貴族たちをひと目見ようと、平民が集まっているようだ。

マディーは期待でぞくぞくした。計画がようやく動きだそうとしていた。これから、選ばれし者しか出入りできない社交界に足を踏み入れる。ついに祖父を捜すチャンスが訪れた――。

「マデリン！」レディ・ギルモアの鋭い声が聞こえた。「鼻を窓に押しつけないで。みっともない」

ランタンの薄明かりの中、向かいの席にいる伯爵未亡人がこちらをにらんでいるのが見えた。手袋をはめた手で杖を握りしめ、ダチョウの羽根飾りがついたオリーブ色の帽子をかぶっている。その隣を険しい顔をしたギルモア伯爵が占め、さらに隣に、暗い紫色のシルクのドレスをまとい、顎をつんと上げたレディ・ソフィアが座っていた。

六人が悠々と乗れる豪華な馬車で、ネイサンの右側にマディーが、左側にエミリーがいる。

ネイサンはマディーをかばいもせず、超然としていた。だが口元にかすかに笑みが浮かんでいるのを、マディーは見逃さなかった。結婚してから二週間経ってもなお、マディーが家族をいらつかせるのを見るのが楽しくてしかたがない様子だった。

マディーはおとなしく座席に座り直し、キッド革の手袋をはめた手を膝の上で重ねた。ばかにしたければすればいい。エミリーの足手まといにはなるまいと、心に決めていた。「申し訳ありません、お祖母さま。以後気をつけます」

「今夜は一瞬たりとも気を抜いてはだめよ」レディ・ギルモアが念押しする。「二週間のレッスンが無駄だったと思わせないでちょうだい」

「大丈夫よ」エミリーが甲高い声で言った。「とってものみこみが早いし、これまでで一番優秀な生徒だと、ダンスの先生も言っていたわ」

「ばかばかしい、猿だって訓練すれば踊れるようになるわ。上流階級の人たちに囲まれて、行儀よくふるまえるかどうかを心配しているの。今夜のパーティーは格別よ！　レディ・ミルフォードはえり抜きの人たちしか招待しないんだから」

「そうよ、彼女は社交界随一の女主人なの」ソフィアが冷ややかな目つきでマディーを見ながら言った。「どうして女優なんかを招待する気になったのか、さっぱりわからないわ」

マディーはいらだちを抑えこみ、堂々とした態度を見せた。「それなら、その名誉にふさわしいふるまいをするよう努力します」

ネイサンが含み笑いをする。「結婚したばかりなのに、ぼくのお嫁さんが出席しないほうがおかしいよ」膝に置かれたマディーの手に自分の手を重ねた。「感謝しないとね。レディ・ミルフォードに招待されたということは、マデリンが社交界に受け入れられたということになるんだから」

伯爵の不満そうな顔を見て、ネイサンは明らかに楽しんでいた。この親子のぎすぎすした関係に、マディーはいまだに慣れることができなかった。食事の時間や、応接間に家族で集まるときや、廊下で出くわすたびに、暗い雲が垂れこめるように重苦しい雰囲気が漂った。

それでも、ネイサンにしっかりと手を握られると、心がなごんだ。彼は約束を果たしてくれた。マディーを社交界に受け入れさせるために、パーティーを開いて招待するようレディ・ミルフォードを説得したのだ。その結果、マディーをギルモア邸に閉じこめておくという、伯爵未亡人の意地の悪い思惑が覆された。

「今夜のパーティーが今シーズン最初の大きな行事なのよ」エミリーが興奮で顔を輝かせながら言う。「どんな人が来るのか楽しみだわ。誰かがダンスを申しこんでくれるといいんだけど」

伯爵のいかめしい顔に、愛情のこもった笑みが浮かんだ。「今夜のお前は一段ときれいだよ。きっと大勢の紳士に紹介を求められるだろう」

マディーはこっそり微笑んだ。エミリーが一段ときれいに見える理由に、誰も気づいていないようだ。それは化粧のおかげだった。出かける前に、マディーはエミリーを化粧室に連れこんで、あばたを埋めるためにほんの少しだけパテを塗ったのだ。完全には隠せなかったものの、さらにおしろいをはたいて頬紅をつけるとだいぶ目立たなくなり、若々しい輝きを放っていた。

　化粧をすることはレディ・ギルモアに禁じられていたが、幸い、視力が衰えているので見とがめられる心配はない。わざわざ教えるつもりもなかった。

　馬車が煉瓦造りのタウンハウスの前で停車した。従僕がドアを開け、直立不動の姿勢を取ったあと、手袋をはめた手を差しだす。その手を借りて、まずレディ・ギルモアが、次にマディーが馬車から降りた。

　マディーは衣《きぬ》ずれの音をさせながら足を踏みだした。光沢のある青緑色のドレスは、ネイサンがくれたシルクで仕立てたものだ。鮮やかな色合いのドレスを着るために、伯爵未亡人を言いくるめなければならなかった。だが努力したかいはあった。その色は結いあげた金色の髪とよく合っていた。レディ・ギルモアはしぶしぶながらも、家宝の中からしずく形のサファイアのネックレスを貸してくれた。

　玄関へ続く道はたいまつの明かりで照らされ、ドレスの裾が汚れないよう赤い絨毯が敷かれている。マディーは称賛の目を向けている見物人をさっと見まわした。そして、ネイサンと腕を組み、伯爵とレディ・ギルモアのあとについて、一列に並んだ使用人たちの横を通り過ぎ、屋敷の中へ入っていった。天井の高い広々とした玄関広間は、着飾った貴族たちで込みあい、ざわざわしていた。巨大なクリスタルのシャンデリアが、数多の蠟燭の光を浴びて輝いている。マデリンは不安と興奮が入りまじった気持ちになった。こういう世界で母は生まれ育ったのだ。ずっと見てみたいと思っていた。

上着を従僕に預けると、小さなレティキュールを握りしめ、ネイサンと列に並んだ。レディ・ミルフォードは大理石の階段の下で、客のひとりひとりに挨拶している。ライラック色のサテンのドレスを身にまとい、漆黒の髪にダイヤモンドのティアラをつけた姿はまばゆいばかりで、まさに社交界の重鎮という風情だった。

マディーは震える息を吸いこんだ。レディ・ミルフォードに会うのは、劇場の楽屋でネイサンをオークションに招待するよう頼まれたとき以来だ。初対面のふりをしてくれるかしら？　周りの人——とくにレディ・ギルモアに、どこで知りあったかきかれたら困る。

ネイサンが耳元でささやいた。「そんなに怖がらなくていいよ。ぼくの名付け親はかみついたりしないから」

「そうかもしれないけど、ほかの誰かにかみつかれるかも」

ネイサンが静かに笑った。「ぼくのそばを離れないで。オオカミから守ってあげるから」

それから、うしろに並んでいるエミリーとソフィアに話しかけた。そのあいだずっと、わがもの顔でマディーの腰に手を当てている。周りに大勢人がいるのに、マディーは体がほてるのを感じた。この二週間で、何も知らない頃の想像をはるかに超える体験をしていた。

これは便宜結婚だから、ネイサンが秘密を抱えていようと、マディーは無関心でいるしかなかった。彼が父親を憎んでいる理由を気にしても無駄だ。肉体的な歓び以上のものを求めても意味はない。どうせあと数カ月しか一緒にいないのだから。

マディーたちの番が来た。伯爵とレディ・ギルモアは挨拶を終えたあと、少し離れたところで待っていた。伯爵未亡人は片眼鏡を目に当て、マディーが粗相をしないかどうかじっと見守っている。

ネイサンが口を開いた。「レディ・ミルフォード、妻のレディ・ローリーを紹介させてください。マデリン、こちらはぼくの名付け親だ」

マディーは何時間も練習したお辞儀をした。レディ・ミルフォードはやさしく微笑み、マディーの手を握った。「会えてうれしいわ、レディ・ローリー。わたしの自慢の名付け子の心をとらえた女性に早く会いたかったのよ」

秘密は守られるのだとわかり、マディーはほっとして微笑み返した。「こちらこそ、お会いできて光栄です、マイ・レディ」

「あなたと結婚して、ネイサンはとても幸せそうだわ」レディ・ミルフォードが言う。「あとでまたゆっくりお話ししましょうね」

「ありがとうございます、とても楽しみです」

短いやり取りを終え、マディーはようやく息をついた。ネイサンに連れられて歩いていくと、レディ・ギルモアがそれでよしというようにうなずいた。伯爵は唇を引き結び、ほかの客たちに視線を向けている。マディーの正体に気づいた人がいないかどうか確かめているのだろう。

実際、大勢の人がマディーのほうを見ていた。女性は何人かで集まってひそひそと話し、男性はぶしつけな視線をマディーに浴びせている。全員知らない人だった。見覚えのある人もひとりもいない。

ホートン公爵も来ているかしら？　孫と——ダンハム卿と一緒にいるかもしれない。だが、彼の姿も見当たらなかった。

マディーはネイサンの腕を取り、大階段を上がりはじめた。「これできみも仲間入りだ」ネイサンが耳元でささやく。「社交界に正式に受け入れられたことになる。レディ・ミルフォードの承認を得たんだから、誰もきみを拒むことはできない」

マディーは一瞬、勝利感を覚えたものの、またすぐに不安に駆られた。周囲を見まわして、誰も近くにいないのを確かめてからきいた。「ネイサン、オークションの参加者も招待されているかどうか知ってる？」

ネイサンの唇に笑みが浮かんだ。「心配なのかい？」

「もちろんよ。気まずいでしょう。知らないふりをしたほうがいいかしら？」

「好きなようにすればいい。とにかく、ギルモアの不興を買ってくれさえすれば」

彼の無頓着な態度に、マディーはいらだちを覚えた。寝室では歓ばせてくれるけれど、伯爵に恥をかかせるために利用されると、やはり癪に障る。「まじめに答えて。もし誰かにオークションのことでおおっぴらに非難されたとしたら、醜聞になってエミリーに悪影響をおよぼすわよ」

階段を上がりきり、受付にたどりつくと、ネイサンはマディーの手の甲にキスをした。

「大丈夫だよ」小声で言う。「自分の過ちを暴露したい男なんていないだろう。向こうこそ知らないふりをするんじゃないかな。周りのレディたちに責めたてられるのが怖いから」

それを聞いて、マディーは不安がやわらいだ。自分を袖にしたと、人前で彼らから非難されるのだけは避けたかった。劇場でダンハムにされたように、ひとりでいるところを狙われて襲われるのはもっと困るけれど。

「ふたりでこそこそ何を話しているの？」階段を上がったせいで息を切らしているレディ・ギルモアが、不満そうに言った。

「招待客の名前をネイサンに教えてもらっていただけです」マディーはごまかした。「でも、長いあいだ外国にいたから、彼もほとんど知らないかたばかりみたいで」

「あなたはわたしの隣に座っていればいいの。既婚の婦人たちと一緒にね」レディ・ギルモアがきっぱりと言った。「必要なときはわたしが名前を教えるわ。さあ、わたしの腕を取るのよ。ギルモアとソフィアがエミリーをみなさんに紹介するから」

マディーはネイサンと一緒に歩くのだと思っていた。そして、レディたちのドレスや部屋の贅沢な装飾を眺め、何より、ホートン公爵を捜すつもりだった。気難しい伯爵未亡人とずっと隅にいなければならないの？

不満を伝えようと、不機嫌な顔でネイサンを見上げたが、彼はばかみたいににっこり笑うだけで、マディーを伯爵未亡人に引き渡した。「マデリンをお願いしますよ、祖母上。ぼくは遊戯室でカードをしていますから」マディーの頬にキスをし、耳元でささやく。「退屈かもしれないけど、あとでふたりきりのときに埋め合わせはするから」

あたたかい息に耳をくすぐられ、マディーはぞくぞくした。いろいろな意味で欲求不満に陥った彼女を置いて、ネイサンは人込みの中を歩きはじめた。黒い上着が似合っている。背が高く、肩まである髪を革ひもで結んでいるせいでひどく目立ち、女性たちの視線を集めていた。彼がふと立ち止まり、ブルネットの美女に向かって微笑んでえくぼを見せたとき、杖を床に打ちつける恐ろしい音が聞こえた。

「そんなところにぼうっと突っ立ってないで」レディ・ギルモアが怒った声で言う。「応接間にエスコートしてちょうだい」

マディーはおとなしく伯爵未亡人の腕を取った。オリーブ色のドレスに隠れた腕は筋肉質で、案外丈夫そうに思えたが、レディ・ギルモアは杖を突きながらよろよろと歩きはじめた。ふたりはアーチ形の戸口を通り抜け、細長い部屋に入っていった。パーティーのために、広い応接間ふた部屋を開放しているようだ。金色と青の豪華な装飾が、優美な客たちにふさわしい背景になっていた。

部屋の端に椅子が何列か並んでいる。そこに中高年の既婚女性たちが腰かけ、扇であおぎながらおしゃべりしていた。

「ここが正念場よ」レディ・ギルモアが小声で言う。「静かに座っていて、話しかけられたときだけ口を開けばいいから。絶対に無駄口は叩かないで！」

同じことを何度も言われて、マディーはうんざりしていた。だが怒りをこらえ、従順に答えた。「はい、お祖母さま」

マディーが近づいていくと、婦人たちのひそひそ話がはじまった。マディーのドレスや身のこなしに鋭い視線を向けている。ローリー子爵が無謀にも女優と結婚したことがすでに知れ渡っているのは明らかだった。

レディ・ギルモアは彼女たちの前で立ち止まって、マディーを紹介した。マディーは行儀よく微笑み、優雅にお辞儀をした。婦人たちひとりひとりの紹介が終わると、伯爵未亡人は端の席を見つけ、壁際に置かれた大きなシダの陰にマディーを座らせた。頭を傾けなければ、シダの向こうは見えない。席が離れているので、マディーに話しかけようとする者はいなかったが、婦人たちはあいかわらずとがめるようなまなざしでマディーを見ながら、扇に隠れてひそひそ話していた。シダが目隠しの役割を果たし、応接間にいるほかの客たちからも隔てられている。

明らかに、伯爵未亡人はマディーを人目につかないようにしている。

別にがっかりする必要はないと、マディーは自分に言い聞かせた。少しは周りを観察できるし。従僕が飲み物を運んできた。マディーはシャンパンを飲みながら、ほかの女性たちが着ているきらびやかなドレスや、手袋やレティキュールといった小物を見て楽しんだ。店を開くつもりなのだから、最新の流行に精通していなければならない。

それから、年配の紳士にも注目した。とはいえ、もしホートン公爵が来ていたとしても、顔がわからないから見分けがつかない。あの頬ひげを生やした体格のいい紳士が公爵かもしれない。それとも、あの杖を突いた猫背のお年寄り？　婦人たちをじろじろ眺めているいかつい顔の好色漢？

楽団の演奏がはじまった。マディーはこっそり足でリズムを取った。レディ・ミルフォードから借りた赤い靴のつま先で、スカートの裾を蹴上げる。向こうではダンスをしているようだ。その中にまじって、ネイサンと一緒に踊りたいと心から思った。

マディーはいらだちを覚えた。ネイサンはどこにいるの？　カードをするとか言っていたけれど、あれからもう一時間以上経っている。四人で勝負をしているの？　それとも、あのブルネットの美女をダンスに誘ったのかしら？　心を溶かすような笑顔をほかの女性に向けていると思うと、腹が立った。今夜彼は、社交界の人々と旧交をあたためるだろう。一〇年前は放蕩者という評判だったのだから、もし昔の恋人と再会したら……。

そのとき、見覚えのある男が戸口から垣間見え、マディーは物思いから覚めた。貴族的な顔立ちに、きちんととかしつけた亜麻色の髪――ダンハム卿だ。

マディーは姿勢を正し、膝に置いたレティキュールを握りしめた。ダンハムは誰かと話をしている。首を伸ばして、相手の男性をよく見た。ダンハムと背格好は似ているが、髪は砂色で、金縁眼鏡をかけている。ダンハムよりもおだやかな顔つきをしていて、年下に見えた。

血のつながりがあるのかしら？　それよりも、ダンハム卿がここにいるということは、ホートン公爵も出席している可能性がある。

マディーは心臓が早鐘を打つのを感じた。これは大きなチャンスかもしれない。レディ・

ギルモアから逃げだす方法を考えていたとき、中年の夫婦と社交辞令を交わしているソフィアとエミリーの姿が目に留まった。

ダンハムと一緒にいる青年が、称賛の目でエミリーをちらちら見ていた。エミリーは本当にきれいだった。ほっそりした体にクリーム色のシルクのドレスをまとい、真珠のネックレスをつけている。朽葉色の髪が蠟燭の明かりを受けてきらめいていた。

レディ・ギルモアは婦人のひとりと雑談をしていた。マディーは会話がとぎれるのを待ってから、伯爵未亡人に体を寄せてきいた。「お話の途中にすみません、お祖母さま、ちょっとおききしたいことがあるんですけど、あちらのドアの近くに立っている殿方たちをご存じですか？　双子のようにそっくりですね」それほど似ていないが、彼らに興味を示した理由をでっちあげなければならなかった。

レディ・ギルモアが片眼鏡を目に当て、ふたりを見た。「双子ですって？　とんでもない、あのふたりは八つも年が離れているのよ。髪の色が明るいほうがダンハム卿――ホートン公爵の跡取りで、もうひとりは弟のシオドア・ラングリー卿よ」

マディーはあ然とした。ということは、いとこがふたりいたのだ。公爵も来ているのかどうかきいてみたかったが、不審に思われるかもしれないのでやめておいた。「じつは、こんなことをおききしたのは、シオドア卿がエミリーに関心を抱いているように見えたからなんです」

「ふん、どうせ思いを寄せられるなら、ダンハム卿のほうがよかったわ。悪い男かもしれないけど、英国有数の名家の跡取りだもの」

「エミリーは紹介してもらったのかしら」マディーは言った。「ネイサンか伯爵を捜しに行って、頼んできますね」

レディ・ギルモアが杖を握りしめた。「その必要はないわ。わたしが紹介するから」

「あら、どうぞそのままで。近くに伯爵がいらっしゃったはずです」

マディーは急いで立ちあがり、レディ・ギルモアに反対される前に人込みに紛れた。解放感に圧倒された。許可も得ずに立ち去ったから、あとで叱られるだろうけれど、それを超える価値があった。

マディーはいとこたちに近づきすぎないようにした。ダンハムに見つかるわけにはいかない——いまはまだ。オークションの参加者の中で、最もマディーを非難し、醜聞を引き起こしかねないのが彼だった。

軽快な音楽に引き寄せられるように、部屋の奥へ向かった。ネイサンと伯爵の姿は見当たらない。人々がマディーを見てひそひそ話をしていたが、マディーは気づかないふりをした。胸を張り、高貴な生まれのレディの役を演じるつもりで人込みの中を歩いていく。舞台をおりて観客のあいだを歩く女優の気分だった。

誰かと目が合ったときは、落ちついた笑みを浮かべ、堂々とうなずいてみせた。正式に紹介されるまでレディは会話をしてはならないというしきたりがあるため、話しかけてくる人はいない。マディーは少しも気にしていなかった。かえって都合がいい。友だちを作るために社交界に出入りしたかったわけではないのだから。

それよりも、祖父をひと目見たかった。もしここにいるのなら。

ここが、母が生まれ育ったきらびやかな世界なのだ。三〇年近く前、デビューした当時の母を知っていた人が、この中にひとりでもいるだろうか？　ここにいる悪名高い女優が、俳優と駆け落ちして名を汚したレディ・サラ・ラングリーの娘だとわかったら、みな仰天するだろう。

でも、いまはまだ誰にも知られるわけにはいかない。

ダンスフロアで、もうひとり見知った顔を見つけた。ヘリントン侯爵が、背中の部分にリボンをあしらった琥珀《こはく》色のドレスを着た馬面の娘と踊っている。

マディーはトレイからシャンパンのグラスを選びながら、侯爵をこっそり観察した。茶色の髪と目。平凡な顔立ち。オークションの参加者の中で、最も退屈で興味を引かれなかった男性が彼だった。だからこそ、愛人にぴったりだと思ったのだ。物静かな学者ならあれこれ要求してくることはないだろうから。ネイサンに結婚を申しこまれるまで、ほとんど彼に決めていた。

ヘリントン侯爵を選んでいたら、いま頃まったく違う生活を送っていただろう。妻ではなく、愛人として。

音楽がやみ、ヘリントン侯爵がパートナーにお辞儀をしてから一緒にダンスフロアを離れた。マディーのほうへ向かって歩いてくる。

マディーははっとした。逃げだす時間はなかった。それにそんなことをしたら、人目を引いてしまう。

マディーに気づくと、侯爵はかすかに目を見開き、特徴のない顔をこわばらせた。だがそのあと、まるで何も見なかったかのように目をそらした。

マディーは彼の反応がおかしかった。内心では、マディーが挨拶をしてきたり、オークションの話を持ちだしてきたりして恥をかかされるのではないかと、さぞかし焦っているに違いない。

グラスを掲げて乾杯したくなる気持ちをこらえ、シャンパンを飲みながら目の前を通り過ぎるふたりを見送った。ヘリントン侯爵を愛人にしなくて本当によかった。どこにも惹きつけられるところがない。ネイサンではなく、侯爵に抱かれているところを想像するとぞっとした。

「後悔しているの？」

突然、耳元で聞き慣れた声がして、マディーはシャンパンを喉に詰まらせた。振り返ると、緑の目を輝かせながらにやにや笑っているネイサンがそこにいて、胸がどきんとした。「ネイサン！　カードをしていたんじゃなかったの？」

「さっきまでね。そのあとここに来て、目を真ん丸にしてヘリントンを見ているきみを見つけたんだ」

「なんですって？　お祖母さまのレッスンを受けて洗練されたわたしが、そんなことをするはずないわ」

ネイサンはマディーの手を取ると、手袋越しに手のひらを親指でさすった。「じゃあ、うっとりした表情をしていたのは、ぼくのおかげかな？　ぼくのほうを選んでよかったと思っていたんだろう」

そのとおりだ。マディーは自分の選択が正しかったことを喜んでいた。ネイサン以外の男性と一緒にいるところなど想像できない。だが、彼がそばにいると世界が輝くことを、本人に悟られるつもりはなかった。「うぬぼれた気取り屋ね。どうしてそんなに自分に自信が持てるの？」

ネイサンは含み笑いをしながら、マディーの手からグラスを取りあげてテーブルに置いた。

「ところで、きみはダンスを熱心に練習したんだろう。次はワルツだから、一緒に踊ろう」

15

音楽がはじまると、ネイトは喜び勇んでマデリンと片手をつなぎ、もう一方の手を彼女の腰に当てた。ぶらぶら歩きまわって、昔の友人と旧交をあたためたあとは、無性に彼女に会いたくなった。当然だ。ギルモアに恥をかかせたいのなら、悪名高い花嫁と一緒にいるほうがいい。

熱烈に愛しあっているふりをしたほうが。

それは全然難しいことではなかった。マデリンはきれいだし、ダンスもうまいし、理想的なパートナーだから。やわらかい金色の髪は結いあげられ、おくれ毛が美しい顔を縁取っている。青緑色のドレスが白い胸元を引きたてていた。この女性を抱いたことがあるのは自分だけだと思うと、気分がよかった。マデリンがくるりと回りながら微笑む。人生を満喫している官能的な女性そのものだった。

だがヘリントンを見ていたときの彼女の顔が、頭から離れない。

「さっきの質問にまだ答えてもらっていない」ネイトは巧みにリードしながら、小声できいた。「後悔しているの？」

「侯爵じゃなくてあなたを選んだことを？　もちろん後悔なんてしていないわ。ただの愛人だったら、このパーティーにも招待されなかったし」マデリンがささやくように話すので、ネイトは顔を近づけなければならなかった。彼女はきらめく目でネイトを見つめたあと、恥ずかしそうにまつげを伏せた。「でも、あなたはあと数カ月で外国へ行ってしまうから、寂しくなるわね。ヘリントン侯爵を愛人にするのもいいかもしれないわ」

ネイトは面食らい、無理やり笑った。「あんなつまらない男をか？　二カ月もしないうちに飽きるぞ」

「そうかしら？　知的な人って刺激を与えてくれるでしょう。まあ、あの人でなくても、ここには見捨てられた妻を慰めてくれそうな紳士が大勢いるわね」マデリンが愛人候補を探すかのように、周囲を見まわした。

マデリンは挑発しているだけだ。ネイトはそう自分に言い聞かせた。その手には乗らない。彼女の耳に口を寄せ、甘い香りを吸いこんだ。「きみはもう、ほかの男では満足できないよ」

「そんなことないわ。あなたのおかげで欲望が目覚めたの」大きな青い瞳が挑むように光った。「それに、わたしに快楽を教えておいて、この先一生、修道女のような生活を送れというの？　そんなの不公平だわ。いずれにしてもあなたは、向こうで愛人を作るんでしょう？」

ネイトはどういうわけか心をかき乱された。彼女の言うとおりだと認めたくなかった。マデリンが愛人に抱かれ、あえぎながらその男の名前を呼ぶところなど想像したくない。どうせはったりだろうが。「こんな話をしても無駄だよ。きみはこの二週間、エミリーのためにレディになるレッスンを受けたんだろう。愛人なんか作ったら、妹の評判が傷つくぞ」

「エミリーだっていずれ結婚するわ。今年じゅうに決まるかもしれないわよ。結婚が決まりさえすれば、わたしも自由に行動できるわ。それに、わたしが浮気したほうが、あなたも都合がいいんじゃない？　あなたがいなくなったあとも、お父さまの面目をつぶしてほしいでしょう？」

そう言って、まばゆいばかりの笑みを浮かべたマデリンを、揺さぶってやりたくなった。彼女はからかっているだけだ。そう思っても胸が締めつけられるような感じがした。彼女はとても美しく、陽気な女性で、夜の営みもおおいに楽しんでいる。ネイトがそばにいなければ、誘惑に負けてしまうかもしれない。

音楽が終わった。ネイトは胸のつかえを取り除こうと、深呼吸をした。これほど動揺してしまうのはきっと、子どもの頃を思いだすせいだ。母は浮気をしていた。美しくて気まぐれな女性で、その軽率な行動のせいで、夫婦喧嘩が絶えなかった。

だがネイトたちは、便宜のために結婚したのだ。彼が外国へ行ったあと、マデリンが何をしようと、誰とつきあおうと、文句を言う筋合いはない。たとえピカデリー・サーカスに売春宿を開いたとしても、彼には関係のないことだ。そう心に決めた。

ネイトの腕に置かれたマデリンの手に力がこもった。「暖炉の前にダンハム卿と弟さんがいるわ」人込みに目を凝らしながら、小声で言う。「しばらく姿を見失っていたんだけど」

先ほどの決意が吹き飛んだ。ダンハムは若い頃に放蕩のかぎりを尽くした仲間だ。あの男もオークションに参加していた。今夜、マデリンの興味を引いたふたりめの男だ。

ネイトは身をかがめ、彼女の耳元で言った。「頼むから、浮気をするのはぼくがイングランドを離れるまで待ってくれ」

マデリンは目をしばたたいたあと、笑いだした。「いやだわ、誤解よ。さっきダンハム卿の弟さんのシオドア卿が、エミリーのことを見つめていたの。よさそうなかただから、あなたにふたりを引きあわせてもらおうと思ったのよ」

ネイトは怪訝な顔でマデリンを見た。「妹のことを?」

「そうよ、少し前に、エミリーはこっちのほうへ行ったと思うんだけど」

マデリンが彼の腕を取って、混雑した部屋を歩きはじめた。エミリーは廊下で四〇がらみの薄毛の紳士と話していた。ネイトは躊躇なく妹を連れ去り、静かな場所へ向かった。デビューしたばかりの娘は、つねに家族といるのが当然だ。

「どうしてひとりでいたんだ?」ネイトは問いつめた。「ギルモアはどこへ行った? ソフィアは?」

「お父さまは図書室に葉巻を吸いに行ったわ」エミリーが答えた。「ソフィアは化粧室に行ったの。すぐに戻ってくるはずよ」

「ねえ、あなたに紹介したい人が――」マデリンが口を開いた。

「ダンハムの弟だ」ネイトはさえぎって言った。マデリンはどうしてそんなに張りきっているのだろう。「知ってるかい?」

エミリーがハシバミ色の目を輝かせた。「シオドア卿のこと？　お近づきになれたらいいなって前から思っていたの」照れくさそうに手で顔をあおいだ。「ハンサムで頭もいいのよ。オックスフォードに通っているの。わたしなんかに興味を持つかしら？」

「もちろんよ」マデリンがレティキュールからハンカチを取りだして、エミリーの頬にそっと押し当てた。「あなたは美人だし。じつはね、さっき彼があなたに見とれていたのよ」

エミリーがにっこり笑った。そのときネイサンは、妹のあばたが目立たなくなっていることに気づいた。もしかしてマデリンの仕業だろうか。化粧でしわだらけの老女に変身できるのだから、あばたを消すくらいお手のものだろう。

またしても意外な一面を見せられた。マデリンは最初に思っていたような、薄っぺらで心ないあばずれなどではなかった。とはいえ、だからこそ、彼女のことを完全には信用できないのだ。

「行きましょう」マデリンがエミリーと腕を組んだ。

「待て」ネイトはふたりの前に立ちはだかった。マデリンをダンハムに近づけたくなかった。こんなに美しい妻を。「この件はぼくにまかせてくれ、マデリン。きみは祖母上のところへ戻るんだ。エミリーと一緒にいるところを見られないようにしないと」

「あら、みんなエミリーとわたしが同じ家に住んでいることを知ってるのよ。仲よくしていなかったら余計変に思われるわ」

「そのとおりよ」エミリーが同意した。「マデリンをばかにする人がいたら、わたしがその人をばかにしてやるわ！」

エミリーのためだと言えば、マデリンは引きさがると思っていた。ところが彼女は、ダンハムに会いたがっているように見える。ネイトはせめてしっかり見張っていようと心に決めた。「そんなことにはならないよ。じゃあ、みんなで行こう」

マデリンとエミリーに片方ずつ腕を差しだし、混雑した応接間に戻った。マデリンの動機を解き明かさなければ。エミリーに協力したいだけだろうか？　それとも、ダンハムに正式に紹介されようという魂胆か？

そうに違いない。女優時代に知り合いだったとしても、社交界で顰蹙《ひんしゅく》を買わずに会話をするためには、まずは正式に紹介される必要がある。

どうしてダンハムと話がしたいのだろう？　あのならず者を愛人にしようとしているのかもしれない。夫の前であいびきの約束をするつもりか？

だが幸い、シオドア・ラングリー卿はひとりで暖炉のそばに立ち、炎を見つめていた。ダンハムの姿は見当たらない。ネイトはほっとした。

シオドアと最後に会ったとき、彼はまだ一二歳で、内気で不器用な少年だった。イートン校から休暇で帰ってきたときも、読書ばかりしていた。年月は彼を変えなかったようだ。いまも人づきあいは苦手らしい。

「これはこれは、シオドア・ラングリーじゃないか」ネイトは手を差しだした。「覚えているかい？　ネイサン・アトウッドだ」

シオドアは驚いて周囲を見まわした。眼鏡の奥の紺青色の目が丸くなり、砂色の髪は崩れて額にかかっている。「ああ……はい」マデリンを一瞥したあと視線をエミリーに移し、しばらく見つめてから、ようやくネイサンと握手した。「その……ローリー子爵になられたんですよね？」

「ああ、ずっと極東にいたんだが、最近戻ってきた。シオドア卿、ぼくの妻のマデリンと、妹のレディ・エミリーを紹介するよ。マデリン、エミリー、こちらはシオドア・ラングリー卿だ」

シオドアがおずおずとエミリーのほうを向いた。そして、恭しく手を取った。「どうも。はじ――はじめまして」

次に、マデリンが手を差しだした。ダンハムの弟に会えて感動していると言わんばかりに、シオドアをしげしげと眺めている。「お会いできて光栄だわ、シオドア卿。ホートン公爵のお孫さんなのよね？ 今夜は公爵もいらっしゃっているの？」

妙なことをきくものだ、とネイトは思った。だが彼女は上流階級に入りたがっている。だからダンハムに興味を示しているのだろうか。家柄のよい男を狙っているのか？ ネイトは歯を食いしばった。ホートン家の跡取りであるダンハムは、名誉の印となるだろう。

しかもホートン家は大金持ちだ。

「あいにく、祖父はこのところあまり出歩かないんです」シオドアが答えた。「でも、うちの舞踏会で会えますよ」

「舞踏会？」マデリンがきき返した。

「五月に開くんです。あなたがたもぜひいらしてください。毎年大勢人が集まるんですよ」シオドアがしかつめらしく目をしばたたいた。「もっとも、ぼくは人込みが苦手なんですけど、女性たちは楽しみにしているようです」

シオドアとエミリーが互いにちらちら見ているのに気づいたネイトは、背中を押してやることにした。「女性はダンスが好きだからな。きみとエミリーも、いまのうちに練習しておいたほうがいいんじゃないか」

「練習？　ああ、そうですね、そのほうがいい」シオドアがエミリーにお辞儀をした。「レディ・エミリー、踊っていただけますか？」

「ええ、喜んで！」

ふたりは腕を組んでダンスフロアへ向かった。小柄なエミリーと並ぶと、シオドアはずいぶん背が高く見える。妹にやさしくしなかったら承知しないぞ、とネイトは思った。

マデリンはあたたかい笑顔でふたりを見送っていた。「かわいらしいカップルね。お互いに惹かれあっていると思わない？」

「そう見えるね」

ネイトこそ惹かれていた――マデリンに。その笑顔を見たら、彼女を二階の寝室に連れこんで抱きたくなった。アルコーブでもリネン室でも、ふたりきりになれる場所ならどこでもかまわない。彼女を壁に押しつけ、スカートを持ちあげて、引きしまった熱くなめらかな

――。

「ローリー」背後で男の声がした。「きみはあいかわらずきれいな女を連れているな。今夜のお相手は悪名高いマデリン・スワンか」

振り返ると、ダンハムがグラスを手に立っていた。尊大な態度で、ネイトからマデリンに視線を移したあと、ふたたびネイトを見た。黒い上着にルビーのクラバットピンとしゃれこんでいて、金色の髪はきちんとなでつけてある。口元に浮かんだ冷笑に、オークションで競り負けたことに対する恨みが表れていた。

ネイトはマデリンの腰に腕を回して、自分のものだと主張した。「ダンハム、こちらはぼくの妻のレディ・ローリーだ。マデリン、この男が評判の悪いダンハム卿だよ」

「はじめまして、閣下」マデリンが言った。

マデリンは微笑んではいるものの、よそよそしさが感じられた。礼儀に従って手を差しだしもしなければ、お辞儀もせず、警戒するような目つきでダンハムを見ている。彼女がこの男に興味を持っているというのはネイトの勘違いだったのだろうか。それどころか、内心嫌っているようにさえ見えた。

ダンハムを嫌っているのだとしたら、どうしてオークションに招待したのだろう？　身分が高いからか？　理由がなんであれ、ネイトは気に食わなかった。

ダンハムがグラスを持った手をダンスフロアに向けた。「シオドアがきみの妹と踊っているみたいだな。だが、うまくいかないぞ」

「どういう意味だ？」ネイトは冷やかにきき返した。

「こんなことは言いたくないが、弟がきみの妹と交際することはない。平民を嫁に迎えた家の娘と孫息子がつきあうことを、ホートンは絶対に許さないだろう」

マデリンをあからさまに侮辱され、ネイトは拳を握りしめた。「ぼくの妻を侮辱する気なら、拳闘場で決着をつけよう。時間と場所を指定してくれ」

ダンハムが薄い青の目をかすかに見開いた。「殴り合いか」冷笑を浮かべる。「きみは昔から口論になるとそうしていたな。だがそれはわたしのやり方ではない。シオが訪ねてくるのを期待しないようにと、妹に言っておいてくれ。話はそれだけだ」

そう言うなり、歩み去って人込みの中に姿を消した。卑怯者《ひきょう》め。あのいけ好かない顔に、フックを一発見舞ってやりたかった。昔、賭博をしたり、飲み歩いたりした仲間だったことが信じられない。あんなろくでなしとつきあうとは、頭がどうかしていたに違いない。

マデリンは真っ青な顔をし、唇を引き結んでダンハムを見送っていた。口もきけないくらい傷ついているのだ。

その姿を見て、ネイトは守ってやりたくなった。「かわいそうに」彼女の手をそっと握った。「ダンハムをきみに二度と近づけないようにするから」

マデリンは顎をつんと上げて彼を見た。青い目が怒りに燃えている。「自分の身くらい自分で守れるから大丈夫よ。じゃあ、そろそろ、レディ・ギルモアのところへ戻るわね」

ネイトは驚き、マデリンが——比類なきレディが人込みの中をすいすい歩いていき、祖母の隣に腰かけるまで、ぼう然と見ていた。マデリンは傷ついていたわけではなかった。怒っているのだ。ネイトに腹を立てているのだろうか？　彼女を守ろうとしただけなのに。

いや、きっとダンハムだ。シオドアとエミリーがつきあうのを禁じたことに怒っているのに違いない。そのうえ、平民と呼ばれ侮辱されたのだ。

怒りの原因がなんであれ、マデリンから目を離さないようにしよう。今夜だけでなく、この先もだ。ダンハムとマデリンのあいだには何かがある。

それがなんなのか、突き止めるつもりだった。

翌日の午前九時、マディーが食堂へ行くと、テーブルの上座にギルモア伯爵が座っていた。思わず足を止め、こっそり引き返したい衝動に駆られた。伯爵は新聞を読んでいて、戸口にいるマディーには気づいていない。この時間にどうしてここにいるの？　伯爵は毎朝八時きっかりに朝食をとり、九時には図書室にこもるのが常だった。伯爵とかちあうのを避けるために、彼の日課を把握しているのだ。きっと昨夜パーティーから帰ってくるのが遅かったせいで、厳密なスケジュールが狂ったのだろう。

朝食の席で、義理の父と堅苦しい会話をしなければならないと思うと気が滅入る。正直に言うと、伯爵が怖かった。婚姻を無効にさせようとしたとネイサンから聞いているし、マディーに対する敵意が伝わってくるので、伯爵の前では物を言えなくなることも多い。とはいえ、この関係を改善するためにできることは何もなかった。伯爵をいらだたせるという仕事を課せられているのだから。

そのために多額のお金をもらっているのだと、マディーは自分に言い聞かせた。報酬に見合った働きをしなければならない。それに、サイドボードのそばに立っている従僕に見つかってしまったし、そこに並んでいる料理はおいしそうなにおいがして、おなかがすいてきた。マディーは明るい笑顔を作り、食堂に入っていった。「おはようございます、パパ。ご機嫌いかがですか?」

ギルモア伯爵が新聞を置いてこちらを見た。マディーはブロンズ色のシルクの上品な部屋着を着ていて、見苦しくないはずだった。だが伯爵は仏頂面を少しも崩さず、ただうなずいたあと、カップを持ちあげて従僕にお代わりを命じた。

マディーはサイドボードのところへ行った。コンロ付き皿に燻製《くんせい》ニシン、ソーセージ、卵、デビルド・キドニー、ポリッジ、トーストなど、さまざまな料理がのっている。この家に越してきて数週間経ってもなお、贅沢な食事には目を見張るばかりだ。女優だった頃は、朝にかたくなったパンとチーズひとかけらを食べられればありがたいと思っていたのに。マディーは半熟卵とベーコンを皿に盛った。そして、つかつかと歩いていき、伯爵の右側の席に腰かけた。

従僕が注いでくれたあたたかい紅茶に、クリームを少しだけ加えて銀のスプーンでかきまぜた。伯爵はまるでマディーがそこにいないかのように新聞を読みつづけている。

マディーはトーストにバターを塗った。自分から話しかけるしかない。「レディ・ミルフォードのパーティーは大盛況でしたね。最高だったわ」

ギルモア伯爵が新聞から目を離し、マディーをにらんだ。「ゆうべ、きみは問題なくふるまった。そう言ってほしいのか」

マディーは伯爵の冷やかな視線にくじけそうになった。〝問題ない〟。その程度なの？　とはいえ、別に褒めてほしかったわけではない。「とくにレディ・エミリーは楽しそうでしたね。大勢の殿方にダンスを申しこまれて。でも、シオドア・ラングリー卿に夢中みたい」

その名前を口にした瞬間に後悔したが、伯爵はうなずいただけで新聞に目を戻した。シオドア卿を話題にするのは危険だ。マディーと似ていることに気づかれて、疑念を持たれる可能性がある。それに、ダンハムはふたりの交際を禁じているのだ。

〝平民を嫁に迎えた家の娘と孫息子がつきあうことを、ホートンは絶対に許さないだろう〟

あのときのことを思いだすと、食事がまずくなる。平民と呼ばれたことが悔しくて、自分とダンハムには同じ貴族の血が流れているのだと、思わず口走ってしまいそうだった。

だが祖父と対面するまでは、暴露するわけにはいかない。たぶん、五月に開かれるというホートン公爵家の舞踏会で会えるだろう。

ギルモア伯爵が新聞をたたんで、からになった皿の横に置いた。そして、すべてを見通すようなまなざしでマディーを見ると、唐突にきいた。「きみの両親は誰なんだ？」

マディーはぎくりとした。スグリのジャムをトーストに塗って時間を稼いだ。「両親ですか？」

「ああ、家族や親戚がいるだろう？」伯爵がいらだたしげに言う。「上流階級の話し方を誰から教わった？　二週間のレッスンでそこまで話せるようにはならないだろう」

「あら」マディーは落ちつきを取り戻した。「わたしは女優ですよ。両親も俳優で、わたしは劇場で育ったんです。いろいろな役を演じるために、幼い頃からいろいろな話し方を教わりました。女優になるためには必要なことです」

鋭い視線を浴びせられ、思わず目をそらした。厚かましい女を演じつづけることはできなかった。

ギルモア伯爵がリネンのナプキンで口を拭いた。「女優なら化粧も手慣れたものだろう」

「もちろんです」

「エミリーはゆうべ化粧をしていた。そのようなことを母は絶対に許さないし、母に逆らう勇気のある使用人もいない。ソフィアの仕業かときいてみたが否定された。残るはきみしかいない、マデリン」

マディーは伯爵の厳しい表情に縮みあがり、フォークをぎゅっと握りしめた。伯爵の顔にはエミリーと同じあばたが――長男の命を奪った病気の跡が一面に残っている。娘がきれいになったのに、どうして怒るの？

マディーは謝るつもりはなかった。「はい。あばたを目立たなくするために、少しお化粧をしました。エミリーを責めないでください。あれはわたしが勝手にしたことです。わたしがしつこく勧めたんです！」

「別に責めているわけじゃない」ギルモア伯爵がつっけんどんに言った。「ゆうべのあの子はひときわ美しかった。どうやらきみに感謝しなければならないようだ」

そう言うなり、椅子を引いて立ちあがった。マディーはあっけにとられてぽかんと伯爵を見つめた。そうしているうちに、伯爵は歩きだして食堂から出ていった。

16

二時間後、思いがけずギルモア伯爵にやさしい言葉をかけられたことで、マディーが依然として物思いにふけっていたとき、ネイサンが居間にやってきた。

背が高くがっしりした彼が入ってきたとたんに、広い部屋が狭く感じられた。クルミ色の上着は緑色の目に浮かぶ金の斑点を、黄褐色のブリーチズと黒いロングブーツは長い脚を引きたてている。ふたりのあいだに引力が存在するかのように、マディーはたちまち彼に惹きつけられた。出会ってから一カ月も経っていないのが信じられなかった。

ネイサンが口を開いて何か言いかけたので、マディーは人差し指を彼の唇に当て、向かいの椅子で居眠りしているレディ・ギルモアを視線で示した。

一〇分ほど前からうつむいてかすかにいびきをかいている伯爵未亡人を、起こしたくなかったのだ。

マディーは膝の上にのせていた本をそっと閉じて脇に置くと、長椅子から立ちあがり、忍び足でネイサンのところまで歩いていった。そして、彼の腕を取り、部屋を出て廊下を歩きはじめた。

「眠ってくれてほっとしたわ」マディーは心から言った。「今朝のお祖母さまは、いつにもまして怒りっぽかったから」

「ゆうべのパーティーで疲れているんだろう」ネイサンが微笑み、指の甲でマディーの頬をなでおろした。「きみは元気そうだね。祖母上より寝ていないのに」

マディーの体に甘美な震えが走った。昨夜、ネイサンがことさら丁寧に抱いてくれたので、まだ余韻が残っているのかもしれない。それとも、いまの微笑ひとつで、膝の力が抜けてしまったのかしら。

マディーは必死に自制心を取り戻した。「でも、朗読しながらついうとうとしそうになったわ。無味乾燥な説教集なんて読まされたら当然よね」

ネイサンがかすかに眉根を寄せた。「読書をしていたんじゃないのか？　祖母上に読み聞かせていたのかい？」

「午前の日課になっているの。話し方の練習になるからって。でも本当はね、お祖母さまが目が悪くて自分で読めないからなのよ。眼鏡は――あの役に立たない片眼鏡以外は必要ないと言い張るの」

ネイサンが応接間のドアの前で立ち止まり、マディーの二の腕をつかんだ。「きみに祖母上の命令に従う義務はないんだぞ、マデリン。祖母上が話し相手《コンパニオン》を必要としているのなら、誰か雇うようぼくからギルモアに話しておくよ」

「別に負担には感じていないのよ。わたしは働くのに慣れているから」女優をしていた頃は、下稽古やら衣装合わせやら数々の仕事に追われ、つねに忙しくしていた。

「何を言っているんだ。きみは子爵夫人になったんだ。妻に使用人のまねごとなどさせられない。きみは毎日好きなことをして過ごしていいんだよ」

「でも何をしろというの？　お買い物にも公園にも行けないのに。伯爵夫人に外出を禁じられているのよ」

「それはきみがゆうべの試験に見事に合格する前の話だ」

ネイサンはマディーを引っ張って応接間に入っていくと、通りに面した窓のところへ連れていった。昼前の日差しを浴びながら歩いたり、犬を散歩させたりしている人々が見える。手を握りしめられ、マディーはネイサンに視線を戻した。「きみを捜していたんだ」彼が言う。「賭けに勝ったご褒美をあげようと思って」

「賭けって？」

「結婚式の夜、きみはレディそのものに変身してみせると誓っただろう？　成功したら、ぼくがダイヤモンドをプレゼントすることになっていた」

マディーは目をしばたたいた。初夜を迎える緊張のあまり、そんな自分勝手な要求をしてしまったのだ。でも、財産目当てで結婚したと思われたくない。

片手で彼の頬をなでた。朝に剃《そ》ったはずなのに、かすかにざらついている。

「ネイサン、やっぱりいらないわ。あたらしい服をたくさん買ってもらったし、年金もあるから、もうじゅうぶんよ」

「いや、絶対に必要なものがまだあるよ」ネイサンが唇をほころばせながら、上着の内ポケットに手を入れた。「結婚式のときに用意できなかったから。遅ればせながらプレゼントさせてくれ」

ネイサンがスクエアカットの大きなダイヤモンドがついた金の指輪を差しだした。大きな石の両脇にそれより小さなダイヤモンドが並んでいて、太陽の光を受けてきらめいている。

マディーは驚いて目を見張り、胸がいっぱいになった。心のこもった贈り物――彼がマディーに対して欲望以上の深い感情を抱いていると思わせるようなものをもらえるとは、期待していなかった。

マディーはようやく指輪から目を離し、彼を見上げて表情を読み取ろうとした。「とても……きれいね」

「気に入ってもらえてよかった。じゃあ、今度こそ儀式をやり遂げよう」ネイサンがマディーの左手を取り、指輪をはめた。「この指輪とともに、ぼくはきみと結婚する」

マディーは胸を高鳴らせながら、きらめくダイヤモンドを見つめた。込みあげる涙を必死にこらえた。感動するなんて愚かなことだ。彼に愛されているのかもしれないなどと考えてはいけない。これは単なる便宜結婚なのだから、それ以上を期待するのは間違っている。けれども、教会で結婚式を挙げたときよりもこの瞬間のほうが、本当に結婚したのだという実感があった。

マディーはやさしいまなざしで彼を見た。「ありがとう、ネイサン」

背伸びをして唇をそっと重ねる。ネイサンはマディーを引き寄せ、心のこもった深いキスをした。だがそのあと突然、体を引いた。

尊大な目つきでマディーを見おろす。「ゆうべは手袋をしていたから、きみが指輪をはめていないことを誰にも気づかれずにすんだ。だがいつもそうとはかぎらない。結婚指輪をつけていなかったら変に思われるだろう?」

指輪をくれたのはそのためだったのだ。マディーは彼のものだという印をつけるため。ロマンティックな意味合いなどなかった。

せつない気持ちは消え去り、マディーは心が沈んだ。パーティーでワルツを踊ったとき、愛人を作るつもりだと言ったら、彼は不満そうだった。それで、嫉妬しているのかもしれないと思って、余計にからかいたくなったのだ。そうしたら彼は、マディーが自分だけのものだということをつねに思いださせるために指輪をくれた。

愛しているからではない。マディーがお金を払って買ったものだからだ。

マディーがほかの男性には興味がないことに、ネイサンはまったく気づいていない。浮気をすると考えただけでぞっとした。彼に抱いているこの気持ちが友情なのか好意なのか、はたまた愛なのかはわからない。ただひとつたしかなのは、彼と一緒にいたいと望んでいることだ。もっと話をして、本当の彼を知りたかった。

「ぼくはそろそろ行かないと」ネイサンがポケットから金時計を取りだして時間を確かめながら、そっけない口調で言った。「急ぎの仕事があるんだ。お茶の時間には間に合うように戻ってくる」

ネイサンがドアへ向かって歩きはじめると、マディーは思わず彼の袖をつかんで引き止めた。「わたしも一緒に行っていい？」

ネイサンが眉をひそめた。「ゆうべのパーティーのあとだから、午後はきみをもっとよく見たいという客が訪ねてくるだろう。きみは家にいないと」

「動物園の珍しい動物みたいにじろじろ見られるために？　ますます外に出たくなったわ」

「書類仕事をしに行くだけだから、きみは退屈するよ」

「意地悪な貴族たちの噂話を聞くほうがずっと退屈だわ」マディーは微笑み、指輪の重さを感じながら彼の頬をなでた。「お願いよ、ネイサン。もう二週間以上も昼間に外出していないの。わたしを連れていって」

ネイサンはマディーをしばらく見つめてからうなずいた。「わかったよ」

ロンドンの港はレディの来る場所ではない。ネイトは妻に言いくるめられて連れてきてしまったことを後悔した。彼女に頼まれると断れない。まばゆいばかりの笑顔を向けられたらなおさらだ。

マディーが微笑を浮かべながら馬車から降りてきた。ブロンズ色の上品なドレスは、玉石の敷かれた汚れた道路にそぐわない。チョコレート色のリボンで結びつけたボンネットの下で、青い瞳が輝いていた。彼女は真昼の太陽を見上げ、テムズ川の悪臭が漂っているにもかかわらず、気持ちよさそうに深呼吸をした。

このようなむさ苦しい場所に来て、マデリンが喜ぶとは思えなかった。ところが彼女は興味津々といった表情で、船や労働者を見まわした。

ネイトは騒がしい港が好きだった。船員たちの叫び声を聞き、立ち並ぶマストを眺め、湿った空気の生臭いにおいをかぐと心が弾む。何より、大都市の需要を満たすために、商品を円滑に運ぶ仕事に関わっていると思うと気分がよかった。

背後から称賛の口笛が聞こえてきた。ネイトは振り返って犯人をにらみつけようとしたが、船から積み荷をおろしている作業員か、埠頭《ふとう》で樽《たる》を転がしている労働者か決めかねた。

馬車を御者に預けたあと、マデリンを連れて汚水のたまりをよけながら歩き、すすけた煉瓦造りの倉庫へ向かった。「きみを連れてくるべきじゃなかった」ぶつぶつ不平を言う。「港をうろついているがさつな連中に、きみがあんな目つきで見られるのは我慢ならない」

「あら、ゆうべのパーティーにいた貴族たちも、似たような目つきでわたしのことを見ていたわ。気にしなければいいだけの話よ」

マデリンが彼の言葉をはねつけるように手を振ると、ダイヤモンドが太陽を反射してきらりと光った。その瞬間、ネイトは指輪をプレゼントしたときの彼女のうれしそうな表情を思いだした。喜びのあまり夢見るようなまなざしをしていたので、警戒心がわき起こったのだ。指輪に深い意味があると勘違いされたら困る。もちろん、深い意味などなかった。下心のある好色な男たちを寄せつけないためのものだ。

マディーは自分だけのものなのだから。少なくとも、ネイトがイングランドを離れるまでは。そのあとのことについては、考えないようにしていた。考えると、歯がみしてそこらへんにあるものを殴りたくなるからだ。

倉庫のはげかけた緑のドアをノックすると、中にいる人物がのぞき穴からこちらをのぞいたあと、ドアを開けた。

筋骨隆々とした大男がうしろにさがって、ふたりを薄暗い部屋の中に入れた。片目に眼帯をしている。片方の耳がぎざぎざになっていて、顎はポテトマッシャーに押しつぶされたかのようにひしゃげていた。「やあ、旦那」だみ声で言う。「隣にいるきれいな娘は誰だ？」

「ぼくの妻のレディ・ローリーだ。マデリン、ヤンシーを紹介するよ。見張りを頼んでいるんだ」

「お会いできてうれしいわ、ヤンシー」

マデリンが差しだした手をヤンシーが恐る恐る握り、華奢な指ががっしりした拳に包みこまれた。ネイトの知り合いのレディたちは、ヤンシーのような恐ろしい無骨者に対して、マデリンのようにやさしく接したりしないだろう。それどころか、彼の顔を見たとたんに悲鳴をあげて逃げだすに違いない。

だがマデリンは、ヤンシーに好感を抱いているように見える。いつものように愛想よくふるまっていた。

とはいえ、ダンハムに対してだけは別だ。ふたりのあいだに何があったのだろう？　ネイトはその疑問が頭から離れなかった。

倉庫の奥へと歩きながら、マデリンが声を潜めてきいた。「どうしてあんなに顔に怪我《けが》をしたの？」

「片目を失うまで、プロボクサーだったから」

「どこで知りあったの？」

「ぼくの船の船員になって、イングランドに戻る旅費を稼いでいたんだ。それで……働き者だから、信頼するようになった」詳しい事情を打ち明けるのはためらわれた。激しい嵐に見舞われ、船外に押し流されそうになったネイトを、ヤンシーが命懸けで助けてくれたのだ。

汚れた高窓のついた狭い倉庫を、マデリンが見まわした。薄明かりが空中に漂う埃《ほこり》や、壁際に積まれた木箱や樽を照らしている。「日中も見張りが必要なの？」

「ロンドンのこの地区では盗みが日常茶飯事なんだよ。用心するに越したことはない」ネイトはマデリンを大樽のあるところまで連れていくと、ポケットナイフで蓋をこじ開けた。

「ここにちょっとしたお宝が入っているんだ。手を突っこんでごらん」

マデリンは何かたくらんでいるのではないかと疑うような目でネイトを見たあと、樽の中に手を入れ、黒い葉に触れた。そして、微笑みながらその葉をつかみ取り、鼻に近づけると、深く息を吸いこんだ。「紅茶ね！」

「中国の安徽省《あんきしょう》で作られるキームンというお茶だよ。向こうの木箱にはシルクが入っている」三段に積み重ねられ、壁いっぱいに並んだ長方形の木箱を、ネイトは指さした。

マデリンの顔がぱっと輝いた。「あんなにたくさん！　見てもいい？」

「あいにく、蓋を開けるのに時間がかかるんだ。ほら、ぼくは書類仕事をしなければならないから」

「それなら、ヤンシーに見せてもらうわ」

彼女がヤンシーと進んで一緒にいたがっても、ネイトはもはや驚かなかった。そうしてくれれば、仕事に集中できる。「きみがそうしたいなら」

ネイトはヤンシーを呼んで、マデリンを案内するよう頼んだ。

そして、倉庫の隅にある小さな事務室へ行き、古いオークの机の引き出しから書類の束を取りだすと、羽根ペンを手に一番上の契約書の条項を読みはじめた。だみ声と、生き生きとした女性の声がかすかに聞こえてくる。

ドアを開けっぱなしにしておいたので、バールで木箱の蓋を開けているヤンシーと、くつろいで話しているマデリンの姿が見えた。いったいなんの話をしているのだろう？　平民とはいえ、マデリンは世間から隔離された劇団で暮らしていたのだ。荒っぽい元ボクサーなどと接する機会はなかったはずだ。

ネイトは目の前の書類に注意を戻した。ネイトから紅茶を買ってインド産の茶葉とブレンドしたいという商人の契約書だ。羽根ペンをインク壺に浸し、支払条項に注記を入れた。しばらくして、鈴の音のような笑い声が聞こえてきて、集中力がとぎれた。

ネイトはむっとして戸口の向こうをのぞきこんだ。マデリンがシルクを次々と指さしながら、ヤンシーと話している。シルクをねだるつもりだろうか？　あれでは足りなかったというのか？

もしかしたら、ネイトの財産を査定しているのかもしれない。裕福な夫の純資産を計算しようとして。

マデリンのことを悪く考えたくはないが、そうする癖がついていた。だが彼女をこういう女だと決めつけるたびに、あとでそうではなかったと思い知らされるはめになる。初夜を迎えるまでは、ふしだらな女だと思っていた。上流階級の仲間入りを狙っている女だと思っていたのに、ロンドン一むさ苦しい地区にいる男と仲よくしている。自分のことしか考えない女のはずが、エミリーに化粧をしてきれいにしてやったり、視力の衰えた祖母のために説教集を朗読したりしている。

母のような浮気性の……。

ネイトはそこで考えるのをやめた。母と比べるのは間違っている。マデリンは比類なき女性だ。彼女のような女性はほかにいない。だから惹かれるのかもしれない。言動がまったく予測できないから。

倉庫に連れてきたのは失敗だった。ベッド以外で生活をともにするべきではなかった。気が散ってしかたがない。

書類に目を戻し、根性で読み進めた。最後の一枚に署名しているとき、軽やかな足音が聞こえてきた。

「左利きなのね」

ネイトは体をこわばらせ、戸口に立っているマデリンを見た。子どもの頃ずっと教師に非難されつづけ、無理やり右手で書く練習をさせられた。「右手でも書けるが、左のほうが楽なんだ。悪魔の子だと責めるかい？」

マデリンが片方の眉をつりあげた。「まさか。誰にそんなことを言われたの？ お父さま？」

「家庭教師だ。ギルモアはそういうことにあまり関心がなかったから。勉強が遅れたときは、ぼくを鞭で打ったけど」ネイトは図書室に呼びだされたときの恐怖を、いまでもまざまざと思いだせた。伯爵は机の引き出しに、ヤナギの鞭を入れていた。

マデリンが小首をかしげた。過去の話をもっと聞きたがっているように見えた。ネイトは急いで話題を変えた。「ヤンシーと楽しそうに話していたね。いったいどんな話をしていたんだい？」

「まず、嵐のときに、ヤンシーがあなたの命を救った話を聞かせてもらったの。大きな波が船になだれこんで、あなたが海に滑り落ちそうになったとき、ヤンシーがズボンのお尻をつかんで――」

「もういい」そのときズボンが脱げてしまったことまで聞いたのだろう。彼女の目の輝きを見ればわかった。「それ以上話す必要はない」

マデリンが一歩近づいてきた。「どうして？ 何かあなたを困らせるようなことを言った？」

ネイトはうっすら笑みを浮かべた。「ああ、でもそこのドアを閉めてくれたら、不満を解消できる」書類を脇によけ、机の上をぽんと叩いた。「ここで」

マデリンが目を見開いた。そこに欲望の色が浮かんだのを見て、ネイトはますます興奮した。「しいっ」ドアのほうを振り返りながら、マデリンがささやいた。「ヤンシーがすぐそこにいるのよ。聞こえるわ」

彼女の反応がおかしかった。寝室ではあれほど大胆にふるまうくせに、上品ぶっている。

「使いに行かせるよ」

「だめよ！　ここは汚れているし」

「ぼくがいま考えていることのほうが、よっぽど汚らわしい」

「もうやめて、ネイサン。ここは仕事をする場所でしょう」

マデリンが彼の向かいの椅子に腰かけた。むきになってきらきら光る青い目が、ネイトの心の琴線に触れた。だがそのあと彼女は、愁いを帯びた表情で書類に視線を向けた。「あなたがものすごく頑張って働いていることを、伯爵はちっともわかっていないと思うの。ここに来て、あなたの仕事ぶりを見れば、一目置くようになるんじゃないかしら」

ネイトはとたんに興ざめした。「ギルモアはここを見たら軽蔑するだろう。ぼくを攻撃する材料が増えるだけだ。紳士は商売をしないからね」

「でも、あなたがもう昔の放蕩息子ではないということを理解してもらうべきだわ。仲直りするために」

「もうたくさんだ」ネイトは立ちあがり、書類をまとめた。「きみとギルモアの話をするつもりはない。金輪際だ。帰るぞ」

マデリンが唇を引き結び、椅子から立ちあがった。まだ話し足りない様子だったが、ネイトは気にもかけなかった。ネイトとギルモアのあいだに何があったか、彼女は知る由もない。これから知ることもない。

ふたりのあいだに生じた深い亀裂は、修復できるようなものではなかった。ネイトが放蕩息子だったこととはほとんど関係がない。だから、寝室以外でマデリンと深く関わりたくないのだ。あれこれ詮索されるのはごめんだ。

心の傷となっている秘密を暴かれるのが怖かった。

17

マディーは居間の優美な机に向かい、招待状をじっと眺めていた。宛先には家族全員の名前が書かれている――ギルモア伯爵、レディ・ギルモア、レディ・ソフィア、レディ・エミリー、ローリー子爵夫妻。クリーム色のカードに書かれた短い文章を何度も読み返した。

〝ホートン公爵が開催する舞踏会へのご臨席を賜りたくご案内申しあげます。日時は……〟

マディーは鼓動が速まるのを感じた。あと三週間と少しで、祖父の屋敷に入れる。ついにホートン公爵に会える。生まれの卑しい俳優と結婚した母を勘当した、傲慢な貴族と対決するチャンスが訪れた。

母の墓前で泣いている父を見た日のことは、いまでもはっきり覚えている。当時マディーは一三歳で、愛する母を事故で亡くしたばかりだった。車軸が壊れて馬車から投げだされ、車輪の下敷きになったのだ。イングランド北部でどさまわりをしていた頃で、次の公演地へ向かわなければならないのに、父の姿が見当たらず、マディーが捜しに行った。

できたばかりの墓の前でひざまずいている父を見つけた。古い石造りの教会の脇にある、小さくて静かな墓地だ。マディーは敷きつめられた落ち葉を踏み砕きながら走った。父の泣き声に胸が締めつけられる。悲しみを必死にこらえ、かがみこんで父の広い背中を抱きしめた。

「ああ、パパ、わたしもママが恋しい。とても寂しいわ」

「ここに置いていくことなんてできない。いとしい人を」

「わかるわ、パパ。でも行かなければならないのよ。みんな待ってるわ」

父が振り返った。曇り空の下、凛々《りり》しい顔が涙に濡れている。青い瞳に絶望の色が浮かんでいた。「サラをあの家から連れだしたのが間違いだったんだ。こんな放浪生活をする必要なんてなかったのに。お前もだ。お前は祖父の——ホートン公爵のもとで、レディとして暮らしているべきなのに」

マディーは、俳優と駆け落ちした母を勘当した恐ろしい貴族の話を聞いて育った。「いやよ、そんなのいや！　劇団にはわたしが必要だわ。わたしならママの役を演じられる。台詞も全部暗記しているんだから」

父がマディーの髪をうしろになでつけ、額にキスをした。「お前は神の賜物《たまもの》だよ、マディー。サラにそっくりで、演技の才能も受け継いでいる」不意に表情が険しくなり、顎が引きつった。「心配するな。お前をホートンのところなんかへは連れていかない。あの男はおれの顔につばを吐くだろう。そして、お前もママと同じように切り捨てられるんだ……」

「何ぼうっとしているの？」気難しい声がした。「返事は書けたの？」

マディーははっとわれに返り、目を上げた。向かいの長椅子に座っているレディ・ギルモアが、片眼鏡越しにこちらをにらみつけていた。「すみません、なんて書いたらいいか考えていたんです」

刺繍をしていたソフィアが顔を上げた。紫がかったグレーのしゃれた半喪服を着ている。「考える必要なんてないでしょう。目の前にわたしが書いた手本があるんだから」伯爵未亡人に向かって言う。「彼女には難しかったかもしれませんね、お祖母さま。代わりにわたしが書きます」

「とんでもない。筆跡はきちんとしているんだから。伯爵夫人の果たすべき務めを学んでもらわないと、ギルモアの名を汚すことになるわ」

机の上に、招待状の山がふたつできていた。ひとつは出席するもので、もうひとつは欠席するものだ。マディーはその全部に返事を書くという退屈な仕事をまかされていた。

先週、ネイサンについて港へ行ったことで叱られ、その後、レディになるためのレッスンが再開された。伯爵未亡人によれば、爵位を持つレディは毎日の献立を確認し、使用人との問題を解決し、リネン室を管理し、そのほかにも、毎日届く招待状に返事を書くというようなさまざまな仕事をこなさなければならないそうだ。

この訓練が全部無駄になることは、言わずにおくほうが賢明だろう。シーズンが終わり、ネイサンが外国へ行ったら、マディーもギルモア邸を出るつもりだ。年金で自分の家を借り、店を開くという夢を実現させるのだ。

マディーがここに残ることを、ギルモア伯爵が望むとも思えない。社交界の人々の面前でホートン公爵をなじったあとならなおさらだ。

マディーは羽根ペンを手に取り、銀のインク壺に浸した。そして、出席の通知を書きながら言った。「ホートン公爵の舞踏会への返事を書いているところです。レディ・ミルフォードのパーティーでお孫さんたちにお会いしました。公爵は体調が優れないとシオドア卿から聞きましたけど」

「毎年恒例の舞踏会を開催できるくらいにはお元気よ」レディ・ギルモアが答えた。「それから、公爵になんて挨拶しようか悩む必要はないわ。あなたが公爵と直接話をすることはないから。微笑んでお辞儀をするだけでいいの」

マディーはそれに従うつもりはなかった。公爵にははっきりと物を言うつもりだ。社交界に入りこんで祖父と対決するために、ネイサンと結婚したのだから。

少なくとも、最初はそれが理由だった。だが、いつの間にかネイサンに心を奪われていた。彼のすべてを知りたい。彼の思いや感情を知り、その活発で癪に障る性格がどのようにしてできあがったのかを理解したかった。倉庫を訪れたときに、ネイサンはただの恵まれた怠惰な貴族ではないということを知った。仕事熱心で、実業家として成功した彼を評価しようとしないギルモア伯爵に腹が立った。そして、過去を明かそうとしないネイサンにも。

〝きみとギルモアの話をするつもりはない。金輪際だ〟

ネイサンからは何もきだすことはできないだろう。一家の事情を知りたければ、ほかを当たる必要がある――この部屋にいるレディたちとか。

マディーは公爵家の舞踏会への返事を書き終え、次のに取りかかった。そして振り返ると、砕けた口調で言った。「ネイサンのお母さまもこの机で招待状の返事を書かれていたんですよね。ネイサンはお母さまのことをあまり話してくれないんです。どんなかただったんですか、お祖母さま？」

「侯爵の娘よ」伯爵未亡人が鼻を鳴らした。「とてもそうは見えなかったけど」

「どういうことですか？」マディーは驚いてきいた。

「カミーリャは淑女と呼ぶには活発すぎて軽薄だったの。おまけにとんでもない浮気者だった。息子を裏切ったのよ。死んだ人のことを悪く言いたくはないけど」

マディーは伯爵未亡人をじっと見つめた。「つまり、不義を働いたということですか？」

「噂話はよしなさい」レディ・ギルモアがぴしゃりと言った。「これを、淑女とはつねに品行方正でなければならないという教訓にするのよ。それ以外に過去を掘り返す意味はないわ。忘れたほうがいいの」

マディーは指にはめたダイヤモンドの指輪を見おろした。マディーは自分のものだという印をつけるために、ネイサンはこれをくれた。マディーが愛人を作ると言ったことに嫉妬したからだと思っていたけれど、ネイサンは母親の浮気に根差した反感からだったのかもしれない。

マディーは質問の仕方を変えた。「お母さまはネイサンがいくつのときに亡くなられたんですか?」

「エミリーを産んですぐだったわ」レディ・ギルモアは、隣で刺繡に没頭しているソフィアに声をかけた。「あれはネイサンが何歳のときだったかしらね？」

「デイヴィッドが一四歳のときだから」ソフィアが答える。「ネイサンは一二歳ですね」

一二歳。マディーが母を亡くしたときとほぼ同じ年齢だ。でもマディーには愛情深い父親がいた。この冷やかな家庭で育ったネイサンの悲しみを思うと、胸が痛んだ。「それがきっかけで……お父さまと衝突するようになったんですか？」

レディ・ギルモアが眉をつりあげた。「違うわよ。ネイサンは母親似なの。幼い頃から手に負えなかった。規則は破るし、いたずらばかりして、生意気な口をきいた。しょっちゅうデイヴィットを面倒に巻きこもうとしたけれど、わたしと息子はちゃんと見抜いていたわ」

二通目の手紙を書き終えたマディーは、夫を弁護したくなった。「ネイサンとデイヴィッドは仲がよかったみたいですけど。あなたはどう思いますか、ソフィア？　デイヴィッドはネイサンのことを悪く言っていましたか？」

ソフィアが布に針を突き刺しながら答えた。「夫は家出した弟よりも考えなければならないことがたくさんあったから。生きていれば、すばらしい伯爵になったでしょう」

マディーは唇を引き結び、ペン先をインク壺に浸した。ソフィアは絶対にネイサンのことをよく言わない。けれども、彼女を責める気にはなれなかった。愛する夫を――幼い娘ふたりの父親を失ったのだ。ソフィアがいやがるのはわかっていたので、子ども部屋には近づかないようにしていたが、ネイサンがときどき姪たちに会いに行っているのを、マディーは知っていた。

跡取りの妻の座を奪われて、ひどく苦々しい思いをしているに違いない。デイヴィッドが若くして病死してしまったせいで――それについて、マディーはずっと頭に引っかかっていることがあった。

羽根ペンを置き、ふたりのほうを向いた。「大変でしたね、ソフィア。でも、ひとつ疑問があるんです。天然痘の予防接種を受けなかったんですか？　だいぶ一般的な処置になっていますよね。受けている人は大勢います――とくに貴族なら」

ソフィアが目を見開き、伯爵未亡人をちらりと見た。

レディ・ギルモアは小さなうめき声をもらし、マディーをにらんだ。「質問が多すぎるわ。いいかげんにしてちょうだい！　これ以上一緒にはいられません」

そして、椅子から立ちあがると、杖を突きながら部屋から出ていった。

マディーは狼狽し、ソフィアに視線を向けた。「わたし、何か変なことを言いましたか？　別に――悪気はなかったんです。本当にごめんなさい」

「謝るなら伯爵夫人に謝りなさい」ソフィアが冷やかに言った。「レディ・ギルモアは結婚してまもなく夫を亡くしたの。間違った予防接種を受けたせいで。だから、伯爵にも孫たちにも受けさせなかった。それで、デイヴィッドが亡くなったのは自分のせいだと思っていらっしゃるのよ」

そのあとずっとマディーは思い悩んでいて、ガーティーの手を借りて寝る準備をしているときもまだ考えにふけっていた。ガーティーが服を片づけるあいだ、マディーは化粧台に向かい、長い髪をひとつに編んだ。

伯爵未亡人は高慢で怒りっぽく、貴族の俗物根性を体現したような老婦人だと思っていた。だが今日の話で、彼女の弱い部分を垣間見た。血も涙もない人間ではなかったのだ。愛する孫の死を招いた罪悪感は相当なものだろう。

「今日、使用人部屋で小耳にはさんだんですけど」ガーティーが言った。

マディーははっとわれに返り、ペチコートをたたんでいるメイドに視線を向けた。「何?」

「来月、ホートン家の舞踏会に出席するそうですね」

「ああ……そうなの。今日わたしが返事を書いたのよ」

「公爵閣下に何を言うか決めたんですか?」

マディーは少しためらったあと、首を横に振った。「まだだけど、考える時間はたっぷりあるから」

沈黙が流れ、引き出しを閉める音が響いた。それから、ガーティーがやさしい口調で言った。「ローリー子爵に相談したほうがいいんじゃないですか？　夫なんですから知る権利がありますす」

マディーは唇を引き結んだ。ネイサンに隠しごとをするのがだんだんつらくなってきた。

でも、彼に言えるわけがない。彼はマディーが平民だと思っているからこそ、結婚したのだ。じつは母親が公爵の娘で、マディーに貴族の血が流れていると知ったら、驚くどころか怒るだろう。最悪の場合、マディーが公爵と対決するのを止めようとするかもしれない——。

「何を教えてもらえるのかな？」ネイサンの声がした。

マディーはどきんとして振り返った。化粧室の戸口に、両手を腰に当てたネイサンが立っていた。翡翠色のシルクのローブを着ていて、深く開いた襟元から裸の胸がのぞいている。

どれくらい前から話を聞かれていたの？

ガーティーがお辞儀をしてから、ネイサンににっこり笑いかけた。「こんばんは、旦那さま。ではこれで、わたしはさがらせていただきます」洗濯物の山を抱えると、ネイサンの横を通り過ぎて部屋から出ていった。

ネイサンは問いかけるようなまなざしでマディーを見ている。マディーは公爵の名前を聞かれなかったことを願い、しらを切るしかなかった。

椅子から立ちあがり、編んだ髪を肩に垂らした。薄いネグリジェをまとっただけの胸に、彼の視線を感じる。マディーは彼の気をそらすために、なだめるような笑みを浮かべた。

「ガーティーの言うとおりだわ。あなたに打ち明けなければならないことがあるの。じつは今日、お祖母さまに不用意なことを言ってしまったの」

「不用意なこと？」

「こっちに来て、きちんと話すから」

マディーはヒップを揺らしながらゆっくりと歩いていき、ネイサンの指に指を絡ませ、寝室へ引っ張っていった。ベッドの上掛けの端はめくられ、枕はふくらませてある。親密な空間に、テーブルの上に置かれた蠟燭がやわらかな金色の光を投げかけていた。いますぐそこにネイサンと横たわって、情熱に身をまかせたかった。

だがその前に、話をしなければならない。彼に言っておきたいことがある。彼はいつも行為が終わると自分の部屋に戻ってしまうから、話すならいましかなかった。

暖炉の前へ行き、ネイサンに椅子に座るよう促してから、足のせ台を引き寄せてそこに――膝が触れあいそうなほど近くに腰かけた。「今朝、どうして誰も天然痘の予防接種を受けなかったのか、お祖母さまに尋ねたの。それで、お祖母さまのせいだとわかったのよ」

ネイサンの顔が曇った。マディーから目をそらし、兄の避けられた死について考えこんでいるのか、暖炉の火の奥をじっと見つめた。「そうか、でも、きみは知る由もなかったんだから」

ネイサンが公爵の名前を出さないので、マディーはほっと息をついた。ガーティーとの話を全部聞かれたわけではなかったのだ。「お祖母さまを傷つけるつもりはなかったのよ。ただ、貴族なら絶対に予防接種を受けているはずだと思って。旅役者の娘のわたしでさえ受けたんだから」

ネイサンが身を乗りだし、ネグリジェのゆったりした襟ぐりの中に指を滑りこませ、二の腕にある小さな傷跡をそっとなでた。「これがその跡か。ずっとなんだろうと思っていたんだ」

マディーはぞくぞくし、体の力が抜けていくのを感じたが、彼の手をつかんで自分の肩に置いた。「ネイサン、それで気づいたんだけど、あなたも予防接種を受けていないのよね。すぐに受けたほうがいいわ」

「心配しなくていいよ。ぼくが死んだとしても、きみは裕福な未亡人だ」

軽くあしらわれて、いらだった。「ばかなことを言わないで。お兄さまと同じ運命をたどってほしくないのよ」

「兄弟の出来がいいほうが死んで、悪いほうが爵位を継ぐことになったとき、ぼくの家族は運命の歯車が狂ったと思っただろうな」

マディーは首を横に振った。「デイヴィッドはすばらしい人だったかもしれないけど、あなただってすばらしい人よ、ネイサン。デイヴィットもそう思っていたはず。ふたりは友だちみたいに仲がよかったんでしょう？　お兄さまの話をするときのあなたの目を見ればわかるわ」

ネイサンは無表情で、椅子に深く腰かけた。「兄上には感謝しているんだ。宿題を忘れたときはかばってくれたし、夕食抜きの罰を与えられたときは、こっそり食べ物を持ってきてくれた。でもぼくは、兄のために何かをしたことなんてなかった。そんなの友だちとは呼べない」

ネイサンがマディーに心の内を明かしてくれたのは、これがはじめてだった。マディーはそれに勇気づけられてきいた。「デイヴィッドがあなたを助けているところを見つかったことはなかったの？」

「ときどきあった。兄はいつだってその責任を取ろうとしたけど、罰を与えられるのはぼくだった」

「それなら、あなたはお兄さまの代わりに罰を受けたことになるわ。それって立派なことよ」

「たいしたことじゃない。兄はギルモアの命令に逆らったことがなかった。ぼくと違って」ネイサンが手を伸ばし、マディーの頬をなでた。「でも、ぼくは復讐した。きみを家族に押しつけた」

ネイサンが浮かべた冷やかな笑みに、マディーは心をかき乱された。それが彼の心の傷を隠すための仮面だと知っているからだ。彼は永遠に過去を乗り越えられない。イングランドに帰ってきたことで、彼の中に潜んでいた傷ついた少年が姿を現したのだ。「お父さまが長男をえこひいきしたことに、あなたはいまでも傷ついているんじゃないの？」

ネイサンが顔をしかめた。それから、マディーの肩に置いていた手をうなじに滑らせ、とろけるような愛撫をした。「くだらないおしゃべりはもうやめよう。そのためにここに来たわけじゃない」

マディーは誘惑にあらがった。ネイサンはいつもこうだ。思いや感情を探られるたびに、話を終わらせてしまう。彼の信頼を得る必要がある。心を開いてもらうために。

まず自分から心を開けば、親密感が生まれるかもしれない。夢や希望を話してみよう。店を開く計画を打ち明けるのだ。

マディーはネイサンの手をつかむと、彼の膝の上に置いて指を絡みあわせた。「あなたが自分の話をしたくないのなら、わたしの話を聞いて。あなたの倉庫を訪ねてからずっと考えていたんだけど……」

「なんだ？」

ネイサンがいぶかしげにマディーを見た。ばかにされたらどうしよう？　それどころか、反対されるかもしれない。それでも、彼の信頼を得たかったら、思いきって話してみるしかない。

「わたしがオークションで身を売った本当の理由を知ってほしいの。どうしてお金が必要だったのかを。単に強欲だからだと思われているでしょうけど、本当は……ずっと商売をしてみたかったの。舞台に立っている頃から、婦人服店を開くのが夢だったのよ」

ネイサンが謎めいたまなざしでマディーを見つめた。「小さな店を開くのにそんなに金はかからないぞ」

「売るのはドレスだけじゃないの」頭がおかしいと思われたとしても、計画をすべて打ち明けるつもりだった。「広いスペースを借りて――ボンド・ストリートあたりに、手袋とか帽子とかドレスとか靴とか、香水とか化粧品も、女性が買うようなものを全部店に置くの。そうすれば、いちいち別のお店に行って買わなくてすむでしょう。ひとつのお店でなんでもそろうのよ」

　ネイサンが眉をつりあげた。何も言ってくれないので、マディーは不安になった。彼はまるではじめて見るような目でマディーを見つめている。

「それは斬新だよ」ようやくネイサンが口を開いた。「だけど、裕福なロンドンっ子たちは専門店に慣れているんだ。なんでも売っている店の商品は、質が劣ると思われかねない。〝すべてを知るは何も知らないに等しい〟と、中国の孔子も言っている。きみの場合は、すべてを備えるは何にも秀でず、だ」

「でもわたしは、最高級品しか扱わないつもりなの」マディーは言った。「店内をいくつかの区画に分けて、商品を種類別に置くのよ。だから、ご心配なく」

「それでもまだ問題がある。人は変化を嫌う。習慣に従うほうが楽なんだ」

　ネイサンも父親と、子どもの頃と同じようにいがみあっている。でもいまは、その話を持ちだすべきではない。「じゃあ、実業家として助言をくれる？」

　ネイサンが両手の指先を合わせて顎の下に添えた。「ぼくならまず、経験豊富な店員を雇う。そのためにほかの店より高い給料を提示する。腕の立つ従業員を雇いたかったら、それが最善の方法だ」

「そうよね！　わたしも同じことを考えていたの」

「それから、広告を打つ必要がある。チラシでいいだろう。きみの店の売りを宣伝するんだ」

マディーは興奮のあまり、膝に手を置いて身を乗りだした。「女性を大変身させるというのはどう？　うちの専門家の手にかかれば、醜いアヒルの子も白鳥に変身できますって」

「ぼくの妹みたいに？」

マディーは驚いて目をしばたたいた。「気づいていたの？」

「きみの才能にね。美女が化粧品を使えばしわだらけのお婆《ばあ》さんに変身できるんだから、あばたを隠すくらい朝飯前だろう」

ギルモア伯爵も気づいていたのだとマディーが言おうとしたとき、ネイサンが考えこむような口調で続けた。「白鳥《スワン》。店の名前にしたらどうかな。きみはマデリン・スワンだし、ぴったりだ」

マディーはにっこり笑った。「わたしもそうしようと思っていたのよ！　でも、旧姓を使ったら、お父さまはいい顔をしないでしょうね」

ネイサンの表情が険しくなった。「そもそも、義理の娘が商売をはじめることをいやがるだろう。店を開くことを許さないに違いない。だからこそ、きみには頑張ってほしい。社交界の人たちがきみの店を利用しないように仕向けるかもしれないから、覚悟しておいてくれ」

マディーはこれ以上一家の揉《も》め事の種になるつもりはなかった。とはいえ、ネイサンが応援してくれるのはうれしい——たとえ父親にいやがらせをするためであっても。この先一生、上品なレディを演じて暮らすのは耐えられなかった。「じつはね、顧客として見込んでいるのは裕福な商人の妻なの。社交界に入れないから、未来の伯爵夫人とつきあえるならお店に通うでしょう。たとえわたしみたいな悪名高い女でもね」

「すばらしい戦略だ」ネイサンがえくぼを浮かべ、マディーの編んだ髪をほどきはじめた。「それから、中国産の最高級のシルクをぼくに頼むんだろう？　倉庫で熱心に木箱をあさっていたみたいだから」

マディーは上目遣いでネイサンを見た。「頼んでもいい？　もちろん、お金は払うわ。ただでもらおうなんて思っていないから」

「公平な取引をしよう。それはかまわないが、着付けはきみの仕事だ。ぼくは女性の服を脱がせるほうがずっと好きだから」

ネイサンがマディーの背中に腕を回し、ネグリジェの小さなボタンをはずしはじめた。かすかに笑みを浮かべ、緑の目はいたずらっぽく輝いている。マディーは息をのんだ。もう今夜はじゅうぶん話をした。ネグリジェを引きおろされたとき、自ら腕を袖から抜いた。

立ちあがると、ネグリジェは絨毯の上に滑り落ちた。ネイサンが両手でヒップをなでながら、ぼんやりした目でマディーの裸体を見上げる。まるではじめて目にしたかのように見とれているのが、マディーはうれしかった。

マディーは手を差しだした。「ベッドで契約を結びましょう」

ネイサンが弾かれたように立ちあがり、息もできないようなキスをした。マディーは裸の胸で彼の激しい鼓動を感じた。ローブを脱がせると、鼓動はさらに強まった。彼はどこもかしこもかたくて熱い。屹立したものが期待をかきたてた。口づけを交わしながら歩いていき、ベッドに押し倒されると、めくるめく愛撫がはじまった。

その夜の交わりは、マディーにとって一段と濃密なものになった。たぶん、夢を認めてもらえた喜びに浸っていたせいだろう。ネイサンは力になると言ってくれさえした。伯爵に復讐したいだけかもしれないけれど、それだけではないと思いたかった。彼も起業家だから、これで対等の立場に――本当のパートナーになれた気がした。

胸に甘いうずきを感じながら、脚を開いてネイサンを迎え入れた。彼が求めているものはこれだけ――このうえなくすばらしい交わりだけなのだと、自分に言い聞かせながら。シーズンが終わったら、永遠の別れが待っている。

だから絶対に、夫を愛するわけにはいかなかった。

18

マディーはエミリーに化粧をし終えると、うしろにさがって鏡越しに出来栄えを確認した。エミリーはいろいろな角度に顔を傾けて見とれている。あばたをパテで埋めたあとおしろいをはたき、高い頬骨にほのかに紅をのせてあった。

ふたりがマディーの化粧室にいるのは、レディ・ギルモアがめったに来ない場所だからだ。視力が衰えているため、幸い、エミリーの微妙な変化にはまだ気づいていない。

「前よりもっときれいになってる」エミリーがにっこり笑った。「ありがとう!」

朽葉色の髪は結いあげられ、ピンクのバラのつぼみで飾られている。肩を出した白いシルクのドレスは、袖口にレースがついていて、身頃とスカートの裾に薄いピンクのリボンがあしらわれていた。

マディーは出来栄えに満足し、洗面台に行って手を洗った。「お披露目舞踏会なんだから気合を入れないと。今夜のあなたは完璧よ」

エミリーの肩にかけていたリネンの覆いを取りはずしながら、ガーティーが言った。「奥さまにはすばらしい才能があるんです。わたしなんて不器用ですからとてもまねできません」

「舞台に立つために、長年やってきたことだから」マディーは藤色のシルクのドレスに水が垂れないよう気をつけながら手を拭いた。

エミリーが首にかけた真珠のネックレスをいじった。「ネイサンがネックレスをくれたのに、ドレスに合わないのが残念だわ。でもどうせ、異教徒が作ったものをつけることをお祖母さまは許してくれなかったでしょうけど」

マディーは湿ったタオルをガーティーに渡した。「異教徒が作ったものって?」

「見せてあげる。幸運のお守りとしてつねに持ち歩いているの。いまもレティキュールに入っているわ」エミリーがビーズのついたレティキュールの中からきれいなネックレスを取りだして手のひらにのせた。「お兄さまが中国で買ってきてくれたの」

マディーは身をかがめ、金の鎖がついた翡翠の像を眺めた。「ドラゴンね! とってもすてき」

「幸運を運んできてくれるんですって」エミリーの表情豊かなハシバミ色の瞳が、陰りを帯びた。「でも、シオドア卿に関しては効き目がなかったみたい。レディ・ミルフォードのパーティーで踊ったときは、好意を持ってくれていると感じたのに。あれから一度も訪ねてきてくれないのよ」

ダンハム卿がふたりの交際を禁じたことを、エミリーには話していない。〝弟がきみの妹と交際することはない。平民を嫁に迎えた家の娘と孫息子がつきあうことを、ホートンは絶対に許さないだろう〟

そう言われたときのことを思いだすと、マディーは怒りが込みあげた。ますますダンハムのことが――傲慢な祖父のことも嫌いになった。だがせっかくのお披露目舞踏会の夜に、エミリーを落ちこませたくなかった。「シオドア卿はオックスフォードの学生さんなのよね？ここに来られないのは、勉強が忙しいからじゃないかしら」

エミリーは表情をわずかに明るくし、ネックレスをレティキュールに戻した。「そうね、でも手紙くらい書けるでしょう。それに、今夜の出席者名簿に名前が載っていないの。ダンハム卿もよ。それでも、シオドア卿が来る可能性はあるかしら？」

「期待しないほうがいいと思うわ。かわいそうだけど」マディーはかがみこんでエミリーを抱きしめた。「でも、ほかの紳士たちと踊らないとだめよ。きっとすばらしい夜になるわ。さあ、笑って。そろそろ下へ行って、お客さまを迎える時間よ」

マディーが化粧台にいくつも置かれた瓶の蓋を閉めていると、ガーティーが手伝いに来た。そのとき、寝室のほうから杖を突く音が聞こえてきた。

ぎくりとして振り返ると、伯爵未亡人が足を引きずりながら化粧室に入ってくるのが見えた。エミリーは髪をいじりながら、鏡に向かって笑顔の練習をしていた。

レディ・ギルモアが深紅の小袋をマディーに差しだした。「これを貸してあげるわ、マデリン。みすぼらしい格好はさせられないから。舞踏会が終わったら返してちょうだい」

マディーは引きひもをゆるめ、小袋から見事なネックレスを取りだした。古典的なデザインで、いくつものダイヤモンドがランプの明かりを受けてきらめいた。「まあ、きれい！」

マディーがそのネックレスを首にかけているあいだに、レディ・ギルモアは片眼鏡を目に当て、化粧台のほうをじっと見た。ガーティーが化粧品の瓶をあわてて一番下の引き出しにしまっているところだった。「何を隠しているの？　その瓶は何？　そこを離れなさい！」

ガーティーがうしろにさがると、伯爵未亡人は化粧台へ近づいていった。そして、緑のガラスでできた小瓶を手に取り、蓋を開けてにおいをかいだ。「化粧品ね！」眉をひそめ、片眼鏡を使ってエミリーを見たあと、あきれた口調で言った。「あなたがこれを使ったの？」

エミリーが目を丸くした。「その……」

マディーはエミリーをかばうために前へ出た。「わたしが勝手にやったことです、お祖母さま。あばたを隠すために、しばらく前から化粧をしていました。きれいになったとお思いになりませんか？　レディ・ミルフォードのパーティーに出席してからというもの、みんなにきれいだって言われるんですよ」

レディ・ギルモアが杖で床をゴツンと叩いた。「若い娘に化粧は必要ないわ！　いますぐ落としなさい」

「ふつうならそうかもしれません。でもエミリーの場合は、例外が許されてしかるべきです」マディーはきっぱりと言った。「それに、伯爵の許可を得ています」

「息子はこういったことに関してはわたしの判断にまかせているの。わたしに意見をきく前に許可するなんてあり得ないわ」

「でも本当なんです、マイ・レディ。伯爵に直接言われたんです」少なくとも、レディ・ミルフォードのパーティーの翌日、朝食の席で、賛同するようなことを言っていた。「下へ行って伯爵にきいてみましょうか？」

レディ・ギルモアは疑わしげに唇を引き結んだ。片眼鏡を当てているせいで、ハシバミ色の瞳が大きく見えた。

エミリーがさっと立ちあがった。「許してください、お祖母さま。あばたがある子なんてわたしだけよ。みんな傷ひとつない。お化粧のおかげで、肌がずっときれいに見えるようになったのに」

伯爵未亡人の険しい表情がやわらぎ、一瞬、目に涙が光った。エミリーを病気から守ってやれなかったことで自分を責めているのだと、マディーは知っていた。

「まったく！　わたしの若い頃には考えられなかったことよ。でも、いまさら何を言っても無駄みたいね。さあ、そろそろ下へ行きましょう」

レディ・ギルモアは片眼鏡をおろすと、杖を突きながら化粧室から出ていった。マディーはキッド革の手袋をはめてからあとを追い、エミリーと勝利の笑みを交わした。

訪問客の行列はどこまでも続いているように見えた。ギルモア伯爵とレディ・ギルモアとエミリーは、大階段の下に立っている。その隣にネイサンとマディーが並び、さらに隣にレディ・ソフィアがいた。マディーはソフィアに感謝した。ソフィアが客の名前を呼びながら挨拶してくれるので、名士が誰かわからなくて恥をかくことはなかった。

大勢の人の名前や顔や爵位を覚えなくてはならないから、頭が混乱する。数えきれないほど握手を交わし、伯爵未亡人から教わった儀礼的な挨拶の言葉を繰り返したが、ときどき決まり文句に手を加えたくなる衝動にあらがえなかった。とくに、ギルモア伯爵の跡取り息子を罠《わな》にかけた生まれの卑しい女優に、明らかに憤慨している客がやってきたときは。

そういう客のひとりに、オークションの参加者がいた。年老いた使用人に変装したマディーをからかった口数の多い男だ。髪の生え際が後退していて、胸板が厚く、上着の下に着たベストがはちきれそうになっている。同伴している母親は、橙《だいだい》がかった茶色のドレスをまとったさらに肉付きのよい白髪まじりの婦人で、横柄に二重顎を突きだしていた。

マディーは優雅に手を差しだした。「ミスター・ジェラルド・ジェンキンス、またお会いできてうれしいわ」

ジェンキンスの母親が横目で息子を見た。「またですって？　この二週間、ずっと田舎にいたのに。これが今シーズンはじめて出席する舞踏会なのよ。いったいどこで会ったというのかしらね」

ミスター・ジェンキンスの顔が真っ赤になった。「さあ、なんのことだかわからない」威嚇するように大声で言う。

「まあ！」マディーは言った。「悪いかたね、ミスター・ジェンキンス、覚えていないふりをするなんて。どうぞ舞踏会を楽しんでいってくださいな」

ふたりが前に進んだあと、次の客が来るまで少し時間があった。ネイサンが身をかがめ、マディーの耳元でささやいた。「やめてくれ。もう少しで笑いだすところだった」

マディーはわざとらしく微笑んで彼を見上げた。「まあ、閣下、初対面ではないですよね？　どこかでお会いしたことがあるはずです」

「あとでベッドの中で思い知らせてやるからな」

それを聞いたとたんに、マディーは子宮がうずくのを感じた。ネイサンの目は輝き、男らしい顔立ちに、えくぼがはっとするような魅力を加えている。漆黒の髪をひとつに束ねた姿は、山賊が盛装して紳士になりすましているように見えた。舞踏会なんて放りだして、彼と二階へ逃げだしたい。

いますぐに。

ネイサンの目を見れば、同じことを考えているのがわかった。ふたりきりになって、しゃれた服を脱ぎ捨てて、ほてった体を重ねたがっている。そのとき、次の客が玄関広間に入ってきて、マディーは現実に引き戻された。

欲望を抑えこんで、礼儀正しく微笑んだ。人が大勢いる場所でも、ネイサンはたやすくマディーを欲情させる。客に挨拶しているときでさえ。

復讐心にとらわれているとはいえ、ネイサンは今夜の舞踏会では行儀よくふるまわなければならない。マディーもだ。エミリーの特別な夜を台なしにするわけにはいかなかった。

それなのに、真夜中近くに、マディーは危うく醜聞を引き起こすところだった。

エミリーはとにかくすばらしかった。曲が変わるたびに違う紳士と踊るあいだずっと、舞踏室のシャンデリアが、朽葉色の髪と美しい顔に金色の光を投げかけていた。マディーがときどき化粧直しを施したので、いまもなおみずみずしく自然に見える。

だがエミリーは、頻繁に戸口に視線を向けていた。誰かが入ってくるのを期待しているように見えた。〝シオドア卿が来る可能性はあるかしら?〟

エミリーの純粋な思いに、マディーは胸が締めつけられた。ダンハム卿がふたりの交際を禁じていることを伝える気になれない。今夜踊った紳士たちの中から、エミリーが特別な人を見つけてくれることを祈るしかなかった。

マディーはといえば、最初にギルモア伯爵とエミリーが踊る際、ネイサンの相手を務めたきり、ダンスはしていない。そのあと、ネイサンはカードをしに行った。マディーは置き去りにされたことを気にしないよう努め、豪華な舞踏会を楽しもうと心に決めていた。平民の生まれで、こんなきらびやかな舞踏会を経験できる人なんてめったにいないのだから。それどころか、マディーだけかもしれない。

自分が女王で、周りの人々が臣下だと想像しながら、シャンパングラスを手に人込みの合間を縫って歩くのは楽しかった。誰かと目が合ったら微笑んでうなずき、舞踏会の盛況ぶりや部屋の美しい装飾――ギリシア風の柱や白いバラを生けた大きな花瓶――について言葉を交わすこともあった。けれどもみな、それ以上マディーと深く関わりたくないようだ。ギルモア伯爵に対する礼儀として、マディーを一応は受け入れたものの、友情を築く気はないのだろう。

別にかまわない。貴族の友人を作るためにネイサンと結婚したわけではないから。それでもやはり、誰かと意見を交換したり、紳士と踊ったりしてみたかった。家族やレディ・ミルフォードと短い会話をするとき以外、マディーはひとりぼっちだった。

だから気晴らしに、みんなのドレスを品定めした。アクセサリーや髪形からも流行がわかる。部屋の向こう側にいるレディ・ギルモアが一度、手招きしたが、マディーは気づかないふりをした。既婚女性たちと部屋の隅に固まるのは好きではない。興味もない人たちの噂話を聞かされるだけだ。

数週間後、マディーがホートン公爵と対決したら、彼女たちはさぞかし騒ぎたてるだろう。でもいまは、それについて考えるときではない。

舞踏室をもう一周しはじめたとき、アーチ形の戸口のところに面長の見慣れた顔を見つけた。真っ黒の上着を着ているせいで、亜麻色の髪がほとんど白に見える。

ホートンの跡取り息子、ダンハム卿だ。

マディーは思わずグラスを握りしめた。彼は欠席の通知を送ってきた。この場にはいないはずだ。だが遅れてやってきたのだろう。訪問者の列には並んでいなかった。

ダンハムは戸枠にゆったりもたれ、いつものように気取った笑みを浮かべている。獲物を探す捕食動物のごとく、人の群れを見まわしていた。

ダンハムを避けるべきだ。彼と話すとついかっとなってしまうし、劇場の廊下で無理やりキスをされて以来、信用できなかった。

それにもかかわらず、マディーはダンハムのもとへ向かった。彼こそエミリーを悲しませている元凶だ。彼が弟の出席を禁じたせいで、お披露目舞踏会にけちがついたのだ。

ダンハムに言いたいことがある。

マディーが近づいていくと、ダンハムは目をすがめた。ぶしつけに胸を見られ、虫唾《むしず》が走った。

彼の目の前で立ち止まると、礼儀正しくうなずいた。「ダンハム卿。出席者名簿にお名前がなかったように思いますけど」

「気が変わったんだ。耳を引っ張って放りだすかい？」

マディーはそれを聞き流した。ダンハムはマディーが無作法なふるまいをするのを期待しているのだろう。彼の弟も来ているかもしれないと思って、人込みに目を凝らした。「シオドア卿も来ているの？」

「いや」ダンハムが身をかがめ、マディーの耳元で言った。「前にも言ったが、わたしは弟をレディ・エミリーの半径一キロ以内に近づけるつもりはない。女優を嫁に迎え入れた家族とつきあったら、祖父はいい顔をしないだろうから」

「でもいま、あなたはわたしと話をしているじゃない」

「わたしはシオドアのような青二才ではないからな。それに、ローリーのように腹黒い女にはめられて結婚することなど絶対にない」

誘惑したのは、マディーではなくてネイサンのほうなのに。人目を引いているのに気づき、マディーは歯を食いしばって愛想よく微笑んだ。「少し歩きませんか？　ここだと話しにくいから」

ダンハムは唇にいわくありげな笑みを浮かべると、マディーの手を取って自分の腕に絡ませた。「もうローリーに飽きたのか？　あいつに乗り慣らされてしまったというんなら、わたしが喜んで代わりに乗ってやるぞ」

マディーは激しい怒りに駆られたが、みんなが見ている前で彼を引っぱたくことはできなかった。「最低ね。ネイサンに話したら決闘を申しこまれるわよ」

「でもきみは話さない。わたしに惹かれているから」

ネイサンに話すつもりがないのは当たっているが、理由はまったく違う。話せない事情があるのだ。ダンハムが、マディーが自分と浮気したがっていると勘違いするほどのうぬぼれ屋だったとは。ふたりがいとこ同士だということも知らないで。

ダンハムはマディーを連れて舞踏室から出ると、階段のおり口にある受付に群がっている人々のあいだをすり抜けた。騒ぎを起こさずには逃げだせないよう、マディーの手をしっかり押さえつけている。傍から見れば、散歩を楽しんでいるようにしか見えないだろう。

屋敷の奥につながる廊下に連れていかれ、マディーは不安になった。「ねえ、壁際に椅子が置いてあるから、そこに座って話しましょう」

二本の大きなシダにはさまれた椅子に座ろうとしたが、ダンハムはマディーを引きずるようにして廊下を歩きつづけた。「そこは目立つ。もっと人目につかないところにしよう。レディ・エミリーのお披露目舞踏会で醜聞を引き起こしたくはないだろう」

「ばかなことはやめて、ダンハム卿」マディーは声を潜めながらも、強い口調で言った。「あなたと一緒に舞踏会を抜けだす気なんてないわ」

「アルフレッドと呼んでくれ。静かな場所へ行こう。ああ、ここがいい」

ダンハムは居間にマディーを連れこんだ。誰もいないが、暖炉の火が小さく燃えている。緑色と金色で装飾されたこの部屋は、窓から裏庭が見えて、昼間は居心地がよい。だが夜になると、テーブルの上のランプが光を放っているにもかかわらず、隅のほうは真っ暗で不気味な様相を呈していた。

あるいは、嫌いな人と一緒にいるせいで、そんなふうに感じるのかもしれない。それに、ダンハムがドアを閉めたから。

マディーは腕を振りほどき、あとずさりした。彼を恐れる必要はない。ここにふたりでいたことがばれたら醜聞になるだろうが、意見を言うチャンスだ。

深呼吸をしてから口を開いた。「あなたに言いたいことはひとつだけ。シオドア卿とエミリーの交際を許さないとあなたは言ったわね。お祖父さまが認めないだろうからって。でもホートン公爵に直接きいてみたの？　単にあなたがそう思っているだけじゃない？」

ダンハムが眉間にしわを寄せた。「わたしは跡取り息子として、あらゆる問題に関して公爵を代弁しているんだ。最近は祖父の健康状態が思わしくないからなおさらだ」

マディーはどきんとした。早くしないと、計画が台なしになってしまうかもしれない。

「思わしくないってどこかお悪いの？　命が危ないの？」

「きみには関係ないことだ」

「関係あるわよ。舞踏会が中止になるかもしれないんだから。シオドア卿とエミリーが踊るチャンスなのに。ねえ、ふたりを引き離すのは逆効果かもしれないわよ。会えないほど思いは募るものでしょう」

「あのふたりのことはどうでもいい。それより、わたしたちの話をしよう」ダンハムがマディーに近づいてきた。「きみがローリーを選んだことに最初は腹が立ったが、なかなかいい契約を思いついたんだ」

マディーは鼓動が速まるのを感じ、あとずさりした。だがダンハムは、ドアへの通り道に立ちふさがった。走って横を通り過ぎようとしても、つかまってしまうだろう。「契約って？」

「うまくやれば、ローリーの鼻先で不倫を楽しめるんじゃないかな。後悔はさせないよ」

マディーは笑い声をあげた。我慢できなかった。救いようのないうぬぼれ屋だわ。「どうしてわたしがネイサンよりあなたを選ぶと思うの？」ダンハムが眉根を寄せたのを見て、きっぱりと言った。「断言するわ、ダンハム卿、わたしはあなたとも、ほかの誰とも浮気をする気はないの」

「きみから声をかけてきたんだろう。ふたりきりで話がしたいと言って」

「エミリーと弟さんの件で言いたいことがあったの。それだけよ」手をうしろに回し、火かき棒を握りしめた。ダンハムが目の前まで来た瞬間、間に合わせの武器をさっと出して構えた。「それ以上近づかないで！」

ダンハムがぴたりと足を止め、怒りで顔を赤くした。「いったいなんの――」

突然、ドアが開き、ネイサンが部屋に入ってきた。

マディーは驚きながらも、深い安堵に包まれた。夫の姿を見てこれほどうれしかったことはない。だが同時に、窮地に立たされたことに気づいた。いまにもつかみかからんばかりの様子のダンハムを前に、火かき棒を握りしめているところを見られたのだ。

ネイサンが憤怒の形相で、ダンハムに飛びかかった。「この野郎！　ぼくの妻に何をしている！」

「何もしていない！」ダンハムがどっしりした肘掛け椅子の背後に隠れながら叫んだ。「話をしていただけだ」

「これでも食らえ！」

ネイサンが拳を振りあげたのを見て、マディーはあわててふたりのあいだに割って入り、ネイサンの腕をつかんだ。「ネイサン、だめよ！　喧嘩はやめて。エミリーの舞踏会なのよ」

「きみを襲おうとしていたんだぞ！」

なんとかしてごまかさなければならない、とマディーは思った。ダンハムとのあいだに確執が生じたら、ネイサンはホートン公爵家の舞踏会への出席を取りやめるかもしれない。そんなことになったら、祖父と対決するチャンスを失ってしまう。

マディーは激しくかぶりを振った。「違うのよ。あなたは誤解しているわ。ダンハム卿とわたしはちょっとおしゃべりをしていただけなの」

「火かき棒を持ってか？」

「そうよ。ちょうど火をかき起こそうとしていたところだったの」つかつかと暖炉に歩み寄って炭をつつくと、炎が燃えあがり、火花が舞った。「ダンハム卿はもうお帰りになりたいでしょう。話はすんだから」

「ああ。これほどの侮辱を受けたのは生まれてはじめてだ」ダンハムは襟を直すと、警戒するような目つきでネイサンを見ながらドアへ向かった。「ではごきげんよう、レディ・ローリー、楽しかったとは言いがたいが」

ダンハムが出ていくや、ネイサンはマディーのほうを向いた。緑の目に疑惑の色が浮かんでいる。「あいつをかばったな。どうしてだ？」

マディーはゆっくりと時間をかけて、火かき棒をもとの場所に戻した。「かばう？」わざと笑う。「まさか。ふたりきりで話していたのは、シオドア卿とエミリーの交際を許すよう説得するためよ。でもどうしてわたしたちがここにいることがわかったの？」

「遊戯室の前を通っただろう。やけに親密そうに見えた」

ネイサンはまだ拳を握っていた。顎がこわばり、怒りに満ちた目をしている。マディーは手を伸ばし、なだめるように彼の頬をなでた。「だから、誤解なの。ちょっと話をしていただけなんだから」

ネイサンの怒りがわずかにやわらいだように見えた。「こんなところにあいつと来るなんて軽率だよ。あいつは根っからの堕落者なんだ。きみが話をするつもりだけだったとしても、誰かに見られたら大変なことになる」

「そうかもしれないけど、わたしが不埒《ふらち》な行動をしたほうが、お父さまを困らせることになるわ。それなのに、どうしてだめなの？」

「きみがぼくの妻だからだ。ああいうやからには近づくな。わかったな？」

ネイサンは独占欲が強いのだと、マディーは気づいていた。たぶん、母親が浮気をしていたせいだろう。彼のそばへ行き、指先で唇をなぞりながら、あえて軽い調子で言った。「よくわかったわ。やきもちを焼かせたのならごめんなさい」

ネイサンがマディーの手首をつかんで握りしめた。高ぶる感情に息を荒くしている。唇をじっと見つめられ、マディーは期待に胸を震わせた。きっとキスされる。きつく抱きしめられる。

ところが、彼はマディーの手を放すと、背を向けて部屋から出ていった。

19

ネイトは手のひらにのせた二個のさいころ《ダイス》に息を吹きかけてから、緑色のベーズを張った賭博台に放った。かすんだ目を凝らすと、いまいましいことに一と二の数字が見えた。

賭博台を囲んでいるほかの五人の紳士たちがどよめき、ひとりが叫んだ。「きみの負けだ、ローリー」

「ああ、ぼくは抜けるよ」

ネイトはグラスを持って立ちあがった。ブランデーを飲みすぎたせいで足がふらつく。いくつか野次が飛んできたが、引き止める者はいなかった。ネイトが席を立つなり、また別の男がそこに座ってダイスを拾いあげた。ここにいるのはみな昔なじみだというのに、もう次の勝負に気を取られてネイトのことはすっかり忘れている。

ネイトは千鳥足で歩きはじめた。七時間で五〇〇ポンド近く負けた。まだ負けても平気だが、もう飽き飽きしていた。夜通し賭けて一〇〇〇ポンド以上負ける者もいる。ネイトも若い頃、ハザード（賭博の一種）にはまって莫大な借金を背負った。だが返済を強いられるのはギルモアなので、どうということはなかった。

しかしいまは、自分の金で賭け事ができる。身を粉にして働いてきたので、少しくらい負けたところで痛くもかゆくもなかった。

空いたグラスを置いて、通りかかったウェイターからあたらしいのを受け取った。天井の低い部屋に、葉巻の煙がこもっている。ここは売春宿の奥にある賭博場で、ダイスやカードをしている大勢の客のほかに、隅の暗がりで肌を露出した女とたわむれている客もいた。ここは昔の狩場——若い頃、道楽にふけった場所だ。この魔窟の二階にある寝室で、数えきれないほどの娼婦を抱き、それで一人前の男になれると勘違いしていた。

とんでもなく愚かだった。もはやここに自分の居場所はない。それに、足元も覚束《おぼつか》ない。早く帰ってベッドに入ったほうがいい。マデリンと。

〝やきもちを焼かせたのならごめんなさい〟

昨夜のマデリンの言葉を思いだすと、いまでも腹が立つ。ネイトはブランデーを飲み干した。やきもちなど焼くものか。そんなの、妻を愛する男のすることだ。妻が好きすぎて、ほかの男と一緒にいるところを見ただけで耐えられないなんて。

まったくばかげている。

マデリンとダンハムが一緒にいるところを見て激怒したのは、嫉妬したからではない。彼女には高額の年金と名誉ある名を与えてやったのだ。ほかの男と浮気している暇があったら、ネイトを楽しませるべきだ。

しかも、相手がダンハムだなんて最悪だ。

ふたりのあいだに何があったのか、ネイトは知りたくてしかたがなかった。ダンハムに興味はないとマデリンは言っているが、何かがおかしいと感じていた――しらふのときはとくに。せっかくのチャンスだったのに、ダンハムの顔を殴りつけてやらなかったことを心から後悔していた。

不意に、腕をそっとなでられた。振り返ると、豊満な体をしたブルネットの女が微笑んでいた。きれいな顔をしている。弓形の唇の持ち主で、緑のドレスの大きく開いた胸元がはちきれそうだ。花の香水の香りを漂わせながら、甘える猫みたいに体をすりつけてきた。「退屈しているんじゃない、閣下。一緒に二階へ行きましょう」

ネイトは心を動かされなかった。昔の彼なら、こんないい女を抱ける機会に飛びついていただろう。だがいまは、この女はマデリンじゃないと思うばかりだった。

〝やきもちを焼かせたのならごめんなさい〟

マデリンの意地の悪い言葉がまたしてもネイトを悩ませた。マデリンはネイトを尻に敷いていると思っているのだ。好きなように操れると。支配しているのはネイトのほうなのに。支配されてたまるものか。

ネイトはグラスを置き、女の腕をつかんだ。「行こう」

ふらつく足でドアへ向かった。この女と寝て、マデリンに支配されてなどいないことを証明しよう。暗闇の中では、どの女も一緒だ。

隅の暗がりにある寝椅子で抱きあっている男女の横を通りかかった。亜麻色の髪の男に見覚えがある……。

ネイトはぴたりと足を止め、まばたきをした。酔っ払っているせいで、目の錯覚が起きたに違いない。いや、違う。やっぱりダンハムだ。

ならず者はブロンドの女を膝にまたがらせ、スカートの中に両手を入れていた。女はくすくす笑いながら、腰をくねらせている。ほっそりしていて、深紅のドレスを着たうしろ姿は……。

マデリン。

彼女が売春宿にいるはずがないと、考える余裕はなかった。かっとなり、ダンハムに向かって突進した。「この野郎、ダンハム！ ぼくの妻から離れろ！」

肩をつかんでダンハムから引き離すと、女は悲鳴をあげて振り向いた。つり目と小さな鼻の持ち主で、うつろな表情をしている。

マデリンではなかった。

ダンハムが顔をしかめた。「いったいなんの――ローリーか？」笑い声をあげる。「まさかこの娼婦を妻と間違えたのか？」

ネイトは自分がばかみたいに思えて、いっそう腹が立った。「卑劣なやつめ」

ダンハムが唇をゆがめて笑みを浮かべる。「わたしは身持ちの悪いブロンドが好きなんだ。キスがうまい女ならなおさら」

ふたりきりで部屋にいたあのとき、マディーとキスをしていたのか？ そうに違いない。

頭に血がのぼり、ダンハムの襟をつかんで立ちあがらせると、拳を顎に打ちこんだ。バシッという重々しい音がして、腕に心地よいしびれを感じた。ダンハムはよろめき、小さなテーブルにぶつかった。テーブルがひっくり返り、グラスが床に落ちて粉々に割れた。男の叫び声と女の悲鳴が響き渡った。

ネイトは気にも留めなかった。ダンハムに詰め寄り、両手で何度も殴りつける。鼻に反撃を食らい、血の味がした。朦朧《もうろう》とする頭を振ってジャブを入れようとしたが、ダンハムがひょいとよけ、拳は空を切った。

その勢いで壁に衝突し、肩と顔の側面を強くぶつけた。めまいを覚えながらも、振り返ってふたたびダンハムに飛びかかろうとしたとき、駆け寄ってきた男たちに腕を押さえつけられた。ネイトはわめきながらもがいて逃れようとした。

だがその前に、臆病者のダンハムがドアから逃げだした。

マディーは真夜中過ぎに、家族と家に帰ってきた。近所のタウンハウスで開催された、オペラ歌手とハープ奏者が共演する音楽の夕べに出席してきたのだ。ネイサンが理由をつけて行くのを断らなければ、もっと楽しめただろう。

先約があると言っていた。マディーは寝室の棚から本を選びながら、物思いにふけった。昔の仲間と会うそうだけれど、それが誰かは言わなかった。

あたらしい愛人を探しに行ったの？

そう思ったら、マディーはいやになるくらい心をかき乱された。昨夜、あのできごと以来、ネイサンはマディーに対して冷やかな態度を取っていた。やきもちを焼いているなどと言って挑発したのがいけなかった。でも、考える前に言葉が口をついて出てしまったのだ。

家に帰ってからベッドの中で魅了して、失敗を穴埋めしようとした。とびきり激しい夜になったけれど、終わったあと、彼はいつものようにすぐ自分の部屋へ戻ってしまった。

ネイサンが与えてくれるのは肉体的な歓びだけで、心まで求めてはいけないのだと、マディーは自分に言い聞かせた。これは愛情に基づいた結婚ではない。便宜結婚で、数週間後には彼はマディーの前から姿を消してしまう。早く現実を受け入れないと、不幸になるだけだ。目が冴えて眠れず、部屋を歩きまわった。読みたい本もない。それよりも、ネイサンとベッドに入りたかった。だが彼は帰りが遅くなるだろうから、寂しさを埋める気晴らしが必要だ。

図書室へ行って戯曲を探そうか。大好きなシェイクスピアの喜劇でも読めば、悩みを忘れられるだろう。劇場を恋しく思いながら、ネグリジェの上にショールを羽織った。この豪華な寝室にひとりきりでいると、ときどきこんな気分になる。演じる楽しさや俳優仲間のこと、狭くて散らかった楽屋を懐かしく思いだした。ネプチューン劇団でもう一度芝居をしたかった。

けれども、きっぱりやめてよかったのだ。あれはもう昔のことだ。ギルモア邸での生活も、まもなく終わる。本当の冒険は、シーズンが終わってから、店を開いたときにはじまるのだ。

そして、充実した忙しい生活を送れば、過去にこだわることもなくなる——夫に恋い焦がれることも。

ベッド脇のテーブルに置いてあったランプを持って、廊下に出た。壁に取りつけられた燭台の揺らめく明かりが、長い廊下をまだらに照らしている。寝室のドアはどれも閉められていた。みんなもう熟睡している頃だから、誰かに出くわすことはないだろう。

ところが、階段に向かって歩いていたとき、前方でドシンという音がした。それから、悪態をつくくぐもった声が聞こえてきた。

マディーはぴたりと足を止めた。あれは階段から落ちた音だ。

誰かが足を踏みはずしたのだ。

階段の下で倒れている伯爵未亡人の姿が目に浮かんだ。マディーはあわてて駆けだした。こんな時間に、レディ・ギルモアはどうして部屋の外を歩きまわっているの？　気分が悪いのだろうか。

階段にたどりつき、階下の暗がりをのぞきこんで目を見開いた。大きな人影が階段をはいあがってくる。

マディーは鼓動が速まるのを感じた。背を向けて逃げだしたい衝動に駆られたものの、心配がそれに勝った。「レディ・ギルモア？　お祖母さまですか？　怪我をされていませんか？」

人影がうなり声を発し、ぼさぼさの頭を上げた。ランプの弱い光が、見慣れた顔——緑の目とたくましい顎を照らしだした。

「ネイサン!」マディーはランプを壁際のテーブルに置いて、階段を駆けおりた。彼の顔についた赤さび色のしみや、拳の生々しいすり傷を見てはっとした。「どうしたの? 階段から落ちたの?」

ネイサンが何やらつぶやいた。

マディーは彼の背中に腕を回して立ちあがらせた。そのとき、アルコールのにおいがぷんとした。「もう! 酔ってるのね!」

「それがどうした!」ネイサンが大声をあげた。「ぼくは鎖につながれた犬じゃない!」

マディーは彼を支えながら苦労して階段を上がった。重いうえにふらついているので、危うくひっくり返りそうになる。「大きな声を出さないで」声を潜めて言う。「みんなが起きてしまうわ」

「起こしてやろう」ネイサンはいっそう声を張りあげた。「きみはぼくのものだ。ぼくだけのものだ」

「ばかなことを言わないで」マディーはささやいた。「口を閉じて歩くのに集中して」

階段を上がりきった。これから、どうにかして長い廊下を歩き、ネイサンをベッドに寝かせなければならない。だが彼はよろめいて壁にぶつかり、マディーが腕をつかんで支えた。ふたたび悪態が響き渡った。「静かにして! わたしに寄りかかって」

突然、近くのドアがぱっと開いた。やはり起こしてしまった。

中から青いシルクのガウンを着たギルモア伯爵が、いらだった様子で出てきた。「いったいなんの騒ぎだ？」手に持った燭台を掲げ、ネイサンに光を当てると、嫌悪の表情を浮かべた。

ネイサンが泥酔していることを伯爵に知られたくない、とマディーは思った。ますます軽蔑されるだけだ。「階段から落ちて怪我をしたんです」急いで言った。「わたしの部屋に連れていきます」

「怪我をしたのは階段から落ちたせいじゃないだろう。外で喧嘩してきたんだな」伯爵が冷やかな口調で言った。

顔についた血や、拳のすり傷や、酒のにおいはごまかしきれなかった。

「ええ、医者を呼ぶ必要があるかもしれません」

「その必要はない。こいつの愚行のために家じゅうを混乱させたくない」ギルモア伯爵が燭台を置いて近づいてきた。「わたしがベッドまで運ぼう」

伯爵が腕を回すと、ネイサンはいやがった。「助けなどいらない。絶対に」

「黙れ！」ギルモア伯爵が怒鳴った。「この家から放りだされたいのか」

意外にも、ネイサンは口を閉じた。すねた少年みたいに、不機嫌な顔をしてうなだれた。

マディーはランプを持ってふたりについていった。ネイサンは父親より頭半分背が高いものの、伯爵のほうが体格がよく、どうにかネイサンを支えて歩きはじめた。部屋の近くまで来ると、マディーはふたりを追い越してドアを開けた。

暖炉の火はまだ燃えていた。マディーはランプをベッド脇のテーブルに置いてから、急いでベッドの上掛けをめくった。ギルモア伯爵がそこにネイサンをあおむけに寝かせた。

ネイサンはうめき声をもらし、蠟燭の薄明かりがまぶしいのか、腕で顔を覆った。マディーは心配になり、彼に近づいて全身をざっと見た。だが鼻血が出ていて、拳を傷めているほかに、怪我をしたところはなさそうだ。

「使用人を呼んでタオルとお湯を持ってこさせよう」ギルモア伯爵が言った。「あとは寝れば治る」

「濃い紅茶もお願いできますか」マディーはドアへと向かう伯爵を小走りで追いかけた。手伝ってもらってうれしかったことを伝えておきたかった。「ありがとうございます、閣下。お手を煩わせてしまって、本当に申し訳ありません」

ギルモア伯爵は口をゆがめ、ベッドに横たわっている息子を一瞥した。それから、マディーをじっと見て、何か言いたそうな顔をしていたが、ただうなずいて部屋から出ていった。

何を言いたかったのかしら？　息子に失望したということ？　優秀な兄にはとうていおよばないと？　そうでなければいい、とマディーは思った。仲の悪い親子を見ているのはつらかった。どちらも少しも歩み寄ろうとせず、今夜のことで状況はさらに悪くなったに違いない。

伯爵が気分を害したのは当然だ。これはひどすぎる。ネイサンはどこへ行っていたの？　誰といたの？　いったいどうして喧嘩なんてしたのだろう。

マディーは怒りと心配がないまぜになった感情を抱きながら、上掛けをかけた。ネイサンはまだ腕を目に当てたままじっと横たわっていて、規則的に上下する胸だけが、生きていることを示していた。昏睡《こんすい》状態に陥っているに違いない。服が乱れ、クラバットは血で汚れていた。顔の下半分にも血がついている。片側の頬骨にあざができていた。まるで、乱痴気《らんちき》騒ぎをしてきたやくざ者みたいだ。若い頃、こういう生活をしていたの？だから父親に嫌われたのだろうか。反抗的で手に負えない子どもだったと、伯爵未亡人は言っていた。

いまのネイサンは別人なのに。マディーはもどかしい気持ちになった。彼ははるばる中国まで行って財産を築いた勤勉な実業家だ。だが今夜は悪い面が出てしまい、父親にますます嫌われる理由を与えてしまった。

これも父親をいらだたせるための計画の一部なのかもしれない。ネイサンはどうして過去の埋め合わせをしようとしないのだろうか。反抗するのが習慣になっているの？

その答えはマディーにはわからないし、ネイサンも教えてくれないだろう。マディーは自分の父親のことを愛していた。もう一度父親に会えるのなら、なんでも差しだすだろう。父親の愛情を受けられるチャンスをみすみす逃しているネイサンがもどかしかった。

身をかがめて靴を脱がせ、それを床に置いた。ネイサンはうめき声をあげたが、あいかわらず微動だにしない。クラバットにふと目が留まり、複雑に結ばれたそれをてこずりながらほどいているとき、花の香水の香りがぷんとした。

マディーは真っ赤に焼けた針金で突き刺されたような衝撃を受けた。やはりそうだった。女性と一緒にいたのだ。

かっとなって、ほどいたクラバットを力を込めて引き抜いた。うなじのところで何かに引っかかった。たぶん、髪を結んでいる革ひもだろう。ネイサンが抗議のうなり声をあげた。不意に手が伸びてきて、マディーの手首を懲らしめるように握りしめた。「やめろ。殺してやる」

「放して、この腐れ外道」

ネイサンが重そうなまぶたを開けてマディーを見上げた。「マデリン？」

「ええ。あなたはわたしのベッドで酔いつぶれていたのよ。さあ、わたしに乱暴するのはやめてちょうだい」

ネイサンが手を放した。そして、頭をわずかに持ちあげて周囲を見まわしたあと、うめき声をもらしながらふたたび枕にドサリと頭をのせた。「ギルモアが……いたような気がする」

「覚えてるの？」マディーは血まみれのクラバットをくしゃくしゃに丸めて靴の上に放った。「ベッドに寝かせるのを手伝ってくださったのよ」

ネイサンの唇が屈辱にゆがんだ。「小言を言う前に出ていったのか？」

「あなたはもう結婚しているのよ。それはわたしの役目なんでしょう。喜んで引き受けるわ」マディーは彼の上着のボタンを乱暴にはずしたあと、ベストに取りかかった。「酔っ払って喧嘩をするなんてどうしようもないわね。おまけに大騒ぎして伯爵を起こして、こんな姿を見られるなんて」

「あいつにどう思われようとかまわない。いまいましい」

「いまいましいのはあなたでしょう。さあ、起きあがって。上着をだめにしてしまう前に脱がないと」

ネイサンは恐る恐る体を起こし、顔をしかめた。「怒っているんだね」

「あら、よくわかったわね」マディーはぴったりした上着を苦労して脱がせると、近くの椅子に放った。それからベストも脱がせ、シャツとズボンは残した。「怒るに決まってるでしょう。ギルモア伯爵もよ。あなたは愚かなふるまいをしたんだから。飲みすぎて喧嘩するなんて」

「ぼくは鎖につながれる気はない」

さっきもそんなことを言っていた。マディーはいらだちが募る一方だった。ネイサンは、まるで悪いのはマディーのほうだと言わんばかりに、むっつりした表情でこちらを見ている。

「好きなようにすればいいわ」鋭い口調で言った。「でも、わたしや家族に対する敬意を忘れないで。今夜のあなたは忘れていたわ。いったいどこへ行っていたの？」

ネイサンは眉根を寄せ、記憶を呼び起こそうとするかのように目をこすった。「ハザードをした。酒を何杯か飲んだ。それだけだ」

「それだけじゃないでしょう。香水のにおいがするわよ。売春宿へ行っていたんじゃない？」

ネイサンが目を見開いた。そして、すっと視線をそらした。そのうしろめたそうな仕草を見て、マディーは確信した。彼はほかの女の腕の中に慰めを求めたのだ。そう思うと、喉が締めつけられ、胸が痛んだ。こんなことで傷ついてはいけない――でも傷ついた。

そのとき、ドアを小さくノックする音がした。マディーは気を取り直す時間ができたことに感謝しながらドアを開けに行き、銀のトレイを持った従僕を中に通した。トレイには水差しと何枚もの亜麻布、ティーポットとふたつのカップがのっていた。

マディーはトレイを置くため、小さなテーブルをベッドのほうへ引き寄せた。それから、好奇心に満ちた目でネイサンの血だらけの顔をちらちら見ている若い従僕をさがらせた。明日の朝には使用人部屋で噂になっているに違いない。だがマディーは気にしなかった。ネイサンの自業自得だ。

マディーが布を湯に浸し、ベッドに向き直ると、ネイサンは上半身を起こした状態で枕にもたれ、目を閉じていた。マディーは身をかがめて、鼻や口の周りについた血を拭き取った。ネイサンがぱっと目を開けた。「痛い！」

「あら、痛かった？」

泥酔していても、皮肉だと気づいたようだ。ネイサンは布を奪い取ると、自分でそっと顔を拭きはじめた。マディーは紅茶をカップに注ぎ、砂糖をひとつ加えた。力を込めてかきまぜていると、ネイサンが低い声で言った。「言っておくけど……何もなかった」

「何もなかったって？　怪我をしてふらふらになって帰ってきたのに？」マディーは彼の手にカップを押しつけ、汚れた布を取り戻した。「さあ、これを飲めば少しは酔いが覚めるでしょう」

ネイサンは素直にひと口飲むと、かすかに顔をしかめた。「そうじゃなくて……香水のことだ。その女とは何もなかった」

たとえそれが本当だとしても、マディーはまだ許す気になれなかった。「どうして？　誰かとその人をめぐって争って、負けたから？」

「違う！　そんなことでダンハムを殴ったわけじゃない」

マディーは驚いて布を取り落とした。ネイサンをじっと見ながらきいた。「ホートン公爵の跡取り息子と喧嘩したの？」

「あいつがきみを侮辱したんだ。それに」ネイサンが顔をゆがめ、からになったカップをベッド脇のテーブルに乱暴に置いた。「きみとキスをしたと言ったから」

マディーははっとして、ベッドの端に腰をおろした。思わずネグリジェの胸元を握りしめる。ネイサンはひどく怒っているように見えて、それを喜ぶ気持ちもあった。ほかの男性とキスをしたと聞いてこれほど動揺するということは、マディーを憎からず思っているということだ……そうでしょう？

独占欲が強いだけかもしれないけれど。

「ええ、ダンハム卿にキスされたことがあるわ」マディーは正直に言った。「でもそれは、エミリーの舞踏会の日のことじゃないの。あなたはそう思っているんでしょうけど。オークションの前のできごとなのよ。あなたと出会う前のこと」

ネイサンは不機嫌な顔をしたが、わずかに怒りがやわらいだように見えた。「よかったかい？」

マディーはネイサンを懲らしめるためだけに、嘘をつこうかと思った。けれどもそんなことをしたら、ダンハムに対する怒りをあおるだけだ。「いいえ」ひと息ついてから、言葉を継いだ。「信じられないというのなら、レディ・ミルフォードにきいてみるといいわ。わたしがダンハム卿からもらったバラの花束で彼を叩いたところに、偶然居合わせたの」

ネイサンはその話の信憑《しんぴょう》性を確かめようとするかのごとく、マディーをじろじろ眺めた。白いシャツがはだけていて、胸がのぞいている。その姿はもはややくざ者には見えなかった。乱れた黒髪とあざのできた顔は、熾烈《しれつ》な戦いを終えた戦士を連想させた。マディーの名誉を守るために戦った戦士。

不意に、手を握られた。ネイサンの拳はすりむけて赤くなっているが、目はさっきより澄んでいる。顔についた血を拭き取ったら、いつもの彼にほぼ戻ったように見えた。冷やかな笑みとともに浮かんだえくぼに、マディーはこんなときでも欲望をかきたてられた。「思ったとおりだ」ネイサンが言う。「あの野郎はきみを無理やりものにしようとしたんだな。二度と近づくんじゃないぞ。いいね？」

マディーは焦りを感じた。ダンハムに会うことを禁じられたら、祖父と対決するチャンスを失ってしまう。

「でも、社交の場で一緒になるのはしかたがないわよね」マディーは言った。「数週間後にホートン公爵家の舞踏会があるし。もう出席の通知を出してしまったわ」

「取り消せばいい」

ネイサンは一度決めたことは曲げない。マディーはどんな手段を使ってでもそれを曲げてみせようと決意し、彼ににじり寄ると、手のひらをシャツに押し当てて目を見つめた。「でもあなた、聞いてちょうだい、エミリーは舞踏会をとても楽しみにしているのよ。シオドア卿に会えるまたとない機会だから。わたしも一緒に行かなければならないわ……お化粧を直さなければならないでしょう」

ネイサンが目に怒りの炎を燃えあがらせた。「エミリーがダンハムの弟を追いまわすなんてまっぴらだ」

「でも、エミリーはシオドア卿に夢中なのよ。シオドア卿もエミリーを思っているわ。それに、兄よりずっと感じのいい青年に見えるけど」マディーはネイサンの首に腕を回し、髪の毛をもてあそんだ。「エミリーにやさしくてすてきな旦那さまを見つけてほしいと思うでしょう？　あなたがわたしを幸せにしてくれたように、エミリーを幸せにしてくれる人を」

唇で頬にできたあざをかすめると、彼は深いうめき声をもらし、マディーを抱き寄せてキスをした。物欲しげに唇に舌をはわし、マディーの体をほてらせていく。しかし不意に体を引き、怒鳴るように言った。「わかったよ、舞踏会には行ってやる。だが、ダンハムがきみの半径三メートル以内に近づいたら、ぼくがあいつの顔をはぎ取ってやる」

ちっともロマンティックな言葉ではなかったけれど、マディーは喜びでいっぱいになった。

「近づいてきたら、ちゃんと警告するから」

さらに引き寄せられ、かたい体にほとんどもたれかかった。ネイサンはマディーをきつく抱きしめ、背中をさすった。「きみはぼくのものだ」

「あなたはわたしのものよ」マディーはきっぱりと言った。「もう売春宿には行かないで」

ネイサンはマディーをじっと見つめたあと、照れくさそうな笑みを浮かべた。「行かないよ。ほかに女はいらない。欲しいのはきみだけだ」

マディーはやさしい感情で胸がいっぱいになった。言葉を失い、ネイサンの肩に頭をうずめて、力強い鼓動が伝わってくるのを感じた。酔っ払いのたわ言かもしれない。でも、彼がマディーを思っているのを認めるようなことを言ったのは、これがはじめてだった。

マディーは目をぎゅっと閉じた。わたしがネイサンを愛しているように、彼も愛してくればいいのに。そう思っていることに気づいてうろたえた。自分はネイサンを愛している。父親と敵対していようと、ふたりの結婚が愛のない契約結婚であろうと、いつの間にか、思いも寄らず彼を深く愛していた。だがシーズンが終われば、彼はマディーの前からいなくなってしまう。

マディーの背中に置かれたネイサンの手は、じっと動かなかった。わずかに体を持ちあげて見やると、彼はふたたび目を閉じて眠っていた。今夜は愛を交わすことはないだろう。それでも、ネイサンと抱きあっているだけで、マディーは満ち足りた気持ちになって、彼のそばにいる喜びをかみしめていた。彼の心を手に入れる方法がわかればいいのに。でも、たとえ手に入れられたとしても、マディーの秘密を知られてしまえばすべておしまいだ。

マディーは危ない橋を渡っていることを自覚していた。ホートン公爵の舞踏会に出席したい本当の理由を知ったら、ネイサンは激怒するだろう。

20

ギルモア伯爵の手を借りてレディ・ギルモアが馬車から降りるあいだ、マディーは立派な建物を見上げていた。両開きの玄関の両脇に背の高い柱が立っていて、古典的なデザインの屋根を支えている。たいまつの明かりが深紅の仕着せを身につけた従僕や、大理石の階段を上がる着飾った招待客の列を照らしていた。

マディーは深呼吸して息を整えようとした。五月の半ばであたたかい夜なのに、体が震えている。この壮麗な屋敷が、祖父の——ホートン公爵の家なのだ。昔、母が子どもの頃、ロンドンに滞在するときに住んでいた家。

この瞬間をずっと待っていた。ついに、敵陣に乗りこむときが来たのだ。それなのに、マディーは得意になるどころか、数日前からずっと緊張していて、胃が痛かった。祖父との対決を心から望んでいたけれど、いざそのときが来てみると、怖くもあった。

エミリーがそばに来て、耳元でささやいた。「シオドア卿は本当に出席するの?」

今夜のエミリーは一段と美しかった。朽葉色の髪を結いあげ、巧みな化粧のおかげで顔が輝いている。小さなバラの刺繍が入ったクリーム色のシルクのドレスは、ネイサンからもらった生地で作ったものだ。

マディーはにっこりした。「お祖父さまが主催する舞踏会なんだから、出席するに決まっているわ。大丈夫よ。きっとうまくいくわ」

そう励ましながら、自身は不安でいっぱいだった。祖父と対決したら、ネイサンの家族にどんな影響を与えるだろう？ 大きな醜聞になるだろうか。シオドア卿とエミリーが交際する望みがついえてしまうかもしれない。

祖父との対決について想像するときはいつも、劇的な場面を思い描いていた。まず、平民と恋に落ちた娘を勘当した、ホートン公爵の残酷な行為を非難する。それから、自分がレディ・サラ・ラングリーの娘であることを公表する。軽蔑していた女優がイングランド有数の名家と血縁関係にあると知ったら、みんなあ然とするだろう。

だがいまになって、マディーはためらいを感じていた。まずは正体を明かさずに、挨拶をするだけにとどめておいたほうがいいかもしれない。あとで公爵がひとりでいるときを狙って話しかければいい。誰にも聞かれないように、言いたいことを言うのだ。

そのほうが賢明だ。

そう決めたら、少し緊張が解けた。復讐心を満たすために周囲の人を傷つけてはならない。いつの間にか、マディーはネイサンの家族を本当の家族のように思いはじめていた。伯爵未亡人は冷たく見えるけれど家族を愛していることも、レディ・ソフィアが不機嫌なのは、夫を亡くした悲しみのせいだということも、いまならわかる。ギルモア伯爵に対してさえ、ネイサンが泥酔して帰ってきた夜、ベッドまで運ぶのを手伝ってもらって以来、好意を抱いていた。

あの人たちを傷つけることはできない。絶対に。

とくに、純粋でやさしいエミリーのことは。

エミリーが伯爵の隣へ行き、ネイサンがマディーの横に並んだ。体にぴったり合った黒い上着と真っ白のクラバットを身につけた今夜の彼は、いつもよりさらに魅力的だ。頬のあざは消えていた。あの夜以来、ふたりの距離が縮まって、この数週間、すばらしい時間を過ごした。愛の言葉こそ口にしなかったけれど、彼はマディーを買い物やパーティーや公園に連れていき、ほとんど一緒にいてくれた。マディーは、彼が外国へ行くのを思い直してくれるのではないかという希望を抱きはじめてさえいた。

ネイサンが身をかがめてささやいた。「まばゆいくらいにきれいだよ。ほかの女性たちがみんなかすんで見える」

マディーは念入りに着飾っていた。目の色が引きたつよう、コバルトブルーの一番上等のドレスを選んだ。手の込んだ髪形をしたほかの女性たちと差をつけるため、髪は簡単にまとめるだけにして、顔の周りにおくれ毛を垂らしてある。家宝のサファイアのネックレスが胸元で輝いていた。

マディーが微笑むと、ネイサンは彼女の手を取ってキスをした。「今夜のきみはやけに静かだね」いぶかしげにマディーをじっと見ながら言う。「大丈夫だよ、ダンハムのことなら、

「舞踏室の真ん中で殴り合いなんかしないと約束して」

きみに絶対に近づけないようにするから」

「無作法なことはしないでね」マディーは念を押した。

ネイサンがにやりと笑った。「わかったよ」そして、マディーの手を自分の腕に置いた。

ネイサンは知る由もないが、ダンハムが血縁関係にあるのを知って敵意をぶつけてくることを、マディーは恐れていた。人前で対決しないことに決めたとはいえ、真実はやがていとこたちにも伝わるだろう。ふたりに知られたら、社交界に広まる日もそう遠くないはずだ。

ネイサンはどう反応するだろう。マディーがこれほど重要な事実を秘密にしていたことに、腹を立てるに違いない。

でもいまさらどうしようもない。もし打ち明けていたら、彼はなんらかの形で干渉しようとしたかもしれない。これはマディーがひとりでやらなければならないことなのだ。

マディーとネイサンは伯爵とレディ・ギルモアのあとについて階段を上がった。すぐうしろにエミリーとソフィアがいる。マディーは膝が震えるのを感じた。ネイサンの腕につかまっていられることに感謝しながら、戸口を通り抜け、クリスタルのシャンデリアに照らされた壮大な玄関広間へ入っていった。

そこは大勢の客で込みあい、ざわざわしていた。黒い上着で正装した紳士たちが、きらびやかな宝石と優美なドレスで着飾ったレディたちをエスコートしている。幅の広い階段を上がったところに受付があり、錬鉄製の手すりに、綱状にした金のリボンが飾られていた。この階段を母は幾度となくのぼりおりしていたのだ。旅役者と生きるために、豪華な屋敷を飛びだしたことを後悔しなかったのだろうか。裕福でも窮屈だったと言ってはいたけれど。

いまここに立っていることが信じられなかった。ずっと前から、この瞬間を夢見てきたのだ。いざそのときを迎え、不安と期待で胸がいっぱいだった。

マディーはネイサンの腕にしがみついて、のろのろと進む列に並んだ。前方をのぞきこもうとしたけれど、人が多すぎて見えなかった。ギルモア伯爵と、緑色のサテンのドレスを着たレディ・ギルモアが前に並んでいる。ネイサンは振り返ってエミリーやソフィアと笑いながら話していたが、マディーは周囲の会話が耳に入ってこなかった。シャボン玉の中にいるような気分で、手袋をはめた手は湿っていた。

ようやく列の先頭に到達した。ギルモア伯爵とレディ・ギルモアが、亜麻色の髪のダンハム卿と、その隣にいる砂色の髪のシオドア卿に挨拶した。

少なくとも、エミリーにとっては楽しい夜になるだろう。

マディーたちの番が来た。ネイサンがそっけない挨拶の言葉を述べる。ダンハムの顔に、ネイサンとの喧嘩でできた傷跡は見られなかった。マディーはいとこたちと握手をし、何か話しかけられたものの、言葉が耳に入ってこなかった。意識はすでにふたりの横にいる老人に向けられていた。

ホートン公爵。

まず、公爵が車椅子に座っているのを見て驚いた。猫背で、白髪は短く刈りこまれ、頭頂部がはげている。やつれているせいで黒い上着がずりさがり、白いベストはぶかぶかだった。だがそんな貧相な外見とは裏腹に、尊大に顎を上げている。

公爵がネイサンに向かって淡々とうなずいた。

マディーはどうにか膝を曲げてお辞儀をした。口の中がからからに乾き、心臓が早鐘を打っている。「ごきげんよう、公爵閣下」

ゆっくりと顔を上げると、公爵のしわだらけの顔をまっすぐ見た。この人がママを勘当したのだ。長い年月を経て、祖父に対する憎しみに凝り固まっていたが、実際会ってみると恐れるに足りない相手だった。相手は人生の終焉《しゅうえん》を迎えようとしている傲慢な貴族にすぎない。

公爵はしょぼしょぼした青い目でマディーをじっと見ている。マディーは目をそらすことができず、見つめ返した。頬がこけていて、鼻が高い。高い頬骨と、卵形の輪郭が母を思いださせた。

不意に、公爵が身を乗りだした。骨ばった手を伸ばして、マディーの手を握りしめる。「サラ?」しわがれた声で言った。

マディーは心臓がひっくり返った。なんてこと。母と間違われている。ふたりはそっくりだと、父はいつも言っていた。「いいえ」マディーはそうささやいたあと、大きな声で言った。「違います」

手を引っこめようとしたが、公爵は驚くほど強い力でしがみついてきた。「サラだろう。わたしを困らせないでくれ。お前はいつもわたしを困らせようとした」

ネイサンがあいだに入り、やさしく言った。「公爵閣下、人違いをされていますよ。彼女はわたしの妻のレディ・ローリーです」

マディーは逃げだしたかった。近くにいる客たちの耳目を集めている。心配そうに唇を引き結んでいるレディ・ミルフォードを見つけた。少し離れたところにいるレディ・ギルモアは、眉をひそめ、片眼鏡を使ってこちらを見ていた。

逃げだすことはできない。公爵は必死にマディーの手をつかんでいる。マディーはもう一度手を引いたが、強く引きすぎたら相手の骨が折れてしまいそうで怖かった。

公爵の落ちくぼんだ目に涙が浮かび、顎が震えだした。「もちろん、サラであるはずがない」とぎれとぎれに言い、マディーの手を放した。「当たり前だ。あの子はいまではずっと年を取っている。わたしはただ……あの子にもう一度会いたくて……」

苦しむ姿を見せつけられ、マディーはかっとなった。自分から突き放しておいて、よくも悲しむふりができるわね。ママを勘当して、もう死んだものと思うことにすると言ったくせに。

考える前に、辛辣な言葉を吐きだしていた。「レディ・サラ・ラングリーは亡くなりました、公爵閣下。わたしの母は、一〇年以上前に息を引き取ったんです。わたしはあなたの孫娘のマデリンです。ご存じないですよね。母を勘当したんですから」

周囲の人々がはっと息をのんだ。そのあと、ざわめきが広間じゅうに広がった。マディーはそれに気づいていながらも、あんぐりと口を開けている公爵の顔から目をそらさなかった。

何か言ってほしかった。怒りをぶつけられ、蔑まれ、非難されるのを待っていた。

マディーの腕を握りしめるネイサンの手が震えだした。見上げると、がく然とした表情を浮かべていた。ほかの人々は信じられないという顔で、マディーを見つめている。ギルモア伯爵は眉をひそめ、エミリーはシオドア卿の腕にしがみつき、ソフィアはあっけにとられていた。

マディーはめまいがした。大変なことをしてしまった。そんなつもりはなかったのに。でも、いまとなってはあとの祭りだ。

ダンハムが公爵に駆け寄った。冷やかな目つきでマディーをにらみつける。「いったいなんのまねだ？　よくもそんなばかげたことを言えたものだな！　きみは成り上がりの女優にすぎない。いますぐ屋敷から出ていってくれ」

ネイサンのうなり声が聞こえた。いまにもダンハムに飛びかかろうとしているのを察知したマディーは、ネイサンの腕をきつく握りしめて制した。「すべて本当のことよ。ホートン公爵はわたしの祖父です。あなたはわたしのいとこ。シオドア卿もよ」

「あり得ない」ダンハムがつばを飛ばしながら言った。

「公爵閣下は母が一八歳のとき、ある貴族と無理やり婚約させようとしたの。でも母は旅役者のジェレミー・スワンと恋に落ちた。愛する人と結婚するために駆け落ちした罰として、母は勘当されたの」マディーは公爵を指し示した。「お祖父さまにきいてみて。真実だと認めてくださるでしょう。全部覚えていらっしゃるはずよ」

ホートン公爵は何も言わなかった。車椅子の肘掛けを握りしめ、マディーを見上げている。ひと粒の涙がしわだらけの頬をゆっくりと伝った。さらに年老いて、打ちひしがれているように見える。娘の死を知らされたせいだろう。マディーは一瞬でも同情した自分を心の中で叱った。

ネイサンがマディーの腰に手を置いた。「お騒がせして申し訳ありませんでした、公爵閣下。ぼくたちはこれで失礼させていただきます」

その冷やかな口調に、マディーはぞっとした。燃えつきてしまった気分で、解放感や勝利感は得られなかった。ただただ虚《むな》しく、みじめだった。

ぎこちない足取りで、ネイサンに押されるようにしてドアへ向かった。みんな道を空けて遠巻きに見ている。ささやき声が聞こえたが、どうでもよかった。好きなように噂すればいい。早く家に帰って、ベッドに入りたい。詮索好きな人々の視線から逃れたかった。

外に出て、玄関の階段をおりると、ネイサンは馬車の列の横を歩きはじめた。御者が寄り集まって談笑している。暗くなった広場の向こう側に停《と》めてある馬車から、どっと笑う声が聞こえてきた。

ネイサンは歩道を足早に歩いていき、マディーはほとんど走るようにしてついていった。ギルモア家の馬車を通り過ぎると、太った御者が驚いて帽子を取った。「閣下——」

ネイサンは立ち止まらず、マディーの背中を押して歩きつづけた。街灯の下を通ると、彼の険しい表情が浮かびあがった。これほど恐ろしい顔をしている彼を見るのははじめてだ。

父親と争っているときでさえ、こんな表情は見せなかった。

車道に出たとき、あたらしい舞踏靴をはいたマディーは足首をひねりそうになった。「ネイサン、もっとゆっくり歩いて。どこへ行くつもり？」

ネイサンはほんの少ししか足取りをゆるめてくれなかった。「ギルモア邸だ。八ブロック先の」

「馬車に乗らないの？」

「ああ。みんなもホートンに追いだされて、必要になるだろうからな」

マディーは胸が苦しくなった。舞踏会を台なしにしてしまった。エミリーが楽しみにしていたのに。シオドア卿と話すチャンスを奪われたら、さぞかしがっかりするだろう。

誰もマディーと同じ馬車に乗りたがらないと、ネイサンは思っているのだ。みんな怒っているはずだ。マディーは嘘をついていたのだから。過去を隠し、ホートン公爵の屋敷へ行くためにみんなをだました。

ネイサンと結婚した本当の理由が、公爵と対決するためだったこともばれてしまったに違いない。

涙がこぼれそうになったが、まばたきしてこらえた。喉に込みあげてくるものをぐっとのみこんで、必死に彼のあとを追った。「ネイサン、わたし……本当にごめんなさい。公爵とふたりきりで話をさせてもらえるよう頼めばよかったわ。そうするつもりだったのよ。みんなの前であんなことを言うつもりはなかったのに、ただ……黙っていられなくなって」

「黙っていられなくなって、か」背の高いタウンハウスが立ち並ぶ通りを急ぎ足で歩きながら、ネイサンがばかにするように繰り返した。広場を離れ、静まり返った街に足音を響かせながら脇道を進んでいく。「いままでずっと、きみは過去を隠していた。ぼくが結婚を申しこんだ時点で、ホートンとの関係を白状するべきだったのに」

「それは――できなかったわ。あなたは申し出を撤回したでしょうから」

ネイサンが声を荒らげた。「当たり前だ。きみはぼくをこけにしたんだぞ。ぼくの申し出を絶好のチャンスととらえ、ぼくを利用して社交界に出入りしようと考えた。すべては、ホートン家に入りこむために」

彼の言うとおりだ。けれどもマディーは、これ以上謝るつもりはなかった。「あなただってわたしを利用したでしょう、ネイサン」

「そのために大金を支払ったんだぞ！　くそっ、おかしいと思っていたんだ。きみがダンハムに妙に関心を持っているから。気づいていたのに、まんまとだまされた」ネイサンが長い髪をかきむしった。怒りでこわばった顔をしている。「ちくしょう、マデリン、きみはぼくに嘘をついた。平民のふりをして。ぼくより高貴な血筋を引いているくせに」

おかしな発言だ。「どうしてそんなことを言うの？　わたしの父は俳優よ」

「ぼくの父親は従僕だ」

マディーはぎょっとして立ち止まり、彼のほうを向いた。「何を言っているの。あなたの父親はギルモア伯爵でしょう」

ネイサンは誰にも聞かれていないことを確かめるかのように、周囲を見まわした。「ぼくの母は何度も浮気をした。貞節を守る必要などないと考えていたんだ。そして、従僕と浮気をしたのがばれた九カ月後に、ぼくが生まれた」

マディーは信じられなくてかぶりを振った。「嘘よ。誰がそんなことを言ったの？」

「ギルモアだ」ネイサンはとげとげしい口調で言った。「ぼくの二一歳の誕生日に教えてくれた。ぼくが賭けで作った借金を肩代わりさせられるのに怒って、ぼくの素行が悪いのを血筋のせいにしたんだ。当然激しい口論になって、翌日、ぼくはイングランドを出た。二度と帰らないつもりで」

マディーは動揺して、街灯の柱に寄りかかった。これですべて納得がいった。伯爵がネイサンを冷遇し、長男をかわいがったのも当然だ。一〇年ぶりに戻ってきたネイサンが、復讐を考えたのも無理はない。

外聞の悪い女優に結婚を申しこんだわけが、ようやく理解できた。ギルモア伯爵を罰するのにこれ以上の方法はないだろう。

「ほかに誰がこのことを知っているの？」マディーは弱々しい声できいた。

「レディ・ギルモアだけだ。でも噂にはなっているはずだ。母の浮気癖は有名だったからね」

自分も信用ならない妻であるのを示してしまったことに気づいて、マディーはぞっとした。ネイサンをだまして、貴族の血を引いていることを隠していた。でも、これで対等のパートナーになれるんじゃない？

「じゃあ、わたしたちは似た者同士ね」マディーは言った。「ふたりとも貴族の血が半分だけ流れているんだもの。それに、伯爵があなたを嫌っているのなら、当然、わたしのことも嫌いよね。今日、あんな醜聞を引き起こしてしまったのだから、なおさらだわ」

「いや、それは違う」ネイサンがマディーの腕を引いて、ふたたび歩道を歩きはじめた。怒りのあまり、じっとしていられない様子だった。「向こうの視点から考えてみろよ。ギルモアは従者の息子を跡取りとして認めざるを得なかった。その跡取りが平民の女優と結婚した時点で、最悪の状況だった。ギルモアの血筋がさらに汚れることになるんだからね。ところが、その女優が英国でも指折りの貴族と血縁関係にあることがわかった。これで状況が一変した」歯を食いしばって言う。「衝撃がおさまったら、ギルモアはこの展開に大喜びするだろう」

マディーは震える息を吸いこんだ。「でも……醜聞になるわよ」

「いまだけだ。数カ月も経てば、きみは社交界になじんでいるだろう。ホートンがきみを家族の一員として受け入れると決めたら、なおさらだ。だから、向こうの考え方では、ギルモアの勝ちだ。きみが息子を産めば、その子は堂々としていられる。爵位にふさわしい高貴な血を引いているんだから」

「伯爵はそんな俗っぽいかたではないわ」

「いや、買いかぶるな。ギルモアにとっては血筋がすべてなんだ」

ネイサンの口調に苦悩がにじみでていて、マディーは胸が痛んだ。彼はずっと、そのせいで疎外感に苦しんできたのだ。ギルモア伯爵のせいで、自分は愛される価値のない人間だと思いこむようになってしまった。

ふたりはしばらく無言で歩きつづけ、角を曲がり、また別の暗い通りに入った。あたらしい靴をはいているせいで、マディーは足が痛んだが、胸の痛みのほうがはるかに大きかった。いままでは、ネイサンの怒りが完全に理解できる。マディーが彼の計画を台なしにしてしまったのだ。ネイサンはギルモア伯爵の残酷な仕打ちに対して報復することを切望していた。そして、悪名高い花嫁を家族に押しつけることで、ついに復讐を果たしたと信じていた。

ところが、マディーのせいですべてが水の泡になった。

ネイサンが伯爵を忌み嫌っていることを、もはや責められない。恨んで当然だ。不義の子として生まれたのは彼のせいではないのに、そのことでずっと苦しんできたのだから。悪いのは不貞を働いた母親――。

ネイサンが唐突に言った。「最後に月のものが来てからどれくらい経った？　一カ月近くになるんじゃないか？」

マディーはびっくりして頬を赤らめた。あたりが暗いことに感謝し、うつむいて揺れるドレスの裾を見ながら答えた。「ええと……そうね、そのくらいになるわ」

「じゃあ、はじまったら教えてくれ。ギルモアに孫息子をくれてやるつもりはない。そうなったら完全に向こうの勝ちだ」

その鋭い口調に、心が切り裂かれるように痛んだ。対等なパートナーになれるかもしれないという望みは消え去った。

マディーは嘘をついた。本当は、最後に月のものが来てから一カ月以上経っていた。もう一週間遅れている。しかもこの数日間、体がだるくて吐き気がした。だが祖父との対決を目前にして、妊娠した可能性について考えるのはあとまわしにしていた。

そしていま、本当に妊娠しているかもしれないことを恐れている。ネイサンに打ち明けることもできない。彼の怒りをあおるだけだ。

ネイサンは子どもなど欲しくないのだから。

21

まぶしい太陽の光に、マディーは深い眠りから引きずりだされた。やっとのことで重いまぶたを開けると、黒い服を着た太った女性が、寝室の窓から窓へときびきび動きまわっているのが見えた。ガーティーがカーテンを開けて朝の光を入れているのだ。

「ギルモア伯爵から伝言を預かっています。一一時に図書室に来るようにとのことです。もう九時半を過ぎていますよ」

マディーはぼんやりした頭で必死に考えた。伯爵の私室に招かれるのははじめてだ。いつも伯爵がいない隙に本を借りに行っていたのだ。いったいなんの用かしら?

そのとき、昨夜のできごとが一気によみがえった。車椅子に座っていたホートン公爵。しわだらけの頰を伝ったひと粒の涙。マディーが吐きだした怒りの言葉。そして、ネイサンに公爵家から引っ張りだされ、従僕の子だと打ち明けられた。

ギルモア伯爵が話をしたがるのも当然だ。素性を隠していたことを知られてしまったのだから。昨夜はあのあと、屋敷に帰ってベッドに直行したから、伯爵とは会っていなかった。

頭を持ちあげたとたん、吐き気に襲われた。マディーはベッドからはいでて、おまるをつかむなり吐いた。

苦しくてあえぎながら、ベッドの端に頭を押し当てた。ガーティーがそっと背中をさすってくれた。「かわいそうに。でも喜ばしいことですよ。赤ちゃんができたんですね。レディ・ギルモアにお医者さまを――」

「だめよ！」マディーはタオルを受け取り、顔ににじみでた冷たい汗をぬぐった。「誰にも面倒をかけたくないの。いまはまだ」

「面倒なんかじゃありませんよ。ローリー子爵はお出かけになっていますが、帰っていらしたらすぐに話して差しあげないと。お喜びになりますよ！」

ネイサンは少しも喜ばないだろう。昨夜、きっぱりと言っていた。〝ギルモアに孫息子をくれてやるつもりはないから。そうなったら完全に向こうの勝ちだ〟

ネイサンが激怒していたことを思いだすと、心が沈んだ。彼は昨夜、ギルモア邸まで歩いて帰ったあと、よそよそしい挨拶をして自分の部屋にさがってしまった。マディーは身震いした。彼は息子を欲しがっていない。そして、昨夜はマディーのベッドに来なかった。

結婚生活は終わってしまったの？

マディーは取り乱しそうになるのをこらえた。ネイサンが帰ってきて話ができるまで、なんとか乗りきらなければならない。ふたりが口論したことを、ガーティーには話していない。ガーティーが知りたがるので、公爵家で起きたできごとをかいつまんで説明しただけだった。

マディーはメイドの荒れた手を握りしめた。「このことは誰にも言わないで、ガーティー。

ほのめかすのもだめよ。お願い。あまりにも突然すぎて……もう少し時間が欲しいの」

ガーティーは憐れむように舌打ちをし、マディーを引っ張って立ちあがらせた。「そのほうがいいかもしれませんね。公爵とお会いしたばかりですし。いろいろなことが一遍に起きたから、まだ受け入れられないんでしょう」

「そうなのよ」マディーはその格好の口実に飛びついた。「まずは気持ちを落ちつかせたいの。当分はこれ以上騒ぎを引き起こしたくないわ」

一時間半後、時計の鐘が一一時を告げると、マディーは図書室へ向かった。翡翠色のドレスをまとい、髪はねじって結いあげている。吐き気はおさまっていて、トーストと薄い紅茶の朝食をとったあとは、ずっと気分がよくなった。いつもの調子にほとんど戻っていたが、胸の痛みは消えなかった。

ネイサンにはまだ会えていない。何時に帰ってくるか言わずに、朝早く出かけたそうだ。ふたりの関係を修復する方法を見つけなければ。なんとしても見つけるのだ。

でもその前に、伯爵との話しあいをすませなければならない。

図書室は一階にあり、庭に面していた。部屋の中に足を踏み入れると、背の高い窓の向こうに広がる緑が見えた。壁一面の本棚に革装の本がずらりと並んでいて、この先何年も楽しめるだろう、とマディーは思っていた。

だが、それはできそうにない。もうギルモア邸にはいられないかもしれない。自分がここにいたいのかどうかもわからなかった。

火の入っていない暖炉のそばに置かれた椅子に、ギルモア伯爵とレディ・ギルモアが座っていた。マディーは恐る恐る一歩踏みだし、そのまま彼らに向かって歩いていった。

伯爵が立ちあがり、近づいていくマディーをいつになく厳しい表情で見守っていた。白髪まじりの鳶色の髪はきちんとかしつけられ、一分の隙もない格好をしている。鋭いまなざしだけが、マディーをこれまでとは違う目で見ていることを示していた。

マディーがお辞儀をすると、ギルモア伯爵は彼らの向かいにある背もたれのまっすぐな椅子を勧めた。「おはよう、マデリン。座りなさい」

暗い金色のドレスを着たレディ・ギルモアが片眼鏡を目に当て、マディーをじっくりと見た。「ああやっぱり、ホートンの面影があるわ。頬骨と目がそっくりね。髪の色も」

マディーは両手を膝の上で重ねた。蝶の標本みたいに観察されて、腹が立った。「人は見たいものしか見ませんから」

「そのとおり」伯爵が言う。「そしてきみは、生まれの卑しい女優だとわたしたちに思いこませようとした。なぜだ？」

「生まれが卑しいだなんてひと言も言っていません」マディーは鋭い口調で言い返した。「両親は正式に結婚したんですから」

ギルモア伯爵はそっけなくうなずいた。「もちろんだ。これは失礼。だがまだ質問に答えてもらっていない。ホートン公爵と血縁関係にあると話せば、ネイサンの妻としてははるかに認められやすくなることはわかっていたはずだ」

マディーは唇を引き結んだ。どうせ伯爵はおおよそ見当がついているのだろう。「ネイサンと契約を交わしたんです。下品でふしだらな女を演じる代わりに、社交界に出入りさせてもらうという。それだけのことです」

「なるほどね！」レディ・ギルモアが杖を床に打ちつけた。「それで演技をしていたわけね。くだらないおしゃべりをしたのも、わたしたちをだますためだった。でも、あなたは最初から礼儀作法を身につけていた。レディ・サラ・ラングリーから教わったのね」

ギルモア伯爵がマディーに目を据えたまま、片手を上げて伯爵未亡人を黙らせた。「きみが公爵の孫だということを、ネイサンは知らなかったんだな。わたしたちと同じくらい衝撃を受けているように見えた」

「言わないほうがいいと思ったんです。ネイサンもわたしに秘密にしていたことがありましたし」

マディーは伯爵を冷やかに見つめ返した。思わせぶりな言い方をして、気をもませたかった。ネイサンと喧嘩をしているときでも、彼の子ども時代を生き地獄に変えた伯爵を許す気になれなかった。

意外にも、先に目をそらしたのはギルモア伯爵だった。突然立ちあがって暖炉の前まで行き、そこからマディーを見おろした。「ゆうべ、きみが出ていったあと、わたしはホートン公爵とふたりだけで話をした。公爵はきみの生い立ちを知りたがっていたが、残念ながら、わたしもほとんど何も知らなかった」

マディーは体をこわばらせた。「わたしのことをきかれたんですか？」

「当然だろう。きみは公爵の孫娘だ。またきみに会えることを強く望んでおられた」

動揺のあまり、さっと立ちあがった。公爵と対決したあとのことは考えていなかった。祖父が自分のしたことを恥じてうなだれるところまでしか想像していなかった。「どうして会わなければならないんですか？　母を勘当した人なのに」

「まあまあ、マデリン。突然現れた孫娘に興味がわくのは無理もない。じつはそのことで、きみをここに呼んだんだ。公爵は今日の午後、きみをお茶に招待するそうだ」


白い鬘をかぶり、深紅の仕着せを身につけた従僕のあとについて、マディーはホートン公爵家の大階段を上がった。広い玄関広間に足音が響き渡る。大勢の客が集まっていた昨夜とは打って変わってがらんとしている。シャンデリアの蠟燭は燃えつき、手すりに飾られていた金のリボンもはずされていた。

ギルモア伯爵が同行すると言い張ったのだが、マディーはひとりで行くと譲らなかった。義理の父親の意見に従うつもりはなかった。マディーが公爵と和解することを明らかに望んでいるのだからなおさらだ。

階段を上がったあと、衣ずれの音をさせながら華美な廊下を歩いた。ここにもう一度来たことは、正しい選択だっただろうか？

マディーは背筋を伸ばした。招待を断ってしまいたい気持ちも大きかった。母を勘当した公爵に義理立てする必要はないのだから。血縁上はマディーの祖父かもしれないが、ふたりのあいだにそれ以外の絆《きずな》はなく、いまさら築く気もなかった。

だが、昨夜言い残したことがある。自分の意見を言う絶好の機会だと思ったのだ。

従僕が部屋に足を踏み入れてお辞儀をした。「レディ・ローリーがお見えになりました、旦那さま」

従僕が退出し、マディーは金色と朽葉色で秋色に装飾された居間へ入っていった。背の高い窓から午後の太陽の光が差しこんでいる。壁に狩りの風景が描かれ、磁器の小さな犬の像があちこちに置かれていた。

ホートン公爵は今日は車椅子に座ってはいなかった。火を入れた暖炉のそばの長椅子に腰かけている。室内はあたたかいのに、膝掛けをかけていた。身を乗りだし、視力が弱い人のように目をすがめて、マディーを食い入るように見ている。

大理石の炉棚の上に飾られた肖像画に、ふと目を引かれた。そして、ぴたりと足を止めた。そこに描かれているのは、金色の巻き毛を結いあげ、薄いピンクのリボンがついた古風な白いドレスを着た娘だった。よく知っている顔だったので、マディーはどきんとし、声にならないつぶやきをもらした。〝ママ〟

「これはこれは、急にできたいとこのお出ましか」

気取った声が聞こえて、マディーは物思いから覚めた。そのときようやく、部屋にあとふたり男性がいたことに気づいて驚いた。もちろん、ダンハム卿とシオドア卿だ。公爵とふたりきりで会うのだと思っていた自分が浅はかだった。いとこたちは祖父を守るつもりでいるのだろう。名家に侵入してきた人物に憤慨すると同時に、好奇心をそそられているに違いない。

先ほど声をあげたダンハムが、ぶらぶらと近づいてきた。「キスをしてくれ、親愛なるいとこよ」

ダンハムの薄い青の目に怒りの色が浮かび、唇がゆがんでいる。マディーは横に寄って彼をよけた。「そんなうわべだけの愛情を示す必要はないわ、閣下」

「アルフレッドだ」ダンハムが言う。「これからはもっと懇意にしようじゃないか……かわいいマデリン」

「厚かましい人ね、アルフレッド、わたしたちは他人も同然よ」マディーはダンハムの横を通り過ぎて彼の弟のもとへ行き、手を差しだした。「こんにちは、シオドア卿。ゆうべは舞踏会の邪魔をしてしまって本当にごめんなさい。エミリーと話す時間があったのならいいんだけど」

金縁眼鏡の奥の紺青色の目がぱっと輝いた。「ええ、少し話せましたよ。でもあいにく、彼女は早めに帰ってしまったんです」

マディーは気分が明るくなった。秘密を暴露してよかったこともあるかもしれない。これからは、シオドアとエミリーが会えるよう取りはからえるだろう。それだけは価値のあることだ。

「こっちにおいで」ホートン公爵が手招きしながら、しわがれ声で言う。「わたしの隣に座りなさい」金色の長椅子の縞模様の座面をぽんと叩いた。

マディーはためらった。公爵の向かいにある茶色の布張りの椅子はすでにいとこたちに取られているため、ほかに座る場所はない。母を勘当した人のすぐ近くに座ることに強い抵抗を感じた。しかし、そこに座らないかぎり、部屋の向こう側にある椅子を引きずってくるしかない。

強くて勇敢なところを見せたいのに、そんなことをしたら子どもっぽく見えるだろう。マディーは静かに歩いていき、公爵からできるだけ離れて座った。だがそれでも、スカートが公爵の骨ばった脚に触れていた。アルフレッドとシオドアもふたたび椅子に腰かけた。

ほかの人に会話の主導権を握られるのはいやだったので、急いで口を開いた。「前置きは必要ありませんよね。わたしが今日、招待をお受けしたのはひとえに言いたいこと――」

そのとき、精巧なティーワゴンを押した従僕が部屋に入ってきた。従僕は長椅子と椅子のあいだにワゴンを置くと、お辞儀をしてから出ていった。

「マデリンがいとこになった利点が少なくともひとつはあるな」アルフレッドが言う。「家族にお茶を淹れてくれるレディがいるわけだ」

〝レディ〟という言葉を強調して言ったことで、アルフレッドがマディーの足をすくい、簡単な作業もできないほど無骨だと証明したがっているのがわかった。もちろん、マディーがレディ・ギルモアの猛特訓を受けたことを、彼は知る由もない。マディーは優雅に立ちあがり、熱い紅茶を四つのカップに注いだあと、砂糖とクリームの注文を受け、シードケーキを配った。

磁器のカップを持っていくと、公爵は震える手でそれを受け取り、膝に置いた。それから、うつむいたまま言った。「いつもサラがお茶を淹れてくれた。わたし好みのクリームの量を正確にわかっていた。どうやらきみも同じみたいだ、マデリン」

マディーは残りのカップを配りながら、昨夜、母と間違えられたことを思いだして息が詰まった。「わたしはレディ・サラではありません、公爵閣下。紅茶はまぐれ当たりです」

「しかし、きみはあの子にそっくりだ。怖いくらい似ている。そこの肖像画を見ればわかるだろう」

マディーはふたたび炉棚の上の肖像画に目をやった。父にもしょっちゅう似ていると言われたけれど、これを見て納得した。社交界にデビューした頃の、やさしく微笑んだ母の姿を眺めていると、胸がいっぱいになる。記憶の中で曖昧になっていた母の顔がはっきりした。

「今日、祖父上が屋根裏から引っ張りだしてきたんだ」アルフレッドがカップの縁越しにマディーを見ながら言った。「これを先に見ていたら、きみの魂胆をすぐに見抜けたのに」

「魂胆？」マディーは自分のカップを持って長椅子に腰かけながら、鋭い声できき返した。「何もたくらんでなんかいないわ。わたしが今日ここに来たのは、誤解を解くためです。母は俳優と恋に落ちたという罪を犯したせいで、家族から絶縁されたと聞かされて育ちました」

マディーはいとこたちと公爵を順に見た。「でも、これだけは言っておきたいんです。わたしの父は立派な人でした。品行方正で、思いやりがあって、まじめに働いて暮らしていました。わたしが出会った貴族のほとんどのかたよりずっと高潔な人だったんです。それに、自分の命よりも母を大事にしていました」母の墓前にひざまずいて悲嘆に暮れていた父の姿を思いだした。目に涙が込みあげたがまばたきしてこらえ、膝の上のソーサーを握りしめながら祖父を見据えた。「パパのことを知ろうともせずに拒絶するなんてあんまりです。そんなの卑劣です。卑劣で残酷だわ！」

アルフレッドが椅子から立ちあがった。「よくも祖父上にそんな口を――」

ホートン公爵が手を振ってアルフレッドを座らせた。その隣にいるシオドアは、目を見開いて静かに状況を見守っていた。

「マデリンの言うとおりだ」公爵は悲しそうな口調で言った。「わたしは残酷だった。その罰として、ひとり娘を失ったんだ。サラに二度と会えなかった」顎を震わせながら、マディーに視線を戻した。「あの子は……どうして死んだんだ？」

ホートン公爵が自責の念に駆られている様子を見て、マディーは驚いた。昨夜、公爵が涙を見せたのは衝撃を受けたせいで、今日は尊大な態度を取るだろうと思っていた。顎をつんと上げ、マディーを軽蔑のまなざしで見るだろうと。だから、その鼻を折ってやろうと、辛辣な言葉をいくつか考えてきたのだが、こうなってはきつく接したらひねくれ者になってしまう気がした。

「わたしが一三歳のとき、事故に遭ったんです」車軸が壊れて母が馬車の下敷きになったことを話した。父は母の早すぎる死から立ち直れず、二年後に長患いの末に死んだことも。そして、こう締めくくった。「それをきっかけに、わたしは旅役者をやめて、ネプチューン劇団に入ったんです」

「ぼくは何度かあなたのお芝居を見たことがあります」シオドアが声をあげた。「すばらしかった」

マディーはやさしく微笑みかけた。「母も上手だったのよ。とても才能のある女優だった。全部母から教わったの」祖父に視線を戻し、唇を引き結んだ。「ご存じありませんでしたか？母を捜そうとはされなかったんですか？」

ホートン公爵は肩を落とし、ゆっくりとかぶりを振った。「長いあいだ、わたしの前でサラの名前を出すことも許さなかった。あの子の肖像画を片づけ、最初からいなかったことにしようとした。だが人は年を取ると、人生を振り返って、自らの過ちを認めるようになる。本当にすまなかったと思っている」

「とんでもない」アルフレッドがきっぱりと言った。「レディ・サラは祖父上の意向に従わなかった。自分でその道を選んだんだ。その結果どうなろうとわたしたちの知ったことではない」

マディーは背筋を伸ばした。「お祖父さまが母のことをお聞きになりたいとおっしゃるのなら、わたしは話します。あなたには関係ないわ」

そう言った瞬間、自分が公爵の味方をしているのに気づいて驚いた。祖父に対する気持ちがやわらいでいる。いったいどうして？

それは、祖父が謝罪したからだ。母ではなく、自分を責めていた。そして、母の肖像画を炉棚の上に飾った。祖父に好意を抱くようになるなんて、夢にも思わなかった。

でも、祖父を許せるだろうか。それを決めるのはまだ早すぎる。

ホートン公爵が紅茶をひと口飲んだあと、カップをソーサーにカチャンと戻した。厳しいまなざしをアルフレッドに向けている。「アルフレッド、マデリンがわたしたちの家族に加わったことに慣れてもらわないとな。わたしは遺言書を書き替えることに決めた。限嗣《げんし》相続以外の財産は、お前とシオドア、マデリンで三等分することになる」

沈黙が流れた。マディーは衝撃のあまり、事の重大さをよくのみこめなかった。お金をもらうためにここへ来たと思われているの？

アルフレッドが弾かれたように立ちあがった。「なんてことだ！　冗談じゃない。そんな名もない女に」

「わたしは本気だ」公爵は顎を上げ、孫息子をにらんだ。「お前に口出しする権利はない」

アルフレッドが憤怒の形相を見せた。「それなら、禁治産の宣告を受けてもらいます。財産目当てで結婚するような女のために、よく考えもしないで遺言書を書き替えるなど言語道断です」

マディーはカップを置いた。「わたしはお金のためにここへ来たわけではありません」鋭い口調で言った。

だが誰も聞いていなかった。

ホートン公爵はサイドテーブルへ向かい、呼び鈴を力強く鳴らした。その場の張りつめた空気にそぐわない鈴の音が鳴り響いた。

そのあとすぐ、地味な黒いスーツを着た太った男が部屋に入ってきた。まるで部屋の外で呼ばれるのを待っていたかのようだった。「お呼びになりましたか、公爵閣下」

ホートン公爵が孫息子をにらみつけながら言った。「アルフレッド、覚えているだろう、わたしの弁護士のディケンソンだ。ディケンソン、わたしが禁治産の宣告を受ける可能性はあるかね？」

「とんでもない、公爵閣下は健全な精神をお持ちだと、わたしが法廷で証言します」

「それなら結構。さがってよろしい」

ディケンソンは登場したときと同様に速やかに姿を消した。

マディーは祖父の変わりように驚いていた。娘を失って悲しみに沈んでいる老人から、尊大な公爵そのものに早変わりしていた。母を勘当した厳格な独裁者がそこにいた。

だが、マディーは指図されるつもりはなかった。

さっと立ちあがり、祖父と向きあった。「公爵閣下、遺言書を変更する必要はありません」きっぱりと言った。「あなたから一ペニーも受け取るつもりはないので」

「ばかなことを言うな。こんな寛大な申し出を断るやつがあるか。財産を受け取るんだ。わたしの考えは変わらない」

しわだらけの顔に浮かんだ頑固そうな表情を見れば、言い争っても無駄なのは明らかだった。アルフレッドは憤懣《ふんまん》やる方ないといった顔をしている。シオドアでさえ不信感を抱いている様子で、マディーと目を合わせようとしなかった。

シオドアにまで財産目当てと思われているような気がした。

22

ネイトは廊下の突き当たりにある誰も使っていない寝室に入っていった。ベッドなどの家具には覆いがかけられている。カーテンは閉めきってあるが、その隙間から差しこむわずかな日差しが、空中に漂う埃を照らしていた。

ネイトは暖炉のそばの椅子に視線を向けた。結婚式の翌日、その椅子でマデリンを膝にのせて愛しあった記憶がまざまざとよみがえった。あらゆる刺激的な感覚——彼女の髪の香りや腰のうねり、なまめかしいうめき声を事細かに思いだすことができる。あれをもう一度経験したいと、心の底から渇望していた。

そんなことを思いだしたところで、さらに自分を苦しめるだけだ。マデリンとは二度と愛しあうことができないのだから。それで跡取り息子ができたら、ギルモアを大喜びさせるだけだ。

マデリンから離れることが、復讐を果たす唯一の方法だ。彼女が貴族の血を引いているのを隠していたことに対する怒りがおさまらず、ネイトは一刻も早くイングランドを去る決意をしていた。

マデリンと別れるからといって、胸を痛める必要はない。嫌気が差した愛人を捨てるのと一緒だ。そう思おうとしても、この二カ月の結婚生活のあいだに、彼女はネイトの幸福の大部分を占めるようになっていた。だがそのあいだずっと、ネイトはだまされていたのだ。とんでもない愚か者だ！

部屋の奥へと進んだ。じつはこの部屋はかつてネイトの部屋だったのだが、そのことをマデリンには言わなかった。一〇年前にネイトが出ていったあと、装飾が変えられ、私物はすべて片づけられていた。壁に馬の絵が飾られ、椅子に上着がかけられ、ベッドの上にコレクションの地図が散乱していた青年の部屋の面影はどこにもなかった。

だが、マホガニーの書き物机は依然としてそこにあった。部屋の隅の壁際に置かれ、蓋は閉められていて、ネイトがそこにしまっていた紙やペンは見えない。しかし、そんなものには興味はなかった。ずっと昔に隠したものを捜しに来たのだ。

ネイトは机の前にかがみこんだ。天板の下に手を入れ、隠し棚の中をまさぐる。果たして、捜していた長方形の箱に指が触れた。

一〇年間そこで眠っていた小さな木箱を取りだすと、立ちあがって窓辺へ行き、埃を吹き払ってから蓋を開けた。中には青春時代の宝物の数々がおさめられている。名付け親からもらった小型の格言集、化石、エミリーの朽葉色の産毛。

縁に花の刺繡が入った、正方形にたたまれたリネンのハンカチを手に取った。隅に縫われたCの文字は、〝カミーリャ〟を表している。ネイトはそれを鼻に押し当て、深く息を吸いこんだ。これだけ時間が経っているのに、まだほのかに母が使っていたバラの香水の香りがする。一二歳のとき、クリケットをして泥だらけの状態で病床の母を見舞った際、顔を拭くようにともらったものだ。母は産後の肥立ちが悪く、その数日後に息を引き取った。ネイトはせつない思いに駆られた。時が経つにつれて、記憶に刻まれた母の顔はおぼろになっていった。黒い髪と、生き生きとした緑の目、まばゆいばかりの笑顔は覚えている。何よりも、生きる喜びにあふれている人だった。ある年、初雪が降った日、母に真夜中に起こされ、デイヴィッドと三人で庭で遊んだことがあった――そのあと、ギルモアに怒られ、部屋に連れ戻されたのだが。

母にはめったに会えなかった。社交界の行事に参加したり、大勢いる友人たちのカントリーハウスを訪ねたりするのに忙しかったからだ。それでも、ネイトは母が大好きだった。ギルモアが母の悪口を言うと腹が立った。一〇年前、不貞の話を聞かされ、母の思い出が汚されたことを恨んでいた。

ハンカチを箱に戻したあと、兄の短い手紙を取りだして広げた。〝パパがお前を鞭で打ったことが、とても悲しい。ビスケットをこっそり持っていったぼくが悪かったのに。これからはもっと平等に扱うよう、パパを説得してみるから。デイヴィッド〟

ネイトはきれいな筆跡を指先でなぞった。兄にはとうていかなわなかった。デイヴィッドはつねに正しくて行いがよかったのに対して、ネイトは問題を起こしてばかりで、夕食抜きの罰をしょっちゅう受けていた。デイヴィッドが助けようとするたびに、兄を惑わしたとし当時のネイトはふてぶてしくて、怒りで頭がいっぱいだったから、兄に感謝する余裕もなかった。

その話をマデリンにしたとき、彼女はこう言ってくれた。〝あなたはお兄さまの代わりに罰を受けたことになるわ。それって立派なことよ〟

彼女の言うとおりかもしれない。それでもネイトは、感謝を伝えられなかったことを悔やんだ。この一〇年間、一度も手紙を書かなかった。大人になっても父親に対する恨みを引きずっていた。そして、レディ・ミルフォードの手紙を読み、ギルモアが死に、デイヴィッドが爵位を継いだと思ってイングランドに帰ってきた。

もう一度兄に会えると思っていた。償いがしたかった。ところが、兄はすでに天に召されていた。

ネイトは目をこすって涙をこらえた。過去のことをくよくよ考えてもしかたがない。起きたことは変えられないのだから。いま、正しいことをするしかない。

手紙をたたみ直して小箱に戻し、蓋を閉めると、それを手に寝室を出た。この形見を持って出国しよう。今度こそ二度と帰ってくるつもりはないのだから。マデリンのものも何か入れておこうか……。

いや、彼女のことは忘れてしまったほうがいい。彼女と別れると思っただけで胃がねじれるように痛んだ。彼女の魅力にふたたび屈してしまう前にここを去らなければならない。復讐を続けるためには、そうするしかなかった。

ギルモアに貴族の血を引いた孫息子をくれてやるなどまっぴらごめんだ。

マディーはネイサンの部屋につながるドアの前でためらっていた。少し前に公爵家から帰ってきたばかりだ。祖父から衝撃的な話を聞いたせいでまだ動揺していた。祖父はマディーに、いとこたちと平等に財産の三分の一を遺《のこ》そうとしている。その額はマディーには想像もつかないが、あの壮大な屋敷や、アルフレッドの憤りぶりから判断すると、莫大なのだろう。

マディーはホートン公爵から一ファージングも受け取りたくなかった。まるで慰謝料――母を不当に扱ったことに対する賠償金のように思えるからだ。大金をもらっても、母が勘当されて味わった苦しみをなかったことにはできない。

マディーは深呼吸をして気持ちを落ちつかせた。あれこれ考えてもしかたがない。いまのところ、この件について何もできることはないのだから。でも、ネイサンと仲直りするためにできることならある。彼が帰ってきていることを、ガーティーから聞いていた。

マディーは白いドアをノックしたが、返事がないのでそっと開けてみた。結婚してからずっと、ネイサンがマディーの部屋に来ていた。マディーが彼の部屋に足を踏み入れるのはこれがはじめてだった。

そこは広々とした更衣室で、男性用の服がいくつかかけてあった。アイロン台の上に、クラバットやたたんだシャツ、ズボンがそれぞれ山積みになっている。ブーツや靴が壁際にきちんと並べてあり、洗面台の水差しとたらいが脇にどけられ、そこに長靴下と下着が積んであった。

どうして戸棚にしまわないのかしら？　ネズミが出たの？　それとも、春の大掃除の真っ最中？

そのとき、蓋の開いた旅行鞄が目に留まった。真鍮《しんちゅう》製の金具がついた特大の革張りの旅行鞄だ。

マディーははっとした。ネイサンはもう旅立つ準備をしているの？　まだ五月の半ばで、六月の終わりまではいると約束したのに。

マディーは急いで開いた戸口を通り抜け、彼の寝室に入った。マディーの寝室と同じくらいの広さで、青い色調で装飾された天蓋付きのベッドと、マホガニーの家具が備えつけられている。炉棚の上の時計が時を告げたあと、不穏な静けさに包まれた。

ネイサンはここにはいない。まさか、荷造りをして港まで運ぶよう従者に指示して、すでに出発してしまったのだろうか。

マディーは震えながら平らな腹部に手を当てた。まだ行かせるわけにはいかない。あまりにも突然すぎる。赤ん坊のことも打ち明けていないのに。

だがその話をしたとしても、ネイサンがロンドンにとどまることはないだろう。子どもが欲しくないのだから。昨夜、はっきりとそう言っていた。〝ギルモアに孫息子をくれてやるつもりはない。そうなったら完全に向こうの勝ちだ〟

ここで待つか捜しに行くか迷っていたとき、ドアの錠を開ける音がして、ネイサンが部屋に入ってきた。彼は更衣室の前に立っているマディーに気づくと、ぴたりと足を止めた。

ふたりは長いあいだ見つめあった。マディーはせつなさに胸がときめいた。はじめて会ったときから、彼の広い肩や、ひとつに結んだ長い髪や、自信に満ちあふれた雰囲気に惹かれていた。金の斑点がある緑の目や、笑ったときに浮かびあがるえくぼが好きだった。

でもいまは笑っていない。

ネイサンはドアを閉めてから、ベッド脇のテーブルへ向かい、木の小箱をそこに置いた。大事そうに扱っている。

「何が入っているの？」マディーはきいた。

「たいしたものじゃないけど、持っていこうと思って」ネイサンが振り返り、マディーと向きあった。よそよそしい表情をしている。「ぼくはもう行くよ、マデリン。極東に戻ることにした。今日港へ行って手配をしてきた。夜明けに出航する」

マディーは胸を突き刺されたような衝撃を受けた。苦しくて息ができなくなる。そんなふうにあっさり別れられるなんて、わたしはそれほどどうでもいい存在だったの？

マディーは腕組みをし、皮肉で身を守ろうとした。「やっぱり。更衣室に旅行鞄があったから、そうだと思っていたわ。わたしがこの部屋に来なくても話してくれた？　それとも、黙っていなくなるつもりだったの？」

「もちろん、きちんと話すつもりだった。でもきみは、公爵を訪問していたから」ネイサンの表情が険しくなった。「ホートンと和解できたのか？　家族の一員として認めてもらえた？」

「そんなこと気にしなくていいわ」そこで虚勢が崩れ去り、マディーは彼の冷たい表情に打ちのめされた。こうなったのも、少なくともある程度は自分のせいだ。「ああ、ネイサン、ゆうべのことは本当にごめんなさい。あなたをだましたことを、心から後悔しているの。せめて予定どおり、シーズンが終わるまでここにいることはできないの？」

ネイサンはマディーに目を据えたまま、うろうろと歩きはじめた。「いいかい、マデリン、契約に違反したのはきみのほうだぞ。きみが嘘をついていたんだ。平民だとぼくに思いこませた。真実を知っていれば、ぼくはきみと結婚しなかった」

マディーはその言葉に傷ついた。ネイサンだって、重大な秘密を隠していたのに。彼の妻が外聞の悪い女優であることがどうしてそれほど重要なのかを、教えてくれなかった。伯爵がネイサンを冷酷に扱ったのは、本当の父親ではないからだなどとは想像だにしなかった。

だが復讐にとらわれている彼に、そのことを指摘しても無駄だろう。

それでもやはり、ネイサンをこのまま行かせるわけにはいかなかった。これきり二度と会えないかもしれないと思うとぞっとした。彼がいなければマディーは生きていけない。彼のほうもマディーを必要としている。ふたりは一心同体なのに、ネイサンは伯爵に対する憎しみが強すぎて、それに気づけないのだ。

マディーは彼の前に立ちはだかって、歩くのをやめさせた。「あなたがずっと復讐にとらわれていた理由は理解できるわ、ネイサン。でも、このままではあなたのためにならない。

また逃げだすのはやめて、伯爵と和解するべきよ」

「ばかなことを言うな！」

マディーはひるまず、両手で彼の頬を包みこんだ。「それがいやなら、せめてイングランドにいてちょうだい。ふたりでこの屋敷を出ればいいわ。どこかにわたしたちの家を構えましょう。伯爵に二度と会わなくたっていいのよ。ふたりで暮らしましょう。愛しているの――あなたがわたしを愛してくれなくてもかまわない」

ネイサンがマディーをじっと見た。目に切望の色がよぎったかと思うと、マディーの両腕をつかんで脇へ押しのけた。「やめてくれ。もう終わったんだ、マデリン。すまない」

それから窓辺へ行き、マディーに背を向けて外を眺めた。このうえなく冷淡な態度だった。

マディーは涙で目がかすんだ。思いきって心を打ち明けたのに。このままネイサンの足元で泣き崩れてしまいたかった。胸に拳を打ちつけて彼をののしり、引き止めたい気持ちもあった。

けれども、マディーは黙って寝室を出ていった。ネイサンの目に一瞬浮かんだ切望の色が忘れられない。そこに一縷《いちる》の望みを見いだしていた。そして、彼の決心を覆す最後の作戦を思いついたのだ。

しばらくして、マディーは泣きやむと、ギルモア伯爵を捜しに図書室へ行った。開いた戸口から、窓辺の机に向かっている伯爵の姿が見えた。

伯爵はまだこちらに気づいていなかった。目の前に広げた手帳に見入っている。そして、羽根ペンを手に取り、銀のインク壺にペン先を浸してから、何かを書きつけた。

マディーは驚いて目をしばたたいた。自分がこの瞬間にここへ来たことは奇跡に違いない。公爵のその姿を見て、ネイサンが倉庫で書類に署名をしていたときの記憶が呼び起こされた。

もしかしたら……。

マディーはテーブルや椅子の合間を縫って、急いで伯爵のもとへ向かった。そのあいだずっと、ある可能性について考えていた。真実を突き止めなければ。もしその考えが間違っていたら、もともとの計画を実行しよう。伯爵からネイサンに歩み寄るよう、どうにかして説得するのだ。

ギルモア伯爵が顔を上げ、かすかに微笑むと、羽根ペンを持った手で椅子を指し示した。

「マデリンか、座りなさい。帰ってきていたんだな。どうだった？　公爵に家族の一員として受け入れてもらえたのかな？」

「ええ、お父さま」マディーは椅子に腰かけた。「でも、その話をするためにここへ来たわけではないんです。突然お邪魔して申し訳ありませんが、一刻も早くお知らせしたほうがいいと思ったものですから。ネイサンが明日の朝、イングランドを出発しようとしています」

伯爵は青ざめ、羽根ペンをペン立てに戻さずに投げ捨てた。「なんだと？　まさか。今朝廊下ですれ違ったが、そんなことはひと言も言っていなかったぞ」

「でも本当なんです。いま荷造りをしています。夜明けに出航できるよう手配してきたそうです」マディーはスカートを握りしめた。「わたしのせいなんです。わたしが生まれのことで嘘をついていたから。彼を引き止めるために、力を貸してください」

ギルモア伯爵が唇を引き結んだ。「あいつを止める力など、とうの昔に失ってしまった」

「お願いです。あきらめないでください。あなたの跡取り息子なんですから」マディーは声を潜めた。「たとえ血がつながっていなくても」

ギルモア伯爵が小鼻をふくらませた。一線を越えてしまったかもしれないと思って、マディーはひやりとした。伯爵は険しいまなざしでマディーをにらみながら、小声でかみつくように言った。「あいつから何を聞いた？」

マディーも小さな声で話した。「ネイサンの二一歳の誕生日に、借金の肩代わりをさせられたあなたは腹を立てていた。それで、彼の行いが悪いのを血筋のせいにして、その……本当の父親が従僕だということを打ち明けたと聞いています」

伯爵は目を閉じ、親指と人差し指で鼻筋をつまんだ。しばらくしてからふたたび目を開けると、厳しい表情をマディーに向けた。「やれやれ。ほかの誰にも話していないだろうな」

「まさか！　もちろん話していません。絶対に誰にも言いません」

ギルモア伯爵が値踏みするような目つきでマディーを見た。「きみの口がかたいことは証明済みか。これからもそのままでいてくれ。もしこのことが世間に知られたら、家名に傷がつく。エミリーが良縁に恵まれる見込みも薄くなる」

「ええ。だからネイサンも誰にも言わなかったんだと思います。エミリーを愛していますから」マディーはごくりとつばをのみこんでから、言葉を継いだ。「閣下、出すぎたことをおききしますが……ネイサンの生まれに間違いはないのですか？　あなたが本当の父親である可能性はありませんか？」

伯爵が鬼のような形相をした。「いかにも出すぎたことだ」

マディーはここでおじけづくつもりはなかった。すべてがこのときにかかっているのだ。

「こんなことをおききしたのは、ここへ来たときに、あなたが左手で書いていることに気づいたからなんです。ネイサンも左利きです。それって、遺伝ではありませんか？　かなり珍しいと思いますし、家族の中にふたりいるということは……そんなふうに考えたんです」

ギルモア伯爵がマディーをじっと見つめた。それから、うつむいて羽根ペンを手に取り、物思いにふけった。マディーは緊張してその姿を見守った。自分が父親である可能性を考えているのだろうか？　それなら状況は一変する。伯爵のかたくなな考えを改めさせることができれば、もしかしたら……。

「あいつは全然わたしに似ていない」伯爵がまるで自分に言い聞かせるように怒鳴った。

「そんなことあるわけがない」

「お母さま似なのではないですか？　それとも……その従僕に似ているのですか？」

「ネイサンはカミーリャに生き写しだ。黒い髪といい緑の目といい。性格もだ。生意気で無礼で――」伯爵は突然言葉を切った。「なぜきみにこんな話をしなければならないんだ？　きみに干渉する権利はない」

「あります。ネイサンはわたしの夫です。愛しているんです。外国へ行ってほしくありません。伯爵も同じお気持ちでしょう？」

「さっきも言ったが、わたしにあいつを止めることはできない」

マディーは机に肘を置いて身を乗りだした。「そんなに簡単にあきらめてしまうんですか？ネイサンは過去のできごとのせいで、いまもつらい思いをしているんですよ。子どもの頃から苦しんでいたんです。詳しいことは話してくれませんでしたけど、長男とは正反対に、冷遇されたそうですね」

そこでひと息入れ、叱責されるのを覚悟した。ところが、伯爵が何も言わないので、言葉を継いだ。「それに、たとえネイサンが本当の息子ではなかったとしても、それは彼のせいではありません。それでも愛情を示してやるべきでした。彼はまだ子どもだったんです。子どもに憎しみをぶつけるなんてあんまりです」

マディーは口をつぐみ、期待しすぎないようにした。ギルモア伯爵は気位が高く、私生活に干渉されることを好まない。生意気な義理の娘の意見に素直に耳を貸そうとはしないだろう。それに、自分の過ちを認めるのも苦手なはずだ。

ところが驚いたことに、ギルモア伯爵の目に涙が光った。伯爵は両手に顔をうずめ、ため息をつくと、重々しい口調で話しはじめた。「認めるのはつらいが、わたしはあいつにひどいことをした。関係を修復したい――もし手遅れでないのなら」

マディーは安堵に包まれた。伯爵が訴えを聞き入れてくれたことがまだ信じられなかった。

「けっして遅すぎることはありません。ネイサンと話をして、和解の手を差し伸べれば、彼もきっと――」

「なんの話だ？」戸口のほうから、ネイサンの鋭い声が聞こえてきた。「ふたりで何をたくらんでいるんだ？」

マディーはぎょっとして振り返った。ネイサンはつかつかと部屋に入ってくると、少し離れたところで立ち止まり、疑いの目でふたりを交互に見た。

「伯爵を捜しに来たのに、きみに会うとはな、マデリン。ぼくが出発することを告げ口していたに違いない。貴族の仲間入りをしたとたんに寝返るとは、ずいぶん変わり身が早いな」

ギルモア伯爵が顔をしかめて立ちあがった。「妻にそんな口の利き方をするもんじゃない」

「父上から教わったんですよ。あなたが母を蔑む言葉を聞いて育ちましたからね」

ふたりのやり取りが口論に発展するのを恐れたマディーは、さっと立ちあがった。「ネイサン、喧嘩する必要はないのよ。伯爵はあなたと仲直りしたがっているの。あなたさえよければ」

「どうせ何か裏があるんだろう」

「お願いだから、ちゃんと話を聞いて――」

「顔を合わせるのはこれで最後にしたい」ネイサンの顎が引きつった。「死んだと思ったから帰ってきただけなのに」

ギルモア伯爵が眉根を寄せた。「どういう意味だ？」

「あなたが天然痘にかかって死の床についていると、レディ・ミルフォードが手紙で教えてくれたんです。そのあとの手紙は、ぼくのもとには届かなかった。だからぼくは、兄と妹に会うつもりで戻ってきたんですよ。あなたが生きているとわかっていたら、絶対に帰ってこなかった」

マディーは思わず身震いした。ネイサンが伯爵に敵意をむきだしにするのを見たのは、久しぶりだった。伯爵はさぞかし衝撃を受けただろう。

ギルモア伯爵の顔が真っ青になった。呼吸が荒くなり、ネイサンを見つめて、何か言おうとするように口を開いた。

だがそのあと突然、胸をつかむと、うめき声をもらしてよろめいた。ネイサンがあわてて駆け寄ったが、間に合わなかった。

伯爵はくずおれ、机の縁に頭をぶつけたあと、床に倒れた。

23

翌朝、マディーは来客があり、応接間へ向かった。レディ・ミルフォードが窓辺に立ち、雨の降る通りを見つめていた。ライラック色のドレスにダチョウの羽根飾りのついたボンネットで、今日もエレガントに決めている。振り向くと、暗い表情をしていた。

「朝早くにお邪魔してごめんなさい」レディ・ミルフォードがマディーのほうへ歩いてきた。「知らせを聞いて飛んできたの。ギルモア伯爵の具合はどう?」

「まだ意識を失っています。脳卒中を起こして、倒れたときに頭を打ったんです。ひと晩じゅう医者がつききりでした。後遺症が残るかどうかは、意識が戻るまでわからないそうです」

意識が戻ればの話だが。

マディーは身震いした。義父が倒れるのをまのあたりにしたのだ。あのあと、マディーが助けを呼びに行き、ネイサンと従僕が伯爵を二階の寝室へ運んだ。家族が駆けつけ、伯爵未亡人は気付け薬をかぐはめになり、エミリーは泣き崩れた。ソフィアは、まるでマディーのせいで発作が起きたと言わんばかりに、責めるような目つきでマディーを見た。

マディーは息を吸いこんだ瞬間、むせび泣きがもれた。寝室から持ってきた青いベルベットのレティキュールを握りしめる。きっと本当に、わたしのせいなのだ。過去を掘り起こして、ギルモア伯爵を苦しめたから。マディーが伯爵に相談しなかったら、ネイサンがあんなきつい言葉を投げつけることもなかった……。

レディ・ミルフォードが慰めるように背中に腕を回し、マディーを長椅子に座らせた。「大変だったわね。お茶を持ってこさせましょうか？」

マディーは涙をぬぐった。「いいえ、大丈夫です。ただ……こうなったのもすべてわたしのせいだと思うと心苦しくて」

レディ・ミルフォードが隣に座り、マディーの手を取ってさすった。「どうしてまたそんなふうに思うの？」

マディーは吐きだすように言った。「わたしが生まれについて嘘をついていたのがいけなかったんです。わたしがホートン公爵と血縁関係にあることをネイサンは知らなくて、それがわかったとき、ひどく怒りました。彼は伯爵に復讐するためにわたしと結婚したのに……とにかく、今朝イングランドを発つことに決めて――」

「なんですって！　じゃあ、もう行ってしまったの？」

マディーはかぶりを振った。「伯爵が倒れてしまわれたから、出発を延期しました。でもいつまでここにいるかはわかりません」

先ほど伯爵の寝室を訪ねたとき、ネイサンもそこにいた。疲れきった険しい顔をしていて、態度もよそよそしく、この数週間のやさしかった彼と同一人物とは思えず、マディーは意気消沈していた。

「どうやらネイサンと話をしなければならないみたいね」レディ・ミルフォードが言った。

「でもやっぱり、どうしてあなたのせいなのかわからないわ」

「昨日、わたしが伯爵に相談をしたんです。そのとき……ネイサンが子どもの頃に不当に扱われていたことについて率直に話をしていたら、運悪くネイサンに見つかってしまって。ネイサンは、陰で共謀していると言って、伯爵とわたしを非難しました。そして、伯爵がまだ生きているとわかっていたら絶対に帰ってこなかったと言い放ったんです」

レディ・ミルフォードが唇を引き結んだ。「ああ、あの手紙ね。あんなものを送らなければよかったと、ものすごく後悔しているのよ。先走ってしまったわ。結局、ギルモアは回復して、ネイサンの兄妹に天然痘が伝染した。それで二通目の手紙を送ったんだけど、彼のもとに届かなかったのよ」

マディーは物事の明るい面を見ようとした。「でも、いずれにしてもネイサンはイングランドに帰ってこなければならなかったわけですから。いまだってここにいるべきなのに、そう言っても、彼は聞き入れてくれないんです」

「まあまあ、そんなに興奮しないで。あなたのせいではないのだから。わたしが送った手紙のせいとも言えるわよ。わたしが手紙を送らなければ、ネイサンが父親にそんなひどいことを言うこともなかった」

ギルモア伯爵はネイサンの父親ではないかもしれない。マディーはそれは言わずにおいた。伯爵に誓ったのだから、面目にかけて秘密を守らなければならない。

「あんまり長居したら悪いわね」レディ・ミルフォードはそう言って立ちあがった。「明日か明後日にまたうかがうわ。もしネイサンがロンドンを離れようとしたら、わたしと話をするまではだめだと伝えておいて」

「わかりました」

マディーは立ちあがり、レティキュールを持ってきたことを思いだした。深紅の靴が入っているその袋をレディ・ミルフォードに差しだした。「忘れるところでした。貸していただいていた靴です。もうお返ししたほうがいいと思って」

レディ・ミルフォードのスミレ色の目が謎めいた輝きを放った。「お役に立ったみたいでよかった。心配しなくて大丈夫よ。万事うまくいくから。いまにわかるわ」

うまくいかないとわかっていたけれど、マディーは弱々しく微笑んだ。靴を返したのは、決心したからだ。もうパーティーや舞踏会には行かない。伯爵が回復して、ネイサンが歩み寄る姿勢を見せた場合、自分が邪魔者になるわけにはいかなかった。

ギルモア邸を去るべきなのはわたしだ――ネイサンではない。

曇りの日で、さらにカーテンを閉めきっているため、病室は薄暗かった。ベッド脇のテーブルに置いてある一本の蠟燭が、上掛けにくるまっている病人に弱々しい光を投げかけている。あばたのある顔は青白く、胸がかすかに上下していなければ、死んでいると思うかもしれない。

ネイトはうろうろと歩きまわりながら、伯爵を見守っていた。ギルモアは昨夜からじっと横たわったままだ。意識を失っているのが発作を起こしたせいなのか、頭を強く打ったせいなのかはわからない。医者はほかの患者を診るため、容体に変化があったら呼ぶよう言い残して立ち去った。ネイトはここにひとりでいた。祖母と妹もひと晩じゅう起きていたので、部屋にさがらせてやすませたのだ。

ネイトは暖炉のそばの椅子で仮眠を取った。しわくちゃになった服を着替えたときと、港に連絡したとき以外はこの部屋から出ていない。なぜか父のそばについていなければならない気がした。

父。

ネイトはぴたりと足を止めた。いまだにギルモアのことを父親と思っている自分に驚いた。父親とは思わないと誓ったはずなのに。それに、ギルモアがこのまま死んでしまうことをひどく恐れていた。きつい言葉を浴びせたことに罪悪感を抱いているからだけではない。この数週間のあいだに、どういうわけか戦う気が失《う》せていた。

マデリンの影響かもしれない。時が経つにつれて、ネイトとギルモアは互いに礼儀正しくふるまうようになっていた。怒鳴りあうこともなくなった——昨日、ネイトが怒りにまかせて暴言を吐くまでは。

医者の話によると、天然痘の余病で、ギルモアは心臓が弱くなったらしい。かくしゃくとしていて、健康なのだと思っていたが、それは間違いだったのだ。そういえばここにマデリンを連れて帰ってきた日、伯爵の体調が思わしくないというようなことを祖母が言っていた。だがそのとき、ネイトは気に留めなかった。復讐にとらわれていたから。

ベッド脇のテーブルに両手を突いて目を閉じた。昨日、図書室へ行ったのは、ギルモアに出ていくことを知らせるためだった。そうしたら、ギルモアがマデリンと話しこんでいるところに出くわしたのだ。

ふたりが手を組んでいると思ったら、かっとなった。ふたりが仲よく話しているのを見て、計画が失敗したことを思い知らされたのだ。マデリンは復讐の道具だったはずなのに、一夜にしてギルモアの親友に早変わりしていた。それで、怒りを抑えられずに……。

〝あなたが生きているとわかっていたら、絶対に帰ってこなかった〟

辛辣で子どもじみた、言う必要のない言葉だった。レディ・ミルフォードの手紙について話す理由もなかった。跡取りはもうけないとすでに決めていたのに、それだけでは飽き足りず、ギルモアを罰してやりたい衝動に駆られたのだ。

どうしてあんなに腹が立ったのだろう。どうしてあそこまで冷酷になれたのだろうか。過去にがんじがらめになっていた。そして何よりも、マデリンに裏切られたという気持ちが大きかった。

〝愛しているの――あなたがわたしを愛してくれなくてもかまわない〟

マデリンの言葉を思いだすと、胸が締めつけられた。だがネイトは本気にしていなかった。生まれについて嘘をつかれていたことがわかったあとでは、彼女の言うことなど信用できない。もし本当にネイトのことを愛しているのなら、嘘などつかなかったはずだ……。

不意に衣ずれの音がして、物思いから覚めた。ベッドのほうから低いうめき声が聞こえてきた。

ネイトはぱっと顔を上げ、ギルモアの目が半分開いているのを見て驚いた。金色の刺繍が入った上掛けを、震える手で握りしめている。

ネイトはマットレスに両手を突き、伯爵に顔を寄せた。「声は出ますか、父上？　ぼくのことがわかりますか？」

ギルモアは眉をひそめ、まぶたを引きつらせた。それから唇を開き、しわがれた声でささやいた。「ネイ……サン」

喉が渇いているに違いない。ほぼ丸一日意識を失っていたのだから。「水を飲みますか？」

ネイトは返事を待たずに、ベッド脇のテーブルに置いてあった水差しをつかんで、グラスに水を注いだ。手が震えていて少しこぼしてしまった。

ギルモアの背中の下に片腕を滑りこませ、起きあがらせてからグラスを口に当てた。ギルモアは水を顎に垂らしながら何口か飲んだあと、弱々しくグラスを払いのけた。

ネイトはふたたびギルモアをベッドに寝かせた。「意識が戻ったと、医者に報告してきます。一刻も早く知りたいでしょうから」

ギルモアがネイトの手をつかんだ。「待て……行くな」

握りしめる力は弱く、簡単に振りほどけただろうが、ネイトはそうしなかった。この前ギルモアに手を握られたのがいつだったか思いだせない。握られたことがあればの話だが。

「すぐに戻ってきますから」

「違う……外国へ……行くな。話を……しよう。すまない……わたしが間違っていた……」

ギルモアはそこで力尽きたかのようにぜいぜいあえいだ。

ネイトはその場に立ちすくんだ。ギルモアはずっと、冷徹にこの家を支配していた。謝ったことなど一度もなかった。それに、〝間違っていた〟とはどういう意味だろう?

ネイトはその答えが知りたくてたまらなかった。だがこれ以上疲れさせるのは危険だ。

「いまは安静にしていてください。明日、ご気分がよくなられたらまた話をしましょう」

ギルモアがかすかにうなずき、ふたたび目を閉じた。ネイトの手を握りしめていた手の力が抜けていき、上掛けの上に落ちた。ネイトはそれでもなお、ベッドのそばに突っ立ったまま父を見おろし、昨日のマデリンの言葉を思いだしていた。

〝あなたがずっと復讐にとらわれていた理由は理解できるわ、ネイサン。でも、このままではあなたのためにならない。また逃げだすのはやめて、伯爵と和解するべきよ〟

そう言われてネイトは激怒し、いま思いだしても腹が立った。父から解放された人生を送りたがっている彼を、マデリンは臆病者扱いした。彼女はわかっていないのだ——この男の支配下で育つというのがどういうものか、彼女に理解できるわけがない。イングランドを離れて事業をはじめたのは、逃げだしたことにはならない。

それとも、逃げだしたのか？

いまいましい。いまさら和解できるとも思えなかった。いろいろなことがありすぎた。過去は変えられない。この男から愛情を受けたことなどないし、受けたいとも思わない。

だがマデリンが間違っていることを証明するために、ギルモアに話をする機会を与えよう。ギルモアが完全に回復するまで、出発は何日か遅らせればいい。

しかし、それ以上ロンドンにとどまるつもりはなかった。

24

翌日の午後になると、ギルモアはベッドの中で体を起こせるくらい調子がよくなっていたので、ネイトはほっとした。レディ・ギルモアがスプーンでスープを飲ませている。言うことを聞かない子どもを相手にしているみたいに、初老の息子を叱る祖母がおかしかった。食事が終わると、ギルモアは祖母をさがらせ、ネイトに度肝を抜くような話をした。

その後、ネイトは寝室を出て、当てもなく廊下を歩いた。ひとりになって考える時間が必要だった。明らかにされた事実を、まだのみこめない。ネイトの母親が従僕と浮気をしていたとはいえ、ネイトが実の息子でないという確証はないと、ギルモアから打ち明けられたのだ。

ネイトはあっけにとられ、頭が混乱していた。彼は自由な精神を持つ母を崇拝していた。だが結婚して夫となったいま、移り気な妻がほかの男の子どもを身ごもったのではないかと疑いたくなるギルモアの気持ちもよくわかった。

デイヴィッドとエミリーは父に似ている。母に似たのはネイトだけだった。反抗的で手に負えなかったから、父の怒りを買った。ギルモアはそのことを謝っていた。父親失格だったと、目に涙を浮かべながら心から後悔していた。

すぐに受け止められるものではなかった。

しかしいまでは、父の怒りが理解できた。自らも嫉妬に苦しめられたからだ。マデリンがほかの男といるところを想像しただけで無性に腹が立つ。もはや自分の気持ちをごまかすことはできない。腹が立つのは、マデリンが金を払って買った女だからではなかった。彼女は恋人であり、親友でもある。

だからこそ、嘘をつかれていたことが許せないのだ。

もつれた感情を整理していると、気づいたらマデリンの寝室の前にいた。くぐもった声が聞こえてくる。本能的に足がここへ向かったのだ。あたらしく知った事実を打ち明けて、マデリンの意見を聞きたかった。

だがマデリンとは距離を置くと決めている。事実上、ふたりの結婚生活は終わったのだ。もうすぐ別々の道を歩むことになる。彼女と顔を合わせて余計に苦しくなるくらいなら、きっぱりと別れたほうがいい。

そう思って踵を返したと同時に、寝室のドアが開いた。中からエミリーが出てきた。若葉色のドレスと帽子を身につけ、ネイトがあげたドラゴンのネックレスを首にかけている。

エミリーがにっこり笑った。化粧が施され、あばたはほとんど見えなくなっていた。「ネイサン！　会えてよかった。お父さまの具合をききたかったの」

「だいぶよくなったよ」エミリーの背後に目をやると、ネイトは胸がどきんとした。麦わら帽子をかぶり、どこまでも青い目をしたマデリンがそこにいた。「でもいまは昼寝をしているんだ。どこかへ出かけるのか？」

「シオドア卿に誘われて、広場へ散歩に行くの。マデリンがお目付役《シャペロン》としてつきそってくれるのよ」エミリーがそう言ったあと、がっかりした顔をした。「でもお兄さまはマデリンに話があるのよね？」

ネイトは失望を押し隠した。「いいんだよ。また今度で」

「じつは」マデリンが前に出て言った。「わたしもネイサンに大事な話があるの。エミリー、シオドア卿と散歩に行ってきていいわよ。でも広場から出ないでね。わたしもすぐに合流するから」

エミリーが満面に笑みを浮かべた。「ありがとう！」

急ぎ足で立ち去るエミリーを見送ったあと、ネイトはマデリンに視線を向けた。その美しさに思考を奪われた。体にぴったりした空色のドレスを着ていて、胸が強調されている。抱きしめて唇を奪いたい衝動に駆られ、苦しいほどの欲望が込みあげた。だが彼女のよそよそしい雰囲気にけおされて近づけなかった。

マデリンはうしろにさがってネイトを部屋に通すと、帽子を脱いで椅子に置いた。そして、髪をなでつけてから彼と向きあい、両手を組みあわせた。

「伯爵と話をしたの？」マデリンが堅苦しい口調できいた。

「ああ、ついさっき。それでここに来たんだ」ネイトは用件を思いだした。「ギルモアの話をどう考えたらいいかわからなくて。その、母が浮気をしていたことはたしかなんだけど、ぼくがギルモアの息子でないともかぎらないというんだ。つまり、マデリン、ぼくはギルモアの実の息子かもしれないんだよ」

衝撃が強すぎて、ネイトはまだ実感がなかった。喜ぶべきか怒るべきかもわからない。

マデリンがかすかに微笑んだ。「よかったわね。あなたが子どもの頃につらく当たったことを、伯爵は謝ってくれた?」

「ああ」ネイトはうろうろと歩きまわりながら、積年の苦悩や悲しみが薄れていることに気づいた。「ギルモアが言うには……ぼくは母親にそっくりだから、母みたいに道を誤ってほしくなかったそうだ。母への怒りをぼくにぶつけていたことも認めた。問題は、そうあっさりと過去を忘れられないってことだ」

「時間をかければいいのよ。伯爵だっておつらいと思うわ。自分のしたことを抱えて生きていかなければならないんですもの」

ネイトはまだギルモアを許す気になれなかった。どれくらい時間がかかるだろう? もうしばらくロンドンにいれば、マデリンと仲直りすることもできるだろうか……。

「ごめん。きみも話があるんだったね?」

マデリンは目をそらし、視線をベッドにさまよわせた。まるでそこで抱きあって過ごした幸せな時間を思いだしているかのように。ネイトは体が熱くなるのを感じた。彼女は結婚生活を立て直そうとしているのだろうか。ベッドに誘うつもりか?

ネイトはあらがえる自信がなかった。しかし、あらがう必要はない。今日、ギルモアと話をしたあとでは、跡取りをもうけないことがさして重要とは思えなかった。

マデリンがネイトに目を戻した。「ネイサン、わたしがギルモア邸を出ていくことにしたわ」

ネイトは腹を殴られたような衝撃を受け、息ができなくなった。言葉を失い、彼女をぼう然と見つめた。

「そうすれば、あなたがしばらくここに残って、お父さまとの関係を修復することができるでしょう。あなたはわたしを愛していないんだし、わたしがいつまでもここにいたら、父親に対する復讐の道具にしたことを思いだすだけだわ」

〝あなたはわたしを愛していない〟ネイトは否定したかったが、言葉が出てこなかった。自分は愛を信じていない。愛なんて詩人や劇作家が肉欲を美化するためにでっちあげたものにすぎない。

それでもなお、マデリンに出ていってほしくなかった。彼女がいなければ、この家にいてもしかたがない。朝食の席で彼女と話をするのが好きだった。彼女をパーティーに連れていくのも、夜に寝室を訪ねるのも。だがこの結婚は契約結婚だ。ギルモアを困らせるという目的を果たしたら、別々の道を歩む約束だった。

「どこへ行くつもりだ？」ネイトはかすれた声できいた。「ホートンのところか？」

「いいえ。たぶん……劇団に戻ると思う」

「劇団だって？」ネイトは耳を疑い、マデリンに詰め寄った。「とんでもない。ぼくの妻が舞台に上がるなんて論外だ。明日の朝、銀行に連絡するよ。年金を受け取れるよう手配するから」

「受け取れないわ」マディーが静かに言った。「これ以上あなたからお金をもらいたくないの、ネイサン。そもそも、こんな取引をしたのが間違いだったのよ」ダイヤモンドの指輪をはずし、ネイトに差しだした。「これも返すわ」

「なんだと――これは結婚の贈り物だ。きみのものだぞ！」

「持っていられないから」マデリンはベッド脇のテーブルに指輪を置いた。スクエアカットのダイヤモンドが、窓から差しこむ光を受けてきらめいた。「高価なものは全部返すわ」

ネイトはうなじをさすりながらマデリンをじっと見つめた。まったくわけがわからない。こんな彼女を見るのははじめてだ――いや、オークションの夜、ネイトの入札書をかたくなに受け取らなかったときと同じだ。「マデリン、こんなのばかげているよ。いったいどうやって生活するつもりだ？　店を開くんじゃなかったのか？　資金が必要だろう」

「働いて貯金するわ」マディーが声を荒らげた。「別にあなたに理解してもらえるなんて期待していないから。公爵にもね。遺産で愛情が買えると思っている人にはわからないわ」

ネイトは驚いて眉根を寄せた。「ホートンはきみを相続人に加えたのか？」

マデリンがぎこちなくうなずいた。「いとこたちと同額を受け取ることになっているの。断ろうとしたんだけど、聞き入れてくれなくて。貴族ってみんな同じね。お金で人を支配しようとするの」不意に窓の外を見た。「そろそろ行かないと」

ネイトは彼女の両腕をつかんで揺さぶり、目を覚まさせたい衝動に駆られた。いや、それよりベッドに連れこんで、ばかげた計画をやめさせたかった。子どもを作って、永遠に離れられなくさせよう。

だが二度と触れないと誓ったのだ。生まれについて嘘をつかれていたことに腹を立てているのだから。くそっ。そんなことはもうどうでもいい。とにかくマデリンにここにいてほしかった。

ネイトは動揺のあまり、寝室を飛びだした。なんという皮肉だろう。自分がしようとしていたことを、妻から逆にされたのだ――うしろを振り向かずに、結婚生活から逃げだす。どうすれば彼女を止められるかわからなかった。

マディーはディナーを寝室に運ばせた。胸が苦しくて、誰にも会いたくなかったのだ。ガーティーも女主人が落ちこんでいるのを察知して、ひとりにしておいてくれた。

窓辺のテーブルに着き、ローストビーフの残りをフォークでつつきながら、ピンクの夕焼けを眺めた。ネイサンのために喜んであげなければならない。伯爵との和解に向けた第一歩を踏みだしたのだから。ようやく仲直りするチャンスが訪れたのだ。

一方、マディーとネイサンの仲は修復できない。

マディーはおなかに手を当てた。赤ん坊のことはいずれ打ち明けなければならないだろう。

でもその前にここを出よう。ネイサンは赤ん坊の存在を利用して、マディーを支配しつづけようとするだろう。彼のほうがここを出る決心をするまで。

ネイサンがいるかぎり、マディーはもはやギルモア邸で暮らすのは耐えられなかった。ネイサンはわたしを愛していない。彼にとって、マディーはオークションで落札した所有物にすぎない。だから、年金を断ったのだ。

とはいえ、改めて考えると、祖父か伯爵からいくらかお金をもらわざるを得ないだろう。ネイサンの言うとおりだ。舞台に戻ることはできない。あれはもう過去のことだ。いまでは大切に思っている家族の面目をつぶすわけにはいかない。子どもに貧しい生活をさせるのも不当なことだ。もし男の子なら、いつの日かギルモア伯爵になるのだから。

マディーは現実と向きあうしかなかった。生まれてくる子どもからギルモア邸で生活する権利を奪うのは自分勝手でうぬぼれた行為だ。でも、いまはここにはいられない。いったん出ていって、ネイサンが外国へ行ったあとにまた戻ってこよう。

ドアをノックする音がして、マディーはどきんとした。ネイサンかしら？

食べかけの食事を放りだし、椅子から立ちあがった。髪をなでつけ、スカートについたパンくずを払い落としてから、ドアを開けた。

そこに立っていたのは銀のトレイを持った従僕で、マディーは安堵と失望の入りまじった気持ちになった。トレイには折りたたまれた便箋がのっている。「奥さま宛のお手紙です」

マディーは驚いてそれを手に取った。表にはファーストネームしか書かれておらず、つづりが間違っていた。

従僕に礼を言ってドアを閉めた。印のない赤い封蠟を開け、手紙を読みはじめた。〝いますぐ広場に来て。ネックレスが見つからないの。シオドア卿と散歩をしていたときに落としてしまったみたい。このことは誰にも言わないでね。ネイサンに叱られるから。もうすぐ暗くなってしまうわ。お願いだから早く来て！　エミリー〟

マディーは眉をひそめた。どうしてエミリーは直接言いに来ないで、わざわざ手紙を書いたのかしら？　とにかく、こんな時間にひとりで外を歩かせるわけにはいかない。メイフェアにも追いはぎや悪党が潜んでいるのだから。

手紙をベッドに放り、房飾りのついたペイズリー織のショールを肩にかけると、小型のガラスのランプを持って急いで部屋を出た。

廊下は静まり返っていた。伯爵未亡人もソフィアもネイサンも、ギルモア伯爵の寝室を訪ねているのだろう。マディーはせつない気持ちになった。自分も家族と一緒にそこにいたかった。伯爵のことが大好きになっていた。ぶっきらぼうだけれど、自分の過ちを認めることができる善良な人だったのだから。

大階段をおりる足音が玄関広間に鳴り響いた。遅い時間で、家族も全員家にいるから、従僕は待機していない。マディーはドアを開けて外に出た。

歩道の縁石で立ち止まり、広場を見渡した。九時を回ったところで、人けはない。地平線のあたりに夕焼けの名残がほのかに残っていたものの、プラタナスの木陰には濃い闇が広がっていて、エミリーの姿は見当たらなかった。

どこにいるの？

広場の向こう側へ行ったのかしら？　伸びすぎたツツジの茂みがあり、そこでネックレスを捜しているのかもしれない。だがほとんど周囲が見えないほど薄暗いのに、蠟燭を持っていかなかったのだろうか？

背筋を冷たい風が吹き抜け、マディーは身震いした。夜は肌寒い。危ないことをした義理の妹をがつんと叱ってやろうと心に決め、通りを渡りはじめた。

不意に、どこからともなく黒い馬車が現れ、石畳に蹄《ひづめ》の音を響かせながら走ってきた。マディーがあわてて通りを渡ると、馬車もそちらに向きを変えた。

マディーはランプを握りしめ、広場を囲む鉄製の柵まであとずさりした。馬車は彼女の目の前で停車した。御者台には黒ずくめの格好をした体の大きな男が座っている。近所の家を訪ねてきたのなら、どうしてこんな場所に馬車を停めるの？

馬車のドアが開いた。フード付きのマントを着た男が降りてくる。顔の上半分が仮面で隠れているのに気づいて、マディーははっとした。

突然、男が飛びかかってきた。

マディーは恐怖に襲われ、悲鳴をあげようとした矢先に布で口をふさがれた。吐き気を催すほど甘ったるいにおいをかいだ瞬間、意識を失った。

25

蠟燭の明かりのもと、父のためにアレキサンダー・ポープが翻訳した『オデュッセイア』を朗読していたネイトは、その本をそっと置いた。父はすやすやと寝入っていた。額にしわが寄っているものの、顔色はずっとよくなっている。

エミリーは近くの足のせ台に腰かけ、ドラゴンのネックレスをぼんやりといじりながら父を見守っていた。ネイトは心がじんわりあたたまるのを感じた。エミリーと完全に兄妹かもしれないと思うとうれしかった。たいしたことじゃないかもしれないが——いや、重要なことだ。

エミリーが片手を口に当ててあくびをこらえた。

「疲れているんだよ」ネイトは小声で言った。「シオドアと散歩にも行ったし。早く寝たほうがいい」

エミリーが微笑んだとき、ドアを静かにノックする音がした。ネイトが視線を向けたと同時に、ドアが開いた。炉棚の上の時計は一〇時過ぎを指している。祖母もソフィアもすでに床についていた。

マデリンか？　そうだったらいい、とネイトは思った。昼間は失敗した。この家を出ていかないようもっと強く説得するべきだった。彼女をなだめすかして――。

ところが、部屋に入ってきたのはマデリンのメイドだった。ネイトに向かって必死に手招きしている。使用人らしくないその仕草を見て、ネイトは何かまずいことが起きたのだと察した。

メイドのあとについて廊下に出た。「どうした？」

ガーティーは不安で張りつめた表情をしていた。「奥さまが――ああ、旦那さま、奥さまがいなくなってしまったんです」

ネイトはがく然とした。彼女がこんなに早く出ていってしまうとは思っていなかった。

「いなくなったとはどういう意味だ？」

「これがベッドの上に置いてありました。勝手に読むのはいけないことですが、読んでよかったと思います」

ガーティーが差しだした紙を、ネイトはひったくった。その短い手紙を読んでぞっとした。この手紙をエミリーが書いたはずがない。何時間も前からこの部屋に一緒にいるのだから。

それでも一応、確かめる必要がある。

ネイトは寝室に戻り、手招きした。エミリーは茶目っけのある目つきをしながら、ゆっくりと歩いてきた。「わかったわよ。もう寝るわ。そんなにいばらなくても――」

「お前がこれを書いたのか？」ネイトは問いつめるようにきいた。

エミリーは突きつけられた手紙を読むと、たちまち真顔になった。「いいえ！　ネックレスをなくしてなんかいないもの。ほら、ちゃんとつけているでしょう」首にかけた翡翠のドラゴンに手をやる。「それに、筆跡が違うわ。いったいどういうこと？」

ネイトは妹を動揺させたくなかった。それに騒ぎになったら、マデリンに悪影響をおよぼす可能性もある。「心配するな。ただのいたずらだろうから。この件はぼくにまかせてくれ」

そう言うと、足音を響かせながら急いで階段をおりた。恐ろしい想像に苦しめられた。マデリンは広場で襲われたのだろうか？　頭を殴られ、暗がりで誰にも気づかれないまま倒れているかもしれない。

ネイトは玄関のドアを開け、外に飛びだした。手紙には、もうすぐ暗くなると書かれていた。日が暮れたのは一時間前だ。

不安に駆られ、走って通りを渡った。暗くなった広場を見渡して、マデリンの姿を捜す。空一面に星が輝いていたものの、木陰は真っ暗でほとんど何も見えない。捜索隊を出したほうが――。

そのとき、きらりと光るガラスの破片が目に留まった。

ネイトはかがみこみ、地面に落ちているランプを見つけた。火屋《ほや》が割れ、蠟燭の火は消えている。マデリンのだ。ベッド脇のテーブルにいつも置いてあったものだった。

ネイトは恐怖に襲われた。ランプが落ちているということは、何ものかが嘘をついてマデリンを呼びだし、襲いかかったに違いない。彼女はどこにいる？　どこにも見当たらない。

連れ去られたのか?

誘拐されたのだろうか。乱暴するため——殺すために?

その考えは確信に変わった。マデリンをおびきだすために偽の手紙を書くなどという手の込んだことをするのだから、ほかに納得のいく説明が思いつかなかった。

でも誰が? どうして?

激しい怒りに駆られ、さっと立ちあがった。こんなことをするのはあいつしかいない。マデリンが相続人に指名されたことに腹を立てている男——ダンハムだ。

いったい彼女をどこへ連れていったんだ?

ここはどこ?

マディーは意識が朦朧としたまま目を開け、まばたきした。背もたれのまっすぐな椅子に腰かけ、うしろ手に縛られている。カーテンのかかっていない窓から差しこむかすかな光で、寝室にいるのだとわかった。四柱式ベッドや、その他の家具の物影が見える。絨毯は丸めて隅に置いてあり、長いあいだ閉めきっていた部屋なのか、かびくさかった。

記憶がどっとよみがえった。馬車が現れ、仮面をつけた男が降りてきた。顔に布を押しつけられ、目の前が真っ暗になった。

不意に、遠くから規則的な低い音が聞こえてくるのに気づいた。マディーは首をかしげた。波が岩に打ちつける音に聞こえる。子どもの頃、海辺を訪れたときに聞いた音。

マディーはぞっとした。なんてこと、ここはロンドンではないのだ。遠く離れた海岸にいる。ネイサンもここまで捜しには来ないだろう。

心臓が早鐘を打ち、体が震えだした。縛られた手を必死に引っ張ったが無駄だった。どうか悪い夢であってほしい。目を閉じれば、ふたたび目覚めたときにはギルモア邸のベッドに……。

マディーは深呼吸をして気持ちを落ちつかせた。正気を保たなければならない。ここから逃げだす方法を考えるのだ。誘拐した人物もじきにここへ来るだろう。

いったい誰なの？　誰がこんなことを？

混乱した頭に、ある名前がぱっと浮かんだ。信じたくはないが、どう考えてもあの男しかいない……。

そのとき、波の音にまじって廊下をどしどし歩く足音が聞こえてきた。マディーははっとし、ドアを見据えた。隙間から光がもれ入ったかと思うと、ドアが開いてふたりの男が入ってきた。

うしろにいるのは体の大きな見知らぬ男で、ランタンを持っている。その明かりが、頬ひげを生やした眉の濃い下卑た顔を照らしだした。前にいる、亜麻色の髪をした男の面長の顔も。

マディーは胸が苦しくなった。やはり、悪党はアルフレッドだった。これからもっとひどいことをされるに違いない。

アルフレッドはぶらぶら歩いてきて、マディーの目の前に立った。勝ち誇ったような笑みを浮かべている。「親愛なるマデリン、ようやく目が覚めたみたいだね」

マディーはその顔につばを吐きかけてやりたかった。でもそんなことをしても、反撃されるだけだ。両手を縛られていては身を守ることもできない。赤ん坊を守らないと。ここはおびえているか弱い女を演じておいたほうが、逃げるチャンスも生まれるだろう。

唇を震わせながら、恐る恐る見上げた。「ダンハム卿！　さっぱりわからないわ。どうしてわたしは椅子に縛りつけられているの？　ここにわたしを連れてきたのはあなたなの？」

「もちろんわたしだよ、おばかさん。わたしの遺産を横取りしておいて、ただですむと思ったのかい？」アルフレッドは上着の内ポケットに手を入れると、拳銃を取りだし、銃身をなでた。

マディーは本物の恐怖に襲われた。「撃たないで！　前も言ったけど、お金なんていらないの。本当よ！」

「しおらしいふりをするのはやめろ」アルフレッドはにやにやしながら拳銃をおろした。「この場を支配しているのはわたしだということを忘れるな。おとなしく協力すれば、命は助けてやる。まもなく船が到着する」

「船？」

「遺産を請求できないよう、きみをどこか遠くへやるつもりだ。ピジョンが同行する」

ランタンを持った男が、マディーを流し目で見た。

いる。マディーはふたたび恐怖に駆られたが、従順な表情を保った。アルフレッドは嘘をついている。マディーを生かしておくはずがない。相続人が戻ってくる可能性を残す危険は冒さないだろう。沖まで連れていって冷たい海に沈めるよう、ピジョンに指示しているに違いない。

「ここは――どこなの？　いま何時？」

「もうすぐ夜が明ける。ここはサセックスの沿岸にある祖父の領地だ」アルフレッドが冷笑を浮かべた。「あいにくきみのものになることはない――この土地だけじゃなく、祖父の財産は何ひとつ渡さない」

マディーは必死に考えをめぐらした。アルフレッドはマディーを始末しようと決意している。ネイサンが助けに来ることは期待できない。たとえマディーが誘拐されたことに気づいたとしても、この場所を探し当てられるとは思えなかった。自力でなんとかしなければならない。

そのとき、完璧な解決策を思いついた。これなら、乱暴に扱われるのも防げるかもしれない。「わたしを脅す必要なんてないのよ。財産の取り分を喜んであなたに譲渡するわ」

「なんだと？　冗談だろう」

「本気よ。お金ならネイサンからたくさんもらったもの。母にひどい仕打ちをした祖父から、慰謝料みたいなお金を受け取るつもりはないわ」

「嘘をつくな」

「嘘じゃないわ。正式な文書に署名するから」マディーは身を乗りだし、誠実な表情をつくろった。「ねえ、そのほうがさらにあなたの得になるのよ。現時点で、財産は三等分。わたしがいなくなれば、あなたとシオドアで半分に分けることになる。でも、わたしが自分の取り分をあなたに譲渡すれば、あなたは三分の二を手に入れられるのよ」

アルフレッドが片方の眉をつりあげた。マディーから目をそらし、選択肢を検討している様子だった。貪欲な顔をしている。祖父の財産は実際、ものすごい額なのだろう。

アルフレッドが視線をマディーに戻した。「きみの魂胆はわかっている。どうせわたしに誘拐されたことをローリーに話すんだろう。やつに頼んで、契約を無効にさせるつもりだな」

「そんなことしないわ！　ネイサンと喧嘩をして、わたしはギルモア邸を出ていくと言ったの。だから、わたしがいなくなったことにも気づかないでしょう」このときばかりは、苦しんでいる演技をする必要はなかった。たとえいなくなったとガーティーに聞かされたとしても、彼はマディーが家を出たのだと思うだけだろう。

アルフレッドが拳銃をポケットに戻した。両手を腰に当て、うろうろと歩きまわる。「そううまくいくか？」

「簡単よ。ふたりで急いで戻れば、昼前にロンドンに着く。あなたの弁護士が書類を持ってきたら、すぐに署名すると約束するわ」

アルフレッドがマディーをじっと見た。マディーは目をそらさず、いとこが話に乗ってくることを祈った。「よし、わかった」アルフレッドが言った。「ただし、わたしがひとりで書類を取りに行って、ここに持ってくる。そのあいだ、ピジョンを見張りにつけよう」

マディーは息を吸いこんだ。ピジョンを見やると、にやにや笑っていた。歯が何本か欠けている。なんてこと。こんな恐ろしい野獣のなすがままにされるなんて耐えられなかった。

だがアルフレッドはすでにドアへ向かっていた。

「待って！」マディーは懇願した。「どうしてもわたしをここに置いていくというのなら、せめてロープをほどいてちょうだい。腕がしびれてしまったの。あなたが戻ってくる頃には、字が書けなくなっているかもしれないわ」

アルフレッドが頭を傾けて合図し、ピジョンがロープをほどいた。マディーは心からほっとしながら、痛くもない手首をさすった。がっくりして弱っているように見せるため、背を丸めてうなだれた。

ふたりが部屋から出ていき、ドアが閉められた。鍵をかける音がしたあと、足音が遠ざかっていった。

マディーはすぐに椅子から立ちあがった。逃げ道を探さなければ。手始めにドアを調べたが、鍵はしっかりかかっていた。くるりと振り返って、窓に駆け寄った。

窓は立て付けが悪くて動かなかった。手のひらで枠を叩きながら何度も押すと、ようやく大きなきしみをあげながら開いた。マディーはぎくりとしてドアを振り返った。幸い、ふたりが戻ってくる気配はなかった。

窓を完全に開けると、身を乗りだして外を見た。波音が先ほどよりずっと大きく聞こえる。

冷たい風が顔に吹きつけた。月が出ていて、広大な暗い海に光を降り注いでいる。

下をのぞきこむと、驚いて目をしばたたいた。

この家は崖っぷちに立っていた。はるか下で、波が岩畳に打ち寄せている。泡立つ波は、獲物を食らおうとする獣のごとくうなりをあげていた。

マディーは身動きが取れなかった。逃げだすのは不可能に思える。それでも、逃げるしかない。このまま寝室にいれば、ピジョンが戻ってきて、凌辱されるかもしれない。それに、書類に署名をしてしまえば、解放される保証はなくなる。

マディーは勇気を出してふたたび崖を見おろした。すると、この家が崖っぷちに立っていると思ったのは間違いだったことに気づいた。家と崖のあいだに狭い芝地がある。ここは二階だが、石壁のすぐそばに頑丈そうな木が生えていた。

身を乗りだすと、太い枝にたやすく手が届いた。木登りなら子どもの頃によくやった。舞台の上でも、セットを猿みたいによじのぼっていた。これだって同じこと――似たようなものだ。

マディーは急いで準備をした。ペチコートを脱いで蹴飛ばすと、窓の下に椅子を置いて窓台によじのぼった。

下をのぞきこむとくじけそうになるので、前をまっすぐ見て窓台に立った。手が湿っている。冷たい風が肌を刺し、ほつれた髪がはためいた。

やるしかない。

祈りの言葉をつぶやきながら、枝に飛び乗った。枝がしない、マディーはあわてて頭上の枝をつかんだ。少しずつ幹に近づいていく。幸い、靴底のやわらかい靴をはいていたので滑ることはなかったが、途中で何度か小枝に引っかかったスカートをはずさなければならなかった。ようやく幹にたどりつくと、今度はひと枝ずつおりはじめた。

最後は幹にしがみつきながら滑り落ちるようにおりていった。つま先が地面に着いたときは、達成感でいっぱいになった。やったわ！

不意に、足元の地面が崩れ、マディーはふたたび幹にしがみついた。心臓が早鐘を打っている。波が岩に打ち当たる音が聞こえてきて、怖くて手を離せなかった。だが、いつまでもここにいるわけにはいかない。深呼吸をして覚悟を決めると、壁伝いに歩きはじめた。

広い芝生に出ると、ようやく人心地がついた。頬にはすり傷ができていて、へとへとだが、おなかに手を当て、自分と赤ん坊が第一の関門を突破できたことを神に感謝した。

あとは、ロンドンに戻る手段を見つけるだけだ。

ぐずぐずしてはいられない。ピジョンはマディーがいなくなったことに気づいたらすぐに捜索に乗りだすだろう。頭は鈍そうだが、窓から逃げだしたことくらいは誰でもわかる。

マディーはドレスを直してから、ふたたび先を急いだ。あたりは薄暗く、茂みに足を取られ、石や地面のくぼみにつまずきながらどうにか歩を進める。この先に小道があるはずだ。それをたどって本道に出たら、通りかかった人を言いくるめてロンドンまで乗せていってもらおう。

家の正面に回ろうとしたとき、波音にまじって何かの音が聞こえてきた。人の声だ。マディーはこっそり角からのぞいた。少し離れたところに、ふたつの人影がぼんやりと見える。アルフレッド。二頭の馬の手綱を持っているピジョンに、何か命じている様子だった。

マディーは驚いた。アルフレッドはとっくにロンドンへ向かったものと思っていた。彼が寝室を出てから、ずいぶん長い時間が過ぎたような気がするのに。実際は、一五分くらいしか経っていないのかもしれない。馬を馬車につなぐのにそれだけの時間がかかったのだろう。

アルフレッドは黒いマントを翻して、御者台に飛び乗った。手綱を受け取って鳴らすと、馬車がガタゴトと走りだした。ピジョンは玄関に戻り、家の中に入っていった。

そのまま二階へ行って、マディーがいなくなったことに気づくかもしれない。マディーは急いでアルフレッドのあとに続いた。木陰に隠れ、下生えにスカートを引っかけながら、私道と平行に進んでいく。足元がほとんど見えず、何度もつまずいた。

湿った海辺の空気に身震いする。恐怖と興奮で体がほてっていたのだが、とりあえず家から抜けだせてほっとしたのか、急に寒さが身にしみた。歯の根が合わず、腕組みをする。いまあたたかい外套を差しだされたら、喜んで財産を譲り渡すだろう。

しかし、元気よく歩いて体をあたためるしかない。

そう思ったと同時に、前方で物音がした。叫び声だ。

いいえ、そんなはずないわ。きっとフクロウの鳴き声か、犬の遠吠《とおぼ》えだろう。だがふたたび聞こえてきて、今度ははっきり男性の声だとわかった。

木陰から出ないよう気をつけながら、曲がり道を進んだ。目の前の光景に、マディーは驚いて立ち止まった。アルフレッドの馬車が路肩に停めてある。それとは別に、一頭の馬が道端の草を食《は》んでいた。

そして道の真ん中で、ふたりの男が取っ組みあっている。ひとりは亜麻色の髪でアルフレッドだとわかった。必死にはって逃げようとしていたが、もうひとりの男に脚をつかまれて倒れこんだ。月明かりがその男の毅然《きぜん》とした顔を照らしだした。

マディーは目を見開き、驚きと喜びに包まれた。「ネイサン！」

26

男たちは戦いに集中していて、マディーの声は届かなかった。ネイサンを助けなければ。

マディーは地面に転がっていた太い枝を拾いあげると、急いでふたりのもとへ向かった。

パンチの応酬が続いていて、その合間に罵倒しあっている。

マディーは枝を剣のように構えたものの、振りおろすチャンスが見つからなかった。ふたりの距離が近すぎて、誤ってネイサンを叩いてしまうかもしれない。

アルフレッドがネイサンの向こうずねを思いきり蹴った。ネイサンが痛みでうずくまると、アルフレッドはうしろにさがって上着の内ポケットに手を伸ばした。

マディーは恐怖に駆られた。「ネイサン、気をつけて！　アルフレッドは拳銃を持っているの！」

次の瞬間、銃声が鳴り響いた。ネイサンがよろめいて地面にひっくり返った。マディーはぞっとして、彼に駆け寄ろうとした。

だがアルフレッドが逃げようとしている。

御者台に飛び乗ったいとこを見て、マディーは激しい怒りがわくのを感じた。ネイサンを殺したのなら、その報いを受けてもらおう。

マディーは枝を振りあげて突進した。アルフレッドが手綱を手探りしている隙に一撃を加えようとしたとき、馬が突然走りだした。

枝はアルフレッドをそれて、馬の臀部《でんぶ》に命中した。馬が鳴き声をあげて飛びだし、数メートル走ったところで車輪が溝にはまり、馬車が横に傾いた。

アルフレッドがわめきながら御者台から滑り落ち、姿が見えなくなったと思うと、ドサリという音が聞こえてきた。

馬車は溝にはまったまま動かなくなり、馬が立ち往生している。おびえて鼻を鳴らし、蹄で地面を引っかいてはいるが、怪我はなさそうだ。

マディーは枝を放りだして、馬車の向こう側に回った。アルフレッドは地面に大の字に倒れたまま動かない。近づいて容体を調べるつもりはなかった。アルフレッドがどうなろうと知ったことではない。

〝ネイサン〟

ネイサンのところに戻ると、彼は上体を起こしていて、マディーは深い安堵に包まれた。彼のそばにひざまずくと、無精髭《ひげ》の生えた顎をさすった。

「ネイサン！　大丈夫？　撃ち殺されてしまったかと思ったわ！」

月明かりの中、痛みにゆがんだ彼の顔がうっすら見えた。「腕をかすめただけだ。大丈夫だよ。ダンハムは？　御者台から落ちたのが見えたけど」

「向こうで倒れているわ」マディーは声を震わせながら言った。「よく……見ていないの」

「ぼくが見てくる。目を覚ましてまた銃を振りまわすといけないから」

ネイサンの二の腕にそっと触れると　指先がべとついた。マディーは肩に手を置いて、立ちあがろうとする彼を押しとどめた。「動かないで！　血が出ているじゃない」

「ただのかすり傷だ」

「応急手当をしましょう」

震える指で彼のクラバットをほどいて包帯代わりにし、傷口に巻きつけた。

ネイサンが鋭く息を吸いこんだ。「もっとやさしくしてくれ！」

「きつく巻かないと血は止まらないわ。できるだけ早くお医者さんに診てもらわないと」

ネイサンが含み笑いをした。「まあ、死んでほしいと思われていなくてよかった。あんな別れ方をしたから」

マディーは包帯を巻いていた手をぴたりと止め、ネイサンの顔を見た。仲違いしたことをすっかり忘れていた。ギルモア邸を出ていくと彼に言ったのが遠い昔のことのように思える。愛を伝えて、同じ言葉が返ってこなかったのも。それでも、彼は捜しに来てくれた。夜通し馬を走らせて助けに来るくらいには、マディーのことを思ってくれているのだ。

とはいえ、ネイサンの気持ちが変わったのだと期待するのは危険だ。

とにかくいまは、ふたりの未来についてじっくり考える余裕はない。マディーはクラバットを結んで留めた。「どうしてわたしがここにいるとわかったの？」

「待って、その前にダンハムを見てくる」

ネイサンが立ちあがり、何歩かよろめいたものの、すぐにバランスを取り戻して傾いた馬車のほうへ向かった。彼の姿が見えなくなると、マディーも立ちあがり、ゆっくりとあとを追った。

腕組みをして体の震えをこらえながら、ネイサンがかがみこんでアルフレッドを調べるのを見ていた。おぞましい不安がわき起こった。アルフレッドは不自然なくらい動かない。目を閉じて眠りについて、彼のことはきれいさっぱり忘れてしまいたかった。

数分が過ぎた頃、ネイサンが立ちあがり、重い足取りで歩いてきた。険しい表情をしている。

「どうだった?」マディーはささやくようにきいた。

ネイサンが唇を引き結んだ。「息をしていないようだ。落ちたときに首の骨を折ったんだと思う」

「まさか……」

マディーはめまいがしてふらついた。すかさずネイサンが抱き留めてくれる。マディーは気がつくと彼の上着に顔をうずめ、息を震わせながら泣いていた。取り乱すなんて柄にもない。アルフレッドのことが好きだったわけでもないのに。でも、わざとではなかったとはいえ、自分のせいで死んだと思うと、いたたまれなかった。

ネイサンがくれたハンカチで涙を拭いた。「こんなことになったのも全部、アルフレッドがわたしの遺産を欲しがったせいなの」洟《はな》をすすりながら言う。「わたしを船に乗せて、海に捨てるつもりだったのよ」

「なんてやつだ」ネイサンが声を荒らげた。「でもそれなら、どうしてひとりで出かけたんだ？」

マディーはつばをのみこんで、自制心を取り戻した。「財産を譲渡すると言って納得させたのよ。アルフレッドはロンドンに必要な書類を取りに行くところだったの」

ネイサンが眉根を寄せた。「きみを置いてか？」

「わたしは二階の寝室に閉じこめられていたの。ピジョンという見張りもいたわ」

「ピジョン？」

「アルフレッドの頼りない手下よ。わたしは窓から外に出て、木をおりて逃げだしたの」

「なんだって？　きみのほうこそ首の骨を折っていたかも——」ネイサンが言葉を切り、マディーの背後を見やった。「これはこれは、噂をすれば影だ」

マディーが振り返ると、ピジョンがどしどし歩いてくるのが見えた。マディーがいなくなったことに気づいたか、銃声が聞こえて様子を見に来たのだろう。

ピジョンは傾いた馬車と、そのそばに立っているふたりを見るなり、ぴたりと足を止めた。そして、踵を返して家に向かって走りはじめた。

「ここで待っていて」ネイサンが言った。

ずいぶん差をつけられていたものの、ピジョンを追いかけていく。ネイサンの言葉を無視して、マディーもあとを追った。また取っ組みあいをさせるわけにはいかない。腕を撃たれて弱っているのだからなおさら。

家まではそれほど離れておらず、今度は木陰を通らずに道をまっすぐ進んだから、ずっと速く移動できた。それでも、煙突のついた屋根が見える頃には、息が切れていた。手入れのされていない前庭を走り抜け、崖っぷちに向かっているネイサンのあとに続く。

彼が崖から転がり落ちていく恐ろしい映像が頭に浮かんだ。「ネイサン、待って！」

意外にも、ネイサンは立ち止まり、マディーが追いつくのを待ってくれた。それから、崖に切りこんだ急な階段を指さした。その中ほどに、荒磯《あらいそ》へとおりていく大きな人影がある。黒い水面に漁船が浮かんでいた。

「いいか」ネイサンが鋭い口調で言う。「今度こそついてくるな。危険すぎる」

マディーは彼の怪我をしていないほうの腕をつかんだ。「放っておきましょう。ピジョンに実際に何かされたわけじゃないし、拳銃を持っているかもしれないわよ。二度とわたしたちの前には現れないと思うわ」

ネイサンはピジョンをにらみつけている。ネイサンが無謀な追跡を続けないよう、マディーは彼の腰にしっかりと腕を回した。ピジョンは入り江で揺れている小さな舟に飛び乗り、それをこいで漁船へ向かった。

マディーは身震いした。あの漁船に乗せられ、沖に投げ捨てられるところだったのだ。ネイサンの肩に顔をうずめ、慣れ親しんだ男らしい香りを吸いこむ。このぬくもりを永遠に失っていたかもしれないと思うとぞっとした。

「逃げられたか」ネイサンが拳を握った。「ほかにやっつけるべき相手はいないのか?」

マディーは弱々しく微笑んで、彼を見上げた。「あのふたりだけよ。ああ、ネイサン、よくわたしを見つけられたわね。どうしてここだとわかったの?」

「向こうへ戻ろう。歩きながら話すよ」

腕を組んで馬車のあるところまで歩くあいだに、ネイサンは、偽の手紙を読んで広場に落ちていた壊れたランプを見つけたこと、アルフレッドに誘拐されたのだと推測して馬に乗ってホートン公爵の屋敷へ行き、シオドアを呼びだしてアルフレッドの不在を確認したことを話した。

アルフレッドは娼婦とひと晩過ごすと弟に言って出かけていた。だがネイサンが事の重大さを話して聞かせると、シオドアは前日、アルフレッドと見知らぬ大男が庭の門のところでこそこそ話しているのを小耳にはさんだと打ち明けた。船に関する話だったそうだ。

「ピジョンね!」

「ああ」ネイサンが言葉を継ぐ。「それで、公爵の領地のうち海辺にあるのはここだけだったから、きみはここに連れてこられたに違いないと考えたんだ。シオドアが地図を描いてくれたんだけど、道を間違えていないかずっとひやひやしていたよ」

「月夜でよかったわ。そうでなかったら、ここまでたどりつかなかったかもしれない」

「一度曲がるところを間違えて、引き返したんだ。でも、終わりよければすべてよしだ」

「シェイクスピアの言うとおりね」

ネイサンがマディーの腰に腕を回した。マディーはたくましい体のぬくもりを感じながら、彼のそばにいる喜びに浸った。彼が来てくれた。命懸けで助けてくれた。単に独占欲が強いだけでは、ここまではしてくれないはずだ。

でも、わたしを愛しているのかときく勇気はなかった。あまりにも疲れ果てていて、否定されたら耐えられそうにない。

前方に馬車が見えたとき、夜が明けはじめているのに気づいた。地平線にかすかな光が差している。「空が明るくなってきたわ。もうすぐ朝ね」

ネイサンが懐中時計を取りだして蓋を開けた。「ああ。まもなく馬車が到着するはずだ」

「馬車?」

そのとき、波の音にまじって、蹄と車輪の音が聞こえてきた。ネイサンが怪我をしていないほうの腕を振って合図すると、黒い馬車が停車した。ネイサンに促され、ふたりが馬車の前にたどりついたと同時にドアが開いた。

驚いたことに、シオドアが降りてきた。「マデリン! 無事だったんですね! 心配していたんですよ!」そう言ったあと振り向いて、使用人の服を着た太った女性に手を貸した。

マディーは駆け寄った。「ガーティー!」

ガーティーはふっくらした両腕でマディーを抱きしめた。「ああ、お嬢さん! ご無事だったんですね?」

「ええ、無事よ！　でもまさか、あなたが来るなんて思ってもみなかったわ」

「ゆうべ、シオドア卿が迎えに来てくださったんです。奥さまがわたしの助けを必要とするかもしれないからって」マディーの肩をつかみ、全身をざっと調べた。「お顔に傷ができています」

「たいした怪我じゃないのよ。わたしより……」マディーは心苦しい気持ちでシオドアを見た。彼は兄が死んだことをまだ知らないのだ。とてつもない衝撃を受けるだろう。

ネイサンがシオドアの肩に腕を回し、傾いた馬車の向こう側へ連れていった。マディーは小声でガーティーに話した。「大変なことが起きたの。まさか、アルフレッドが馬車から落ちるなんて思わなかったのよ」突然、疲労感に圧倒され、足元がふらついた。

「そうでしょうとも」ガーティーがマディーを支え、馬車の座席に座らせた。「さあ、ゆっくり休んでください。大変な夜だったんですから。それに、いまはお体を大切にしないと」マディーはありがたくフラシ天の座席にもたれた。「しいっ、ネイサンはまだ知らないのよ」

赤ん坊のことを打ち明けたら、ネイサンはどんな反応を示すだろう？　〝ギルモアに孫息子をくれてやるつもりはない……〟いまもそんなふうに思っているのかしら？　子どもを拒絶して、中国へ行ってしまう？

これ以上考えたくなかった。いまは疲れきっている。この問題はあとまわしにしよう。

ガーティーが持ってきてくれた毛布にくるまり、うとうとしはじめた頃、ネイサンが来て、マディーとガーティーはこの馬車でロンドンまで戻ることを知らされた。ネイサンとシオドアはアルフレッドの馬車で遺体をホートン家に運び、公爵に訃報を伝えるそうだ。

ネイサンは最後に、謎めいたまなざしでマディーを見つめた。だが別れの挨拶をしただけで、ドアを閉めた。馬車が走りだしたあとも、彼は道端に立ってマディーを見送っていた。

27

翌朝、紅茶とトーストの朝食をとったあと、マディーは応接間へ向かった。昨日の昼間から今朝までほとんど眠っていたので、頭はすっきりしている。心の準備ができたら家族の集まりに参加するよう、レディ・ギルモアから伝言があったのだ。

マディーは不安を感じていた。ホートン公爵の跡取り息子を死なせてしまったことで非難されるのだろうか。またしても醜聞を引き起こして、家名を汚してしまったの？

そうでないことを願った。ネイサンの家族をいまでは大切に思っている。彼らによく思われたいし、誰のことも傷つけたくなかった。二カ月ここで暮らしただけですっかり変わってしまった。

アーチ形の戸口を通り抜けながら、ネイサンの花嫁としてはじめてこの部屋に入ったときのことを思いだしていた。当時は、おしゃべりなふしだら女を演じるなんて簡単だと思っていた。彼の家族を尊大な貴族と決めつけて、感情や弱さを持った同じ人間として見ようとしなかった。ばかなことをぺちゃくちゃしゃべって、ギルモア伯爵をパパと呼び、伯爵未亡人が嫌悪感をあらわにするのを見て楽しんでいた。

ずいぶん昔のことのように感じられる。

だがこの壮麗な部屋はまったく変わっていない。同じタペストリーに、同じ椅子と長椅子。金色のブロケードのカーテンは開いていて、太陽の光が差しこんでいる。そしてあのときと同じように、家族が暖炉の前に集まっていた。伯爵とレディ・ギルモアが玉座のような椅子に、ソフィアとエミリーは長椅子に腰かけている。

そして、ネイサンもいる。

彼は三角巾で腕をつり、もう一方の肘を炉棚に突いていた。無表情で、近づいていくマディーを見守っている。チャコールグレーの上着と白のクラバットを身につけ、超然としていて近寄りがたく見えた。

マディーは胸が締めつけられた。昨日の早朝に別れて以来、ネイサンに会うのははじめてだった。勇敢に助けてはくれたけれど、彼の心はかたくななままなのかもしれない。

ネイサンは結婚指輪も持っていってしまった。二日前、口論をしたときにマディーがはずしてベッド脇のテーブルに置いた指輪が、今朝見るとなくなっていた。まさに結婚の終わりを象徴する、気の滅入るできごとだった。

マディーはみんなの近くまで来ると、立ち止まってギルモア伯爵をまっすぐ見た。額のこぶも小さくなっていて、調子がよさそうだ。「ギルモア伯爵、もう床離れなさったんですね」

「退屈でかなわないからな」伯爵が無愛想な顔をわずかにほころばせた。「それより、わたしのことは〝パパ〟と呼んだほうがふさわしいだろう」

マディーは感動しながら、かがみこんで伯爵の頬にキスをした。「そうですね、パパ。お元気になられて本当によかった」

エミリーが喜び勇んでさっと立ちあがり、マディーを抱きしめた。「わたしたちもあなたが無事に帰ってきてくれてとてもうれしいわ、マデリン！　ものすごく心配したのよ。あなたがいなくなった夜は、ほとんど一睡もできなかったんだから！」

「わたしたちみんなよ」レディ・ギルモアが言った。片手で杖を握り、もう一方の手で片眼鏡を使ってマディーを見ている。「本当に恐ろしい思いをしたのよ。どこも悪いところはないと医者から聞いてほっとしたわ」

伯爵未亡人の強い勧めで、マディーは昨日、伯爵のかかりつけの医師に診てもらった。ふたりきりのときに、妊娠していることを確かめてもらった。内緒にしておいてほしいと頼んだのだが、医師は約束を守ったようだ。誰も赤ん坊のことを知っているそぶりは見せなかった。

マディーはネイサンに視線を移した。彼が知ったら、なんて言うかしら？　喜んでくれる？　それとも、公爵の血を引いた跡取り息子が生まれたら、ギルモアを得意にさせてしまうと、いらだつだろうか？

マディーはその答えが知りたかった。だが同時に、最悪の結果を恐れてもいた。

ソフィアが心配そうにマディーを見た。「わたしたちはあまりうまくいっていなかったけれど、これからはあなたともっと仲よくしていきたいと思っているのよ。それにしても、ダンハム卿にはあきれてしまったわ。あなたを殺害してもおとがめなしですむと思ったなんて。実のいとこなのよ！」

「欲は人の心をゆがめる」ネイサンが言った。「公爵の財産は莫大だ。いずれマデリンが相続すれば、英国でも指折りの裕福な女性になるだろう」

マディーは力強くかぶりを振った。「お金なんて欲しくない——最初から欲しくなかったの。喜んで相続を放棄したのに」

「シオドア卿がかわいそう」エミリーがため息をつき、ふたたび長椅子に腰かけた。「お兄さまを尊敬していたのよ。慰めてあげたいけど、ハンプシャーへ行ってしまったの」

「ハンプシャーへ？」マディーはきき返した。

「領地の教会でダンハムを埋葬するの」レディ・ギルモアが重々しい口調で言った。「二日後に密葬を行うそうよ」

マディーは気が滅入り、椅子にくずおれるように座った。濃いバラ色のシルクのスカートを握りしめる。「公爵とシオドアはわたしのことを恨んでいるでしょうね。わたしが突然現れたせいで、こんなことになってしまったのだから」

ネイサンが歩み寄ってきた。「その点は心配いらない。ぼくと一緒に来てくれないか？きみが眠り姫を演じているあいだに何があったか、全部説明するよ」

そう言って、手を差しだした。

マディーは胸がときめくのを感じた。大きな手のひらを見おろして、たくましい指にやさしく愛撫されたことを思いだした。ゆっくりと顔を上げると、彼は微笑んでいた。えくぼがうっすらと浮かびあがり、金の斑点がある緑の目が輝いている。

マディーはふたたび胸をときめかせながら、ネイサンの手を取って立ちあがった。彼が言う。「失礼してもよろしいですか、父上？　妻とちょっと馬車で出かけてきます」

ネイサンが伯爵を父上と呼ぶのを聞いて、マディーは驚いた。その驚きがさめやらぬうちに、彼と手をつないで部屋から出ていた。

「馬車に乗るの？　そんなことしていいの？　わたしが誘拐されたことをみんな知っているんじゃない？　わたしがいとこの死を招いたということも」

「まさか。ボンネットを取っておいで。詳しく話すから」

マディーは好奇心に駆られ、急いで二階へ上がると、お気に入りの麦わら帽子とキッド革の手袋と白いシルクのショールを身につけた。ネイサンは階段の下で待っていてくれた。腕を組んで外に出ると、黒い馬につながれた四輪馬車《フエートン》が待機していた。

ネイサンは前もって計画していたのだ。でもどうして？

彼はマディーを座席に座らせてから、自分も乗りこんで手綱を取った。馬が速歩《はやあし》で石畳の道を駆けだす。マディーは空を仰ぎ、涼しい風とあたたかい日差しを楽しんだ。ネイサンの隣にいると、世界が輝いて見える。怖いものなど何もないと感じられる——彼が愛してくれさえすれば。

マディーはせつない思いでネイサンを見やった。仕立てのよい服を着て、黒い髪をうしろでひとつにまとめ、腕を三角巾でつった姿は、いつものようにしゃれた山賊みたいに見える。片手で器用に馬を操るので驚いた。「傷の具合はどう？」

「ちょっとむずむずするくらいだ。本当はこんなのも必要ない」ネイサンが三角巾をはずして道路に投げ捨てた。「祖母上を満足させるためにつけていただけだ」

「ネイサン！」マディーは笑うべきか叱るべきかわからなかったが、どちらの権利も自分にはないと思った。彼の自分に対する気持ちも、イングランドを離れるつもりかどうかもわからない。そのことは考えたくなかった。「昨日別れたあと、何があったのか教えて」

ネイサンがまじめな顔をした。「シオドアとぼくはロンドンに戻ると、きみの祖父上に訃報を伝えた。公爵は取り乱した。当然だ。でも、あの事故にきみが関わっていることは知らないんだ」

「嘘をついたの？」

「ああ。ロンドンへ向かう馬車の中でシオドアと相談して、そのほうがみんなのためだという結論に達したんだ。事実を話せばきみの評判もダンハムの死後の名声も傷つくし、公爵を余計に苦しめるだけだろう。だから、ダンハムは女に会いに行く途中で事故に遭ったことにした」

「あなたが居合わせたことを、どう説明したの？」

「訃報を公爵に伝える前に、シオドアは自分の目で確認したかった。それで、ぼくに同行を頼んだ。そう話したんだ」

マディーはほっと息をついた。これ以上人をだますのは気が引けるが、そうするしかなかったことは理解できた。跡取り息子の悪事を知ったら、公爵はさらに深い苦悩に苛《さいな》まれるだろう。

そのときふと、シオドアがあたらしい後継者になったことに気づいた。それだけは喜ばしいことだ。これでエミリーと自由に交際できる。ふたりがうまくいくことを、マディーは心から願っていた。

「葬儀に出席したいわ。何があろうと、アルフレッドはいとこなんだから。きっとエミリーも行きたがると思う」

ネイサンがうなずいた。「ぼくたちも行ったほうが、シオドアも心強いだろう。兄に死なれてがっくりきているんだ。明日出発すれば、明後日の葬儀にはじゅうぶん間に合う」

あたかもそれが当然のことのように、ネイサンは一緒に行く気でいる。単にやさしさを示しているだけ？　それとも、結婚生活をやり直すつもりなの？

マディーが思いわずらっているあいだに、馬車はボンド・ストリートに入った。広い通りに何台もの豪華な馬車がひしめきあっている。よく晴れた日で、紳士淑女が歩道をぶらつき、店に入ったり、ショーウインドーをのぞきこんだりしていた。

「どこへ行くの？」

前をのろのろ走る黒い馬車を、ネイサンは巧みな手綱さばきで追い越した。「見せたいものがあるんだ」

「何？」

ネイサンがにっこり笑ってえくぼを見せた。「見てのお楽しみだ」

そのあとすぐ、ネイサンは馬車を縁石に寄せて手綱を引いた。馬車から降りて馬を柱につないでから、両腕を伸ばしてマディーのウエストをつかんだ。マディーは抱きかかえられながら、きつく抱きあいたいと切望した。うっとりして、頭がうまく働かなくなる。

「買い物をするの？」混乱しながら、立ち並ぶ店に目をやった。空き店舗をはさんで、煙草《たばこ》屋と紳士用の服飾品店がある。

「違うよ」

ネイサンが上着のポケットから鍵を取りだした。それから、がらんとした広い空き店舗のドアを開けると、マディーを連れて薄暗い店内に入っていった。

どうして彼が鍵を持っているの？

しかしすぐに、からっぽの陳列ケースが置かれたただっ広い部屋に気を取られて、疑問は頭から消え去った。木の床を歩く足音が響き渡る。店の奥へと進んでいくうちに、マディーは次々とアイデアがわいてくるのを感じた。

「これだけ広いとどんなふうにでもできるわね」声に出しながら考える。「向こうの壁沿いにドレスを並べて、窓辺に帽子を飾って、香水を入り口の近くに置けば、香りにつられてお客さまが入ってくる——」そのときようやく気づいて、ぱっとネイサンを見た。「ここを借りたの？　わたしのために？」

　ネイサンが微笑んでそばに来た。「きみさえ気に入れば、きみの店になる。まだ契約書に署名はしていないんだけど、貸主が押さえておいてくれているんだ。借りるかどうかはきみ次第だよ、マデリン」

　マディーは胸がいっぱいになった。この店を見つけるのに、あれこれ手間がかかったに違いない。どうしてここまでしてくれるの？　わたしのことを大事に思っているから？　それとも、イングランドを離れることに対する埋め合わせのつもり？

「完璧よ」マディーは彼を探るように見ながら言った。「でも、お父さまはなんておっしゃるかしら？　お祖母さまも」

「それはぼくにまかせておいて。ぼくが商売をしていることにも慣れてもらわないといけないから。ふたりで反逆者になろう」

　ネイサンが中国へ行ってしまったら、マディーは年金を受け取りたくなかった。捨てられて慰謝料をもらっているような気分になるだろう。「ここがいいわ。賃料はいくらなの？」

「ぼくからの贈り物として受け取ってくれないか。今日は特別な日だから」

「特別な日？」

　突然、ネイサンが片膝を突いた。「あのオークションも大切な思い出だけど、ちゃんとしたプロポーズをしていなかったから」上着のポケットに手を入れ、ベッド脇のテーブルから消えていたダイヤモンドの指輪を取りだした。「この指輪をつけて、永遠にぼくの妻でいてくれるかい、マデリン？」

マディーは胸が熱くなり、彼の顔を見おろした。とても信じられない。「でも、あなたはもうすぐ外国へ行ってしまうんでしょう?」

「行かないよ。ここに残ると決めたんだ。きみがぼくを受け入れてくれるのなら。海外の取引は代理人を雇ってまかせようと思う」ネイサンは真剣なまなざしでマディーを見上げた。「きみと交わした心ない契約を変更したいんだ。ぼくは一生をきみに捧げる。きみを愛しているんだ。心の底から」

マディーは喜びに全身が震えるのを感じた。「ああ、ネイサン、答えはイエスよ! わたしもあなたを愛している。本当に愛しているの」

ネイサンが微笑んで立ちあがり、マディーの手袋をはずすと、指輪をはめた。マディーはダイヤモンドに一瞬だけ見とれたあと、彼に抱きついて唇を重ねた。深くやさしいキスが返ってきたあとは、もはや彼の愛をみじんも疑わなかった。彼の手がマディーの背中をさすり、もう二度と手放したくないと言わんばかりにきつく抱きしめた。

ネイサンが唇で頬をかすめながら言う。「そろそろ家に帰って、寝室に閉じこもらないか」

〝家〟。その言葉の響きに、マディーはうっとりした。ふたたび彼と裸で抱きあえる。でもひとつだけ、まだ心に引っかかっていることがあった。

マディーは両手で彼の頬を包みこんだ。「ネイサン、ききたいことがあるの。いまでも息子は欲しくない?」

ネイサンが悔やむような表情をした。「あんなひどいことを言うべきじゃなかった。父上を恨んでいたけど、すべて水に流したんだ。ぼくを許してくれるかい？　ふたりの子どもが欲しいと心から思っているよ」

マディーは彼の手を取って自分のおなかに当てた。「じゃあ、この赤ん坊が贈り物のお返しになるわね」

ネイサンが目を見開いた。「なんだって？　まさか――」

「本当よ」マディーは彼の驚いた顔を見て笑い声をあげた。「年明けに生まれるわ。昨日、お医者さんに確かめてもらったの」

「なんてことだ！　じゃあ、ぼくがあんなことを言ったとき、すでに気づいていたのかい？」

「そうよ、うぬぼれ屋さん、一生かけて償ってもらいますからね」

ネイサンが額に熱いキスをした。「喜んで」

マディーはネイサンと腕を組んでドアのほうへ歩きはじめた。外に出る前に、立ち止まって店内を見まわし、未来の姿を思い描いた。彼に体を寄せて言う。「わたしはオークションで身を売った成り上がりの女優だった。そしてこれから、商売をはじめようとしている。貴族にふさわしい妻には一生なれそうにないわね」

ネイサンがにやりと笑い、すてきなえくぼを浮かべた。「ふたりで邪道を行こう。今日も、明日も、これからずっと」

訳者あとがき

オリヴィア・ドレイクの〈シンデレラの赤い靴〉シリーズ、第五作をお届けします。レディ・ミルフォードの魔法の赤い靴に導かれ、ヒロインが逆境からはいあがり、真実の愛を見つける本シリーズ。今回の主人公は、レディ・ミルフォードの名付け子であるネイサンと、コヴェント・ガーデンの看板女優、マデリンです。

伯爵家の次男として生まれたネイサンは、父親との折り合いが悪く、冷遇され、二一歳の誕生日にとうとう大喧嘩をして家を飛びだします。その後極東に渡り、実業家として成功して財を成したのですが、父親のギルモア伯爵が危篤との一報を受け、一〇年ぶりにロンドンに帰ってきます。ところが、ギルモアは天然痘から奇跡的に生還し、病が伝染した兄が逝去した結果、ネイサンは思いがけず伯爵の後継者の地位を受け継ぐことになります。父親と同じ空気を吸うのも耐えられないネイサンは、一刻も早く中国に戻るつもりだったのですが、父親に復讐する絶好の機会だと思い直します。おしゃべりで品のない女性と結婚して、ギルモア家の家名を汚そうと考えたのです。彼がそれほどまで父親を憎むのには、相当な理由がありました。

名付け子の計画を黙って見ていられなかったレディ・ミルフォードは、せめて自分に花嫁を選ばせてほしいと申し出ます。そして選ばれたのが、ネプチューン劇団の人気女優、マデリンで、折しもお金とうしろ盾を得るため、オークションを開催して自分の愛人になる権利を売ろうとしているところでした。レディ・ミルフォードの計らいにより、オークションに駆けこみで参加できることになったネイサンは、愛人ではなく花嫁としてマデリンを迎えるという条件で入札します。マデリンは最終的にネイサンを選びますが、それは貴族の妻になるという世間一般の夢をかなえるためではありませんでした。どうしても社交界の仲間入りをして果たしたい目的があったのです。

外聞が悪いという理由で白羽の矢が立ったマデリンですが、実際は身持ちがかたく聡明《そうめい》で、もともとオークションを開催したのも、女優をやめて自分の店を開くという夢を実現させるためでした。一方、ネイサンも復讐心に燃えてはいるものの、独立独歩の精神と愛嬌をあわせ持つ、えくぼの魅力的な男性です。そんな運命のふたりが、互いに秘密を抱え、紆余《うよ》曲《きょく》折《せつ》を経ながらも、真実の愛を育んでいく過程をお楽しみいただけたら幸いです。

二〇一七年三月

ライムブックス

夢《ゆめ》みる舞踏会《ぶとうかい》への招待状《しょうたいじょう》

著者　オリヴィア・ドレイク
訳者　水野麗子《みずのれいこ》

2017年4月20日　初版第一刷発行

発行人　成瀬雅人
発行所　株式会社原書房
〒160-0022東京都新宿区新宿1-25-13
電話・代表03-3354-0685　http://www.harashobo.co.jp
振替・00150-6-151594
カバーデザイン　松山はるみ
印刷所　図書印刷株式会社

落丁・乱丁本はお取替えいたします。
定価は、カバーに表示してあります。
 ISBN978-4-562-04496-2 Printed in Japan